I0634316

PRÉFECTURE DU DÉPARTEMENT DE LA SEINE

RECUEIL DE RÈGLEMENTS

CONCERNANT

LE SERVICE DES ALIGNEMENTS ET DES LOGEMENTS INSALUBRES

DANS LA VILLE DE PARIS

DRESSÉ SOUS LA DIRECTION

DE

M. ALPHAND

INSPECTEUR GÉNÉRAL DES PONTS ET CHAUSSÉES, DIRECTEUR DES TRAVAUX DE PARIS

PAR

M. G. JOURDAN

CHEF DU BUREAU DES ALIGNEMENTS ET DES LOGEMENTS INSALUBRES

PARIS

IMPRIMERIE ET LIBRAIRIE CENTRALES DES CHEMINS DE FER

IMPRIMERIE CHAIX

SOCIÉTÉ ANONYME AU CAPITAL DE SIX MILLIONS

Rue Bergère, 20

1887

PRÉFECTURE DU DÉPARTEMENT DE LA SEINE

RECUEIL DE RÈGLEMENTS

CONCERNANT

LE SERVICE DES ALIGNEMENTS ET DES LOGEMENTS INSALUBRES

DANS LA VILLE DE PARIS

DRESSÉ SOUS LA DIRECTION

DE

M. ALPHAND

INSPECTEUR GÉNÉRAL DES PONTS ET CHAUSSÉES, DIRECTEUR DES TRAVAUX DE PARIS

PAR

M. G. JOURDAN

CHEF DU BUREAU DES ALIGNEMENTS ET DES LOGEMENTS INSALUBRES

PARIS

IMPRIMERIE ET LIBRAIRIE CENTRALES DES CHEMINS DE FER

IMPRIMERIE CHAIX

SOCIÉTÉ ANONYME AU CAPITAL DE SIX MILLIONS

Rue Bergère, 20

1887

8°F
4091

DÉPÔT LÉGAL
Seine
N° 2301

AVERTISSEMENT

Le présent Recueil renferme les règlements dont l'application appartient au service des Alignements et des Logements insalubres. Ces règlements ont pour but d'assurer la police des constructions dans la ville de Paris, au double point de vue de la salubrité et de la sécurité publiques.

Jusqu'à présent, la plupart de ces règlements étaient disséminés dans un grand nombre d'ouvrages, difficiles à trouver et à consulter, et les autres, qui avaient fait l'objet d'une petite brochure, sont aujourd'hui modifiés.

Ce nouveau Recueil présente l'avantage de réunir ensemble et dans un ordre méthodique tous ces documents épars, dont la connaissance est indispensable aux agents et aux membres des commissions ressortissant au service des Alignements et des Logements insalubres.

Les règlements ont été divisés en seize sections, dont la première contient les lois et décrets relatifs aux questions de compétence, de contraventions, de pénalités, etc., et dont les quinze autres correspondent aux diverses branches du service.

Avril 1887.

RECUEIL DE RÈGLEMENTS

CONCERNANT

LE SERVICE DES ALIGNEMENTS ET DES LOGEMENTS INSALUBRES

I

COMPÉTENCE — JURIDICTION — CONTRAVENTIONS — PÉNALITÉS

EN MATIÈRE DE GRANDE ET PETITE VOIRIE

1° — Loi des 16-24 août 1790

sur l'organisation judiciaire

TITRE XI

DES JUGES EN MATIÈRE DE POLICE

(Extrait.)

. . . .

ART. 3.

Les objets de police confiés à la vigilance et à l'autorité des corps municipaux, sont :

1° Tout ce qui intéresse la sûreté et la commodité du passage dans les rues, quais, places et voies publiques; ce qui comprend le nettoiement, l'illumination, l'enlèvement des encombrements, la démolition ou la réparation des bâtiments menaçant ruine, l'interdiction de rien exposer aux fenêtres ou autres parties des bâtiments qui puisse nuire par sa chute, et celle de rien jeter qui puisse blesser ou endommager les passans, ou causer des exhalaisons nuisibles :

. . . .

5° Le soin de prévenir par les précautions convenables, et celui de faire cesser par la distribution des secours nécessaires, les accidens et fléaux calamiteux, tels que les incendies, les épidémies, les épizooties, en provoquant aussi, dans ces deux derniers cas, l'autorité des administrations de département et de district.

. . . .

2° — Loi des 7-11 septembre 1790

concernant notamment l'administration de la grande voirie et la suppression de diverses anciennes juridictions.

(Extrait.)

. . . .

Art. 6.

L'Administration, en matière de grande voirie, appartiendra aux corps administratifs, et la police de conservation, tant pour les grandes routes que pour les chemins vicinaux, aux juges de district...

. . . .

Art. 10.

Au moyen des dispositions contenues dans les articles précédents... les bureaux des finances (trésoriers de France) demeureront supprimés.

———————

3° — Loi des 19-22 juillet 1791

sur l'organisation de la police municipale et correctionnelle.

(Extrait.)

. . . .

TITRE PREMIER

. . . .

Art. 29.

Sont également confirmés provisoirement les règlements qui subsistent touchant la voirie, ainsi que ceux actuellement existants à l'égard de la construction des bâtiments et relatifs à leur solidité et sûreté, sans que, de la présente disposition, il puisse résulter la conservation des attributions ci-devant faites sur cet objet à des tribunaux particuliers.

. . . .

Art. 46.

Aucun tribunal de police municipale, ni aucun corps municipal ne pourra faire de règlement. Le corps municipal, néanmoins, pourra, sous le nom et l'intitulé de délibérations et sauf réformation, s'il y a lieu, par l'Administration du département, sur l'avis de celle du district, faire des arrêtés sur les objets qui suivent :

1° Lorsqu'il s'agira d'ordonner des précautions locales sur les objets confiés à sa vigilance et à son autorité, par les articles 3 et 4 du Titre XI du décret du 16 août sur l'organisation judiciaire :

2° De publier de nouveau les lois et règlements de police ou de rappeler les citoyens à leur observation.

4° — Loi du 28 pluviôse an VIII (17 février 1800)

concernant la division du territoire français et l'Administration.

(Extrait.)

Art. 4.

Le Conseil de préfecture prononcera :

. . . .

Sur les difficultés qui pourront s'élever en matière de grande voirie.

. . . .

5° — Arrêté des Consuls du 12 messidor an VIII (1ᵉʳ juillet 1800)
qui détermine les fonctions du Préfet de Police.
(Extrait.)

LES CONSULS DE LA RÉPUBLIQUE, etc.

ARRÊTENT :

. . . .

Petite voirie.

ART. 21.

Le Préfet de police sera chargé de tout ce qui a rapport à la petite voirie, sauf le recours au ministre de l'intérieur contre ses décisions.

Il aura à cet effet sous ses ordres un commissaire chargé de surveiller, permettre ou défendre :

L'ouverture des boutiques, étaux de boucherie et de charcuterie ;

L'établissement des auvents ou constructions du même genre qui prennent sur la voie publique ;

L'établissement des échoppes ou étalages mobiles ;

D'ordonner la démolition ou réparation des bâtiments menaçant ruine.

. . . .

En l'absence du premier consul,
Le second consul,
Signé : CAMBACÉRÈS.

6° — Loi du 29 floréal an X (19 mai 1802)
relative aux contraventions en matière de grande voirie.
(Extrait.)

ARTICLE PREMIER.

. . . .

Les contraventions, en matière de grande voirie, seront constatées, réprimées et poursuivies par voie administrative.

. . . .

ART. 4.

Il sera statué définitivement en Conseil de préfecture ; les arrêtés seront exécutés sans visa ni mandement des tribunaux........ qui seront exécutoires et emporteront hypothèque.

7° — Loi du 18 juillet 1837 (1).

sur l'Administration municipale.

(Extrait.)

. . . .

Art. 10.

Le maire est chargé, sous la surveillance de l'administration supérieure : 1° de la police municipale, de la police rurale et de la voirie municipale et de pourvoir à l'exécution des actes de l'autorité supérieure qui y sont relatifs.

. . . .

Art. 11.

Le maire prend des arrêtés à l'effet : 1° d'ordonner les mesures locales sur les objets confiés par les lois à sa vigilance et à son autorité ; 2° de publier de nouveau les lois et règlements de police, et de rappeler les citoyens à leur observation . . . .

———— ————

8° — Loi des 23-30 mars 1842

relative à la police de la grande voirie.

(Extrait.)

ARTICLE PREMIER.

A dater de la promulgation de la présente loi, les amendes fixes, établies par les règlements de grande voirie antérieurs à la loi des 19-22 juillet 1791 pourront être modérées, eu égard au degré d'importance ou aux circonstances atténuantes des délits, jusqu'au vingtième desdites amendes, sans toutefois que ce minimum puisse descendre au-dessous de 16 francs.

A dater de la même époque, les amendes dont le taux, d'après ces règlements, était laissé à l'arbitraire du juge, pourront varier entre un minimum de 16 francs et un maximum de 300 francs.

. . . .

———————————

(1) Les dispositions de la loi du 18 juillet 1837 ont été rendues applicables à la ville de Paris par la loi du 24 juillet 1867 (art. 17).

9° — Décret du 10 octobre 1859

relatif aux attributions du Préfet de la Seine et du Préfet de Police.

(Extrait.)

NAPOLÉON, par la grâce de Dieu et la volonté nationale, Empereur des Français, à tous présents et à venir, salut :

Notre Conseil d'État entendu,

Avons décrété et décrétons ce qui suit :

ARTICLE PREMIER.

À l'avenir, les attributions du Préfet de la Seine comprendront, en outre de celles qui lui sont dès à présent conférées par les lois et règlements, et sous les réserves exprimées par les articles 2, 3, 4 ci-après :

1° La petite voirie, telle qu'elle est définie par l'article 21 de l'arrêté du 12 messidor an VIII ;

2° L'éclairage, le balayage, l'arrosage de la voie publique, l'enlèvement des boues, neiges et glaces ;

3° Le curage des égouts et des fosses d'aisances ;

4° Les permissions pour établissements sur la rivière, les canaux et les ports ;

5° Les traités et tarifs concernant les voitures publiques et la concession des lieux de stationnement de ces voitures et de celles qui servent à l'approvisionnement des halles et marchés ;

6° Les tarifs, l'assiette et la perception des droits municipaux de toute sorte dans les halles et marchés ;

7° La boulangerie et ses approvisionnements ;

8° L'entretien des édifices communaux de toute nature ;

9° Les baux, marchés et adjudications relatifs aux services administratifs de la ville de Paris.

Toutefois, lorsque ces baux intéresseront la circulation, l'entretien, l'éclairage de la voie publique et la salubrité, ils devront, avant d'être présentés au Conseil municipal, être soumis à l'appréciation du Préfet de Police, et, en cas de dissentiment, transmis avec ses observations au Ministre de l'Intérieur, qui prononcera.

Les marchés et adjudications relatifs aux services spéciaux de la Préfecture de Police continueront à être passés par le Préfet de Police.

Art. 2.

Le Préfet de Police exercera, à l'égard des matières énumérées en l'article précédent, le droit qui lui est conféré par l'article 34 de l'arrêté du 12 messidor an VIII.

Si les indications et réquisitions du Préfet de Police ne sont pas suivies d'effet, il pourra en référer au Ministre compétent.

Dans le même cas, si le Préfet de police fait opposition à l'exécution de travaux pouvant gêner la circulation, ils ne pourront être commencés ou continués qu'en vertu de l'autorisation du ministre compétent.

Art. 3.

Le Préfet de la Seine ne pourra proposer au Conseil municipal la concession d'aucun emplacement d'échoppe ou d'étalage, fixe ou mobile, ni d'aucun lieu de stationnement de voitures sur la voie publique, et il ne pourra délivrer d'autorisation concernant les établissements sur la rivière, les canaux et leurs dépendances, qu'après avoir pris l'avis du Préfet de Police. En cas d'opposition de ce magistrat, il ne sera passé outre qu'en vertu d'une décision du Ministre compétent.

Art. 4.

Dans les circonstances motivant la concession de permissions d'étalage sur la voie publique d'une durée moindre de quinze jours, ces permissions pourront être accordées exceptionnellement par le Préfet de Police, après avoir pris l'avis du Préfet de la Seine.

. . . .

Art. 6.

Les dispositions des décrets, arrêtés et ordonnances contraires au présent décret sont et demeurent abrogés.

Art. 7.

Nos ministres secrétaires d'État aux départements de l'Intérieur, de l'Agriculture, du Commerce et des Travaux publics sont chargés, chacun en ce qui le concerne, de l'exécution du présent décret.

Fait à Biarritz, le 20 octobre 1859.

Signé : NAPOLÉON.

10° — Code civil.
(Extrait.)

. . . .

Art. 538.

Les chemins, routes et rues à la charge de l'État, les fleuves et rivières navigables ou flottables, les rivages, lais et relais de la mer, les ports, les havres, les rades, et généralement toutes les portions du territoire français qui ne sont pas susceptibles d'une propriété privée, sont considérés comme des dépendances du domaine public.

. . . .

Art. 2226.

On ne peut prescrire le domaine des choses qui ne sont point dans le commerce.

11° — Code d'instruction criminelle.
(Extrait.)

. . . .

Art. 161.

Si le prévenu est convaincu de contravention de police, le tribunal prononcera la peine et statuera, par le même jugement, sur les demandes en restitution et en dommages-intérêts.

. . . .

Art. 640.

L'action publique et l'action civile, pour une contravention de police, seront prescrites après une année révolue, à compter du jour où elle aura été commise, même lorsqu'il y aura eu procès-verbal, saisie, instruction ou poursuite, si dans cet intervalle il n'est point intervenu de condamnation ; s'il y a eu un jugement définitif de première instance, de nature à être attaqué par la voie de l'appel, l'action publique et l'action civile se prescriront après une année révolue, à compter de la notification de l'appel qui en aura été interjeté.

12° — Code pénal.

(Extrait.)

ARTICLE 471.

Seront punis d'amende, depuis un franc jusqu'à cinq francs inclusivement :

. . . .

5° Ceux qui auront négligé ou refusé d'exécuter les règlements ou arrêtés concernant la petite voirie, ou d'obéir à la sommation émanée de l'autorité administrative, de réparer ou démolir les édifices menaçant ruine ;

. . . .

15° Ceux qui auront contrevenu aux règlements légalement faits par l'autorité administrative, et ceux qui ne se seront pas conformés aux règlements ou arrêtés publiés par l'autorité municipale, en vertu des articles 3 et 4, titre XI de la loi des 16-24 août 1790, et de l'article 46, titre Ier, de la loi du 19-22 juillet 1791.

II

POLICE DES CONSTRUCTIONS

ALIGNEMENT ET NIVELLEMENT

1° — Édit du Roi de décembre 1607

sur les attributions du Grand-Voyer, la juridiction en matière de voirie, la police des rues et chemins, etc.

(Extrait.)

HENRY, etc.   .   .   .   .

A ces causes, Nous, de l'advis de nostre Conseil, auquel estoient plusieurs princes de nostre sang et aultres notables seigneurs de nostre Royaume, avons par cestuy nostre edit et reglement perpétuel et irrévocable, voulu et ordonné que les articles contenus en iceluy, concernant ladite voyrie, soient entretenus, suivis et observez de point en point par tous nos diets sujets.

.   .   .   .

.   .   .   .

ART. 4.

Deffendons à nostredict grand voyer ou ses commis de permettre qu'il soit fait aucunes saillies, avances et pans de bois aux bâtimens neufs, et mesme à ceux où il y en a à présent de contraindre les réédifier, ny faire ouvrages qui les puissent conforter, conserver et soutenir, ni faire aucun encorbellement en avance pour porter aucun mur, pan de bois ou autres choses en saillie, et porter à faux sur lesdites rues, ainsi faire le tout continuer à plomb, depuis le rez-de-chaussée tout contremont, et pourvoir à ce que les rues s'embellissent et élargissent au mieux que faire se pourra, et en baillant par luy les allignemens, redressera les murs où il y aura ply ou coude .   .   .   .

Art. 5.

Comme aussi nous deffendons à tous nosdits sujets de ladite ville, faux-bourgs, prévosté et vicomté de Paris, et autres villes de ce royaume, faire aucun édifice, pan de mur, jambes estriers, encoignures, caves ny caval, forme ronde en saillie, sièges, barrières, contre-fenestre, huis de caves, bornes, pas, marches, sièges, montoirs à cheval, auvens, enseignes establies, cages de menuiserie, châssis à verres et autres avances sur ladite voyrie, sans le congé et allignement de notre dict grand voyer ou desdits commis .

. . . .

Art. 7.

Faisons aussi deffenses à toutes personnes.... et pour le regard de ceux qui voudront faire degrez pour monter à leurs maisons, par le moyen desquels les rues estrécissent, faire sièges esdites rues, estail ou auvent, clorre ou fermer aucunes rues, faire planter bornes au coin d'icelles, ès entrées de maisons, poser enseignes nouvelles, ou faire le tout réparer, prennent congé dudit grand voyer ou commis. . . . .

. . . .

Donné à Paris au mois de décembre l'an de grâce 1607, et de notre règne le 19e.

Signé : HENRI.

2° — Déclaration du Roi du 16 juin 1693
portant règlement pour les fonctions et droits des officiers de la voirie en la ville et les faubourgs de Paris.

(Extrait.)

LOUIS, par la grâce de Dieu, roi de France et de Navarre, etc.

. . . . Voulons que, conformément aux édits, arrêts et règlements de la voirie, et de l'édit de mars dernier, tous les alignements soient donnés par nosdits trésoriers de France, dont les opérations seront faites par nosdits commissaires généraux, pour lesquelles nous leur avons attribué pour l'alignement de chacune maison la somme de six livres. . . .

Faisons défense à tous particuliers, maçons et ouvriers de faire démolir, construire ou réédifier aucuns édifices ou bâtiments, élever aucuns pans de bois, balcons ou auvents cintrés, établir travaux de maréchaux, poser pieux ou barrières, étais ou étrésillons, sans avoir pris les alignements et permissions nécessaires de nosdits trésoriers de France, à peine, contre les contrevenants, de vingt livres d'amende. Pour lesquelles permissions d'apposition d'étais, pieux, barrières, travaux de maréchaux et auvents cintrés, il sera payé auxdits commissaires de la voirie cinq livres.

Toutes permissions ou congés pour apposition d'auvents, de pas, de bornes, de marches, éviers, sièges, montoirs à cheval, seuils et appuis de boutique excédant le corps des murs, portes, huis de cave, fermeture de croisée ou de soupirail qui ouvriront sur la rue, enseignes, établis, cages, montres, étalages, comptoirs, plafonds, tableaux, bouchons, châssis à verre, saillants, étaux, dos-d'ânes, râteliers, perches, barreaux, échoppes, abat-jour, auvents, montants, contrevents ouvrant en dehors et autres choses faisant avance sur la voie publique, seront accordés par nosdits commissaires de la voirie, et pour chacune permission, il leur sera payé quatre livres.

Donnée à Rocroy, le 16 juin de l'an 1693 et de notre règne le 51e.

Signé : LOUIS.

3° — Arrêt du Conseil du 27 février 1765

concernant les permissions de construire et les alignements sur les routes entretenues aux frais du Roi.

(Extrait.)

LE ROI étant informé que l'exécution des plans pour les traverses des routes construites par ses ordres dans les villes, bourgs et villages de quelques généralités, souffre différents retardements et est même quelquefois totalement intervertie par des alignements donnés aux propriétaires des maisons ou autres édifices sur les dites routes, par des officiers de justice, ou prétendus voyers, qui, n'ayant aucune connaissance desdits plans, s'ingèrent, sous différents prétextes, dans l'exercice d'une fonction que Sa Majesté ne leur a pas confiée; et s'étant fait rendre compte de ce qui se pratique à cet égard, au bureau des finances de la généralité de Paris, dans le ressort duquel, pour prévenir de pareils abus, ledit bureau a prescrit, par son ordonnance du 29 mars 1754, que tous les alignements pour constructions, reconstructions et permissions relatives à toute espèce d'ouvrages à la face des bâtiments étant sur lesdites routes, ainsi que pour établissement d'échoppes et choses saillantes, seraient donnés par les trésoriers de France, commissaires de Sa Majesté, ou, en l'absence desdits sieurs commissaires, par un autre desdits trésoriers de France, et ce, dans l'un ou l'autre cas, conformément aux plans, levés et arrêtés par ordre de Sa Majesté, qui sont ou seraient déposés par la suite, ainsi que les minutes desdits alignements et permissions, au greffe dudit bureau des finances, pour être, par ledit bureau, statué sur toutes les contraventions et exécutions des édits et déclarations de Sa Majesté ; et ayant reconnu que les dispositions de cette ordonnance, en conservant et maintenant la compétence des bureaux des finances sur cette matière, parent à tous les inconvénients, Sa Majesté aurait cru, en confirmant les dispositions de ladite ordonnance, devoir les étendre à tous les bureaux des finances du royaume.

A quoi voulant pourvoir : vu la susdite ordonnance du bureau des finances de Paris du 29 mars 1754, et ouï le rapport du sieur de l'Averdy, conseiller ordinaire du roi au conseil royal, contrôleur général des finances, le roi étant en son Conseil, a ordonné et ordonne que, conformément à ce qui se pratique au bureau des finances de la généralité de Paris, dont Sa Majesté a confirmé et confirme l'ordonnance du 29 mars 1754, articles 4 et 12, les alignements pour constructions ou reconstructions de maisons, édifices ou bâtiments généralement quelconques, en tout ou partie, étant le long et joignent les routes construites par ses ordres, soit dans les traverses des villes, bourgs ou villages, soit en pleine campagne, ainsi que les permissions pour toute espèce d'ouvrages aux faces desdites maisons, édifices et bâtiments, et pour établissement d'échoppes ou choses saillantes le long desdites routes, ne pourront être donnés, en aucun cas, par autres que par les trésoriers de France, commissaires de Sa Majesté, pour les ponts et chaussées en chaque généralité, ou, en leur défaut et en leur absence, par un autre trésorier de France de ladite généralité, qui serait présent sur les lieux, et pour ce requis ; le tout sans frais et en se conformant aux plans, levés et arrêtés par les ordres de Sa Majesté, qui sont ou seront déposés par la suite au greffe du bureau des finances de leur généralité ; et dans le cas où les plans ne seraient pas encore déposés audit greffe, veut, Sa Majesté, qu'avant de donner lesdits alignements ou permissions, lesdits trésoriers de France, commissaires de Sa Majesté, ou autres à leur défaut, se fassent remettre un rapport circonstancié de l'état des lieux par l'ingénieur ou l'un des sous-ingénieurs des ponts et chaussées de ladite généralité, et que, dudit alignement ou de ladite permission, il

2

soit déposé minute au greffe dudit bureau des finances, à laquelle ledit rapport sera et demeurera annexé.

Fait Sa Majesté défenses à tous particuliers, propriétaires ou autres, de construire, reconstruire ou réparer aucuns édifices, poser échoppes ou choses saillantes le long des routes, sans en avoir obtenu les alignements ou permissions desdits trésoriers de France, commissaires de Sa Majesté. ou, dans le cas ci-dessus spécifié, d'un autre trésorier de France dudit bureau des finances, à peine de démolition desdits ouvrages, confiscation des matériaux, et de 300 livres d'amende ; et contre les maçons, charpentiers et ouvriers, de pareille amende, et même de plus grande peine en cas de récidive. Fait pareillement Sa Majesté défenses à tous autres (qu'aux fonctionnaires ayant qualité), sous quelque prétexte et à quelque titre que ce soit, de donner lesdits alignements et permissions à peine de répondre en leur propre et privé nom des condamnations prononcées contre les particuliers, propriétaires, locataires et ouvriers qui seront, en cas de contravention, poursuivis à la requête des procureurs de Sa Majesté auxdits bureaux des finances, et punis suivant l'exigence des cas. Enjoint Sa Majesté aux sieurs intendants et commissaires départis dans toutes les généralités, ainsi qu'aux commissaires des ponts et chaussées, et aux officiers des bureaux des finances, de tenir, chacun en droit soi, la main à l'exécution du présent arrêt...

. . . .

4° — Déclaration du Roi du 10 avril 1783

concernant les alignements et ouvertures des rues, à Paris.

(Extrait.)

ARTICLE PREMIER.

Ordonnons qu'à l'avenir, et à compter du jour de l'enregistrement de la présente déclaration, il ne puisse être, sous quelque prétexte que ce soit, ouvert et formé en la ville et faubourgs de Paris, aucune rue nouvelle qu'en vertu des lettres patentes que nous avons accordées à cet effet, et que lesdites rues nouvelles ne puissent avoir moins de 30 pieds de largeur; ordonnons pareillement que toutes les rues dont la largeur est au-dessous de 30 pieds soient élargies successivement au fur et à mesure des reconstructions des maisons et bâtiments situés sur lesdites rues.

Art. 2.

En conséquence, il sera incessamment procédé, par les commissaires généraux de la voirie, à la levée des plans de toutes les rues de la ville et faubourgs de Paris dont il n'en a point encore été dressé, et à l'égard de celles dont il a déjà été levé des plans, déposés au greffe de notre bureau des finances, il sera seulement procédé au récolement d'iceux pour, sur la représentation qui nous sera faite de tous lesdits plans, être par nous réglé l'élargissement à donner à l'avenir à toutes les rues.

Art. 3.

Faisons expresses inhibitions et défenses à tous propriétaires, architectes, entrepreneurs, maçons, charpentiers et autres, d'entreprendre ni commencer aucunes constructions ou reconstructions quelconques de murs de face sur rues, sans, au préalable, avoir déposé au greffe de notre bureau des finances le plan desdites constructions et reconstructions, et avoir obtenu des officiers dudit bureau les alignements et permissions nécessaires, lesquels ne pourront être accordés qu'en conformité des plans par nous arrêtés, dont il sera déposé des doubles tant au greffe du Parlement qu'en celui de notre bureau des finances.

. . . .

Art. 6.

Faisons défenses à tous propriétaires, charpentiers, maçons et autres, de construire et adapter aux maisons et bâtiments situés en la ville et faubourgs de Paris aucuns autres bâtiments en saillie et porte à faux, sous quelque prétexte que ce soit : enjoignons aux propriétaires et locataires de maisons où il a été adapté de pareilles saillies, soit en maçonnerie ou en charpente, de les supprimer et démolir dans un mois, à compter du jour de l'enregistrement de la présente déclaration.

Art. 7.

Ceux qui contreviendront à l'exécution de la présente déclaration, soit en perçant quelques nouvelles rues, soit en élevant leurs maisons au-dessus des hauteurs déterminées, ou en y adaptant des bâtiments en saillie et porte à faux, soit en ne se conformant point aux alignements qui leur seront donnés, seront condamnés, quant aux propriétaires, en 3.000 livres d'amende applicables à l'hôpital général, les ouvrages démolis, les matériaux confisqués, et les places réunies à notre domaine; et à l'égard des maîtres maçons, charpentiers et autres ouvriers, en 1,000 livres d'amende applicable comme dessus. . . . .

5° -- Avis du Conseil d'État du 21 août 1839.

au sujet des réparations confortatives de constructions qui se trouvent en retraite d'un alignement régulièrement arrêté.

LE CONSEIL D'ÉTAT qui, sur le renvoi ordonné par le Ministre de l'intérieur, a pris connaissance d'un rapport sur la question de savoir :

Si l'Administration a le droit de prohiber les réparations confortatives des constructions qui se trouvent en retraite d'un alignement régulièrement arrêté, afin d'obliger le propriétaire à s'avancer jusqu'à cet alignement ;

Vu l'édit de décembre 1607,

L'ordonnance du 29 mars 1764,

L'arrêt du Conseil du 27 février 1765,

La loi des 19-22 juillet 1791 (art. 29) ;

La loi du 16 septembre 1807 ;

Considérant que l'approbation d'un plan d'alignement attribue à la voie publique la jouissance immédiate des terrains libres qui doivent en faire partie, et le droit de jouir des terrains couverts de constructions à l'époque de leur démolition volontaire ou forcée pour cause de vétusté ;

Que la défense de réparer lesdites constructions est la conséquence de cette attribution ;

Que cette défense a pour objet d'empêcher que l'on ne prolonge indéfiniment la durée des constructions faisant saillie sur le sol attribué à la nouvelle voie publique, et qui gênent la circulation ;

Considérant que les mêmes motifs n'existent pas pour appliquer la même défense aux constructions qui se trouvent en retraite sur l'alignement ;

Qu'en effet, ces dernières constructions ne sont pas situées sur un terrain à la jouissance duquel aucun droit ait été attribué à la voie publique par le plan d'alignement ; qu'elles ne gênent en aucune façon la circulation et qu'aucun intérêt de viabilité ne s'oppose à leur conservation ;

Considérant, dès lors, que la défense de réparer les maisons qui sont en retraite sur l'alignement ne serait qu'un moyen indirect de contraindre les propriétaires, sous peine de la ruine de leurs maisons, à acquérir le terrain qui se trouve entre elles et la limite de l'alignement si ce terrain appartient à l'ancienne voie publique, ou à le clore sur la même limite si ce terrain leur appartient ;

Mais que, dans le premier cas, où le terrain dépend de l'ancienne voie publique, la loi du 16 septembre 1807 a prévu le refus fait par le propriétaire de la faculté qu'elle lui donne de s'avancer, en payant la valeur du terrain, et qu'elle a réglé d'une manière spéciale le moyen que pourrait employer l'Administration pour obvier à ce refus ;

Que son article 53 autorise, en pareille circonstance, l'Administration à déposséder le propriétaire de l'ensemble de sa propriété, sans qu'il puisse lui être tenu compte de la plus-value résultant de l'amélioration de la voie publique ;

Que la loi s'étant bornée à indiquer ce moyen d'obvier au refus fait par le propriétaire de s'avancer jusqu'à la limite de la nouvelle voie publique, l'Administration n'est autorisée à en employer aucun autre ;

Considérant que, dans le second cas, où le terrain en retraite de l'alignement appartient au propriétaire, la défense de réparer n'aurait aucun objet, puisque l'Administration peut toujours, par voie de police municipale, lui ordonner de le clore sur la voie publique, et que cette clôture suffit pour l'exécution du plan d'alignement ;

Est d'avis :

Que l'Administration n'a pas le droit de prohiber les réparations confortatives des constructions qui se trouvent en retraite sur l'alignement.

6° — Décret-loi du 26 mars 1852

relatif aux rues de Paris.

LOUIS-NAPOLÉON, Président de la République française,

Sur le rapport du Ministre de l'Intérieur, de l'Agriculture et du Commerce ;

Décrète :

ARTICLE PREMIER.

Les rues de Paris continueront d'être soumises au régime de la grande voirie.

Art. 2.

Dans tout projet d'expropriation pour l'élargissement, le redressement ou la formation des rues de Paris, l'administration aura la faculté de comprendre la totalité des immeubles atteints, lorsqu'elle jugera que les parties restantes ne sont pas d'une étendue ou d'une forme qui permette d'y élever des constructions salubres.

Elle pourra pareillement comprendre dans l'expropriation des immeubles en dehors des alignements, lorsque leur acquisition sera nécessaire pour la suppression d'anciennes voies publiques jugées inutiles.

Les parcelles de terrain acquises en dehors des alignements, et non susceptibles de recevoir des constructions salubres, seront réunies aux propriétés contiguës, soit à l'amiable, soit par l'expropriation de ces propriétés, conformément à l'article 53 de la loi du 16 septembre 1807.

La fixation du prix de ces terrains sera faite suivant les mêmes formes et devant la même juridiction que celle des expropriations ordinaires.

L'article 58 de la loi du 3 mai 1841 est applicable à tous les actes et contrats relatifs aux terrains acquis pour la voie publique par simple mesure de voirie.

Art. 3.

A l'avenir, l'étude de tout plan d'alignement de rue devra nécessairement comprendre le nivellement ; celui-ci sera soumis à toutes les formalités qui régissent l'alignement.

Tout constructeur de maison, avant de se mettre à l'œuvre, devra demander l'alignement et le nivellement de la voie publique au-devant de son terrain et s'y conformer.

Art. 4.

Il devra pareillement adresser à l'administration un plan et des coupes cotés des constructions qu'il projette, et se soumettre aux prescriptions qui lui seront faites dans l'intérêt de la sûreté publique et de la salubrité.

Vingt jours après le dépôt de ces plans et coupes au secrétariat de la Préfecture de le Seine, le constructeur pourra commencer les travaux d'après son plan, s'il ne lui a été notifié aucune injonction.

Une coupe géologique des fouilles pour fondation de bâtiments sera dressée par tout architecte constructeur, et remise à la Préfecture de la Seine.

Art. 5.

Les façades des maisons seront constamment tenues en bon état de propreté. Elles seront grattées, repeintes ou badigeonnées au moins une fois tous les dix ans, sur l'injonction qui sera faite au propriétaire par l'autorité municipale. Les contrevenants seront passibles d'une amende qui ne pourra excéder cent francs.

Art. 6.

Toute construction nouvelle dans une rue pourvue d'égout devra être disposée de manière à y conduire les eaux pluviales et ménagères.

La même disposition sera prise pour toute maison ancienne, en cas de grosses réparations et en tout cas avant dix ans.

Art. 7.

Il sera statué par un décret ultérieur, rendu dans la forme des règlements d'administration publique, en ce qui concerne la hauteur des maisons, les combles et les lucarnes.

Art. 8.

Les propriétaires riverains des voies publiques empierrées supporteront les frais de premier établissement des travaux, d'après les règles qui existent à l'égard des propriétaires riverains des rues pavées.

Art. 9.

Les dispositions du présent décret pourront être appliquées à toutes les villes qui en feront la demande par des décrets spéciaux rendus dans la forme des règlements d'administration publique.

Art. 10.

Le Ministre de l'Intérieur, de l'Agriculture et du Commerce, est chargé de l'exécution du présent décret, qui sera inséré au *Bulletin des Lois*.

Fait au palais des Tuileries, le 26 mars 1852.

Signé : L. NAPOLÉON.

7° — Arrêté préfectoral du 27 avril 1852
relatif à la publication du décret du 26 mars 1852.

NOUS, PRÉFET DE LA SEINE,

ARRÊTONS :

Le décret du 26 mars dernier, sur la grande voirie de Paris, sera publié et affiché dans les divers quartiers de la capitale.

Les propriétaires et constructeurs sont invités à s'y conformer en ce qui les concerne.

Fait à Paris, le 27 avril 1852.

Signé : BERGER.

8° — Arrêté préfectoral du 31 mai 1856
sur les nivellements dans la Ville de Paris.

LE PRÉFET DE LA SEINE,

Vu les lois du **22** décembre **1789**, du **11** septembre **1790** et du **29** floréal an X, en ce qui concerne les travaux de la grande voirie ;

Vu l'arrêt du Conseil du Roi du **22** mai **1725**, qui oblige, sous peine d'amende, tout propriétaire qui bâtit dans une rue non encore pavée, avant de poser les seuils des portes, de demander les règlements des pentes du pavé ;

Vu les lettres patentes du **25** août **1784**, qui fixent la hauteur des maisons dans Paris ;

Vu l'avis du Conseil d'État, approuvé par l'Empereur le 3 septembre **1811**, et inséré au Bulletin des Lois, sur l'étude du plan des alignements et des nivellements pour la ville de Paris ;

Vu le décret du **26** mars **1852** ;

Vu l'arrêté préfectoral du **1er** novembre **1844**, portant règlement sur la hauteur des bâtiments ;

Vu les instructions de M. le Ministre de l'Intérieur, en date du 30 octobre **1846** ;

Vu l'arrêté préfectoral du **14** juillet **1847**, qui a réglé le rapport des nivellements pour les travaux publics et privés dépendant de la Préfecture de la Seine, à un plan fixe horizontal supposé passant à **50** mètres au-dessus du niveau légal des eaux du bassin de La Villette ;

Considérant que l'existence d'un repère particulier pour les nivellements opérés dans Paris est en désaccord avec l'usage généralement suivi en France de rattacher les travaux de ce genre au niveau moyen de la mer ;

ARRÊTE :

ARTICLE PREMIER.

A l'avenir, les nivellements pour tous les travaux publics et privés dépendant de la Préfecture de la Seine, seront rapportés au niveau moyen de la mer ; en conséquence, les cotes de nivellement exprimeront la distance ou ordonnée de chaque point considéré à ce niveau pris pour zéro.

La vérification des cotes sera rapportée à des repères en fonte, aux armes de la ville, placés aux carrefours, aux angles des rues, sur les soubassements des monuments, sur les murs des quais, et sur les autres points jugés nécessaires ; ces repères indiqueront des ordonnées de comparaison, savoir : la cote relative au niveau de la mer. et deux autres cotes se rapportant, l'une au zéro du pont de la Tournelle, l'autre au plan de comparaison passant à 50 mètres au-dessus du niveau légal des eaux du bassin de La Villette (1).

ART. 2.

Les projets de premier pavage des rues anciennes ou nouvelles devront toujours être accompagnés de plans et profils de nivellement, avec cotes indiquant les ordonnées du sol actuel et celles du sol futur.

Il en sera de même des projets de remaniement de pavages anciens pour l'amélioration des pentes. Les nivellements pour les constructions particulières seront déterminés conformément à ces projets dûment approuvés.

ART. 3.

Les propriétaires, les architectes et les entrepreneurs qui voudront bâtir dans les rues non pavées devront, avant de poser les seuils des portes, et sous peine d'une amende de 50 francs prononcée par les lettres-patentes de 1725 ci-dessus visées. demander l'indication du nivellement de la voie publique.

ART. 4.

Ceux qui bâtiront dans des rues pavées, mais dont les pentes, mal réglées, seraient susceptibles d'améliorations, sont invités à demander pareillement ce nivellement et à disposer leurs constructions nouvelles en vue de ces améliorations ultérieures.

ART. 5.

Le présent règlement sera publié dans Paris par voie d'affiches et d'insertions dans le *Recueil des Actes administratifs*. Il sera imprimé à la suite des arrêtés qui déterminent les nivellements particuliers.

Les ingénieurs des divers services ressortissant à la Préfecture de la Seine seront chargés, chacun en ce qui le concerne, d'en assurer l'exécution.

Paris. le 31 mai 1856.

Signé : G.-E. HAUSSMANN.

---

(1) Le zéro de l'échelle du pont de la Tournelle (basses eaux de 1719) est à 26m.25 au-dessus du niveau moyen de la mer. L'ordonnée de l'ancien plan du nivellement de Paris passe à 75m.24 au-dessus de ce zéro. et par conséquent à 101m.49 au-dessus du niveau de la mer.

9° — Arrêté préfectoral du 29 juin 1857

sur la conservation des contre-allées, des boulevards et des avenues de Paris.

(Extrait.)

LE SÉNATEUR, PRÉFET DE LA SEINE, etc.,

ARRÊTE :

. . . .

PASSAGE DE VOITURES AU TRAVERS DES CONTRE-ALLÉES.

ART. 8.

Aucun passage pour les voitures au travers de la contre-allée ne pourra être établi qu'avec l'autorisation préalable du Préfet.

ART. 9.

Tout passage autorisé sera placé normalement entre les lignes d'arbres à un mètre au moins des troncs, et établi de manière à n'exiger ni suppression ni déplacement d'arbres.

Il est, en conséquence, expressément enjoint aux propriétaires qui sont autorisés à bâtir sur les voies publiques plantées, et qui voudront obtenir l'autorisation d'y établir des passages pour les voitures, de placer leur porte cochère vis-à-vis les espaces libres entre les arbres.

ART. 10.

Le projet dressé pour chaque passage de voiture en déterminera la longueur, la largeur, ainsi que la nature, les dimensions et le mode d'emploi des matériaux.

La bordure de la contre-allée et celle du trottoir, s'il en existe, n'auront au débouché de chaque passage que $0^m,04$ d'élévation au-dessus du caniveau pavé. La largeur du débouché variera de 2 à 3 mètres. Son raccordement avec les bordures latérales se fera par des ramponts inclinés de $0^m,05$ par mètres.

ART. 11.

Les propriétaires autorisés à construire des passages de voiture devront établir, devant chaque arbre, un chasse-roues en fonte conforme à un modèle type déposé dans les bureaux des ingénieurs du service des promenades et plantations.

Ce chasse-roues sera scellé dans un dé en pierre de taille posé sur un massif de maçonnerie de moellons avec mortier hydraulique ou béton.

Art. 12.

Aucun écoulement d'eau à ciel ouvert ne sera toléré sur les contre-allées, quelle que soit la nature de la surface du sol.

Lorsque par un motif reconnu valable par l'administration municipale, il n'y aura pas pour le propriétaire obligation immédiate de jeter les eaux de sa maison en égout, conformément au décret du 26 mars 1852, ces eaux seront provisoirement conduites au caniveau de la chaussée par les gargouilles suivant les prescriptions du projet, soit dans les ruisseaux établis au pied des trottoirs soit dans ceux situés au pied de la bordure de la contre-allée.

Les gargouilles de fonte du modèle adopté par l'administration auront une rainure dans la partie supérieure pour faciliter le nettoiement. Elles seront scellées solidement sur un massif de maçonnerie de 0m.15 de hauteur et 0m.28 de largeur établi avec mortier hydraulique.

A droite et à gauche des portes cochères, les gargouilles pourront être disposée en S ou, si elles sont droites, être placées obliquement ; elles devront d'ailleurs, dans tous les cas, être ajustées avec les tuyaux de descente prescrits par les règlements de police.

Paris, le 29 juin 1857.

Signé : **G.-E. HAUSSMANN.**

10° — Arrêté préfectoral du 15 janvier 1881

concernant l'établissement des tuyaux de fumée dans l'intérieur des maisons de Paris.

LE SÉNATEUR, PRÉFET DE LA SEINE,

Vu la loi des 16-24 Août 1790 sur l'organisation judiciaire, portant titre XI, art. 3 : « *Les objets de police confiés à la vigilance et à l'autorité des corps municipaux, sont : 1° Tout ce qui concerne la sûreté et la commodité du passage dans les rues, quais, places et voies publiques... 5° Le soin de prévenir par les précautions convenables... les accidents et fléaux calamiteux, tels que les incendies... »* ;

Vu le décret du 26 Mars 1852, relatif aux rues de Paris ;

Vu l'arrêté préfectoral du 8 Août 1874 (1), concernant la construction des tuyaux de fumée dans l'intérieur des maisons de Paris ;

Vu les procès-verbaux des séances de la Commission chargée d'examiner les modifications qu'il y aurait lieu d'apporter à l'arrêté sus-visé ;

Vu le projet de règlement adopté par ladite Commission ;

Vu l'avis du Préfet de police, en date du 12 Août 1880 ;

Vu l'avis émis par le Conseil municipal de la Ville de Paris, dans sa séance du 2 décembre 1880 ;

Sur la proposition de l'Inspecteur général des ponts et chaussées, directeur des Travaux de Paris,

ARRÊTE :

ARTICLE PREMIER.

L'établissement des foyers et des conduits de fumée dans les murs mitoyens et dans les murs séparatifs de deux maisons contiguës, qu'elles

---

1° Voici le texte de l'arrêté préfectoral du 8 août 1874, remplacé aujourd'hui par l'arrêté du 15 janvier 1881 :

LE PRÉFET DU DÉPARTEMENT DE LA SEINE,

Vu le décret du 26 mars 1852 portant, article 4, § 1er,

« Il (le constructeur) devra adresser à l'Administration un plan et des coupes cotés des
» constructions qu'il projette et se soumettre aux prescriptions qui lui seront faites dans
» l'intérêt de la salubrité et de la sécurité publiques ; »

Vu l'ordonnance du 11 décembre suivant sur les prescriptions à suivre dans la construction des tuyaux de cheminée ;

Vu l'arrêté préfectoral du 28 juillet 1873, qui institue une Commission spéciale pour rechercher, étudier et proposer les modifications qu'il convient d'apporter aux règlements en vigueur concernant l'établissement des tuyaux de fumée dans l'intérieur des maisons ;

Vu le projet de réglementation présenté par la Commission dont il s'agit ;

ARRÊTE :

ARTICLE PREMIER. — Il est interdit, d'une manière absolue, de pratiquer des foyers ou des conduits de fumée dans les murs mitoyens et dans les murs séparatifs de deux maisons contiguës, qu'elles appartiennent ou non au même propriétaire.

ART. 2. — Il est permis de pratiquer des conduits de fumée dans l'intérieur des murs de refend en moellons ayant au moins 40 centimètres d'épaisseur et dans les murs en briques ayant au moins 37 centimètres d'épaisseur, enduits compris.

ART. 3. — Les conduits de fumée engagés dans ces murs ne pourront être exécutés qu'en briques ou avec des matériaux en terre cuite pouvant se relier au moyen de harpes courtes et longues avec les matériaux constitutifs du mur.

Il est absolument interdit de se servir, pour cet usage, de boisseaux ou pots en terre cuite ou en plâtre, et de pigeonner ces conduits avec des moules dans l'intérieur des murs.

ART. 4. — Entre la paroi intérieure des tuyaux engagés dans les murs et le tableau des baies pratiquées dans ces murs, il sera toujours réservé un dosseret de maçonnerie pleine ayant au moins 45 centimètres d'épaisseur, enduits compris.

appartiennent ou non au même propriétaire, ne pourra être autorisé que sous les conditions suivantes :

1° Les languettes de contre-cœur au droit des foyers devront être en briques de bonne qualité et avoir au minimum 22 centimètres d'épaisseur sur une hauteur de 80 centimètres et une largeur dépassant celle du foyer d'au moins 16 centimètres de chaque côté ;

2° Les conduits de fumée devront être construits exclusivement en briques à plat, droites ou cintrées ;

3° Ces murs ne pourront recevoir de poutres ni solives que lorsqu'ils seront entièrement pleins dans la partie verticale au-dessous des scellements de ces solives.

4° Les parties supérieures de ces murs constituant souche de cheminées

---

Cette épaisseur pourra être réduite à 25 centimètres, à la condition que le dossere soit construit en pierre de taille dure ou en briques de bonne qualité.

ART. 5. — Tout conduit de fumée présentant une section intérieure de moins de 60 centimètres de longueur sur 25 centimètres de largeur devra avoir, au minimum, une section de 4 décimètres carrés ; le petit côté des tuyaux rectangulaires n'aura pas moins de 20 centimètres et le grand côté ne pourra dépasser le petit de plus d'un quart. Les angles intérieurs seront arrondis sur un rayon de 5 centimètres au moins, et ces parties retranchées seront comptées dans la section.

ART. 6. — Les tuyaux de cheminée non engagés dans les murs ne seront autorisés que s'ils sont adossés à des piles en maçonnerie ou à des murs en moellons ayant au moins 40 centimètres d'épaisseur, enduits compris, ou à des murs en briques ayant au moins 22 centimètres d'épaisseur ou, dans le dernier étage, à des cloisons en briques de 11 centimètres d'épaisseur.

Ils devront être solidement attachés au mur tuteur.

Ceux qui présenteront une section de 60 centimètres de longueur sur 25 centimètres de largeur pourront être en plâtre pigeonné à la main.

Ceux de dimensions moindres devront, à moins d'une autorisation spéciale, être construits soit en briques, soit en terre cuite et recouverts en plâtre.

ART. 7. — L'épaisseur des languettes, parois et costières des tuyaux engagés dans les murs ou adossés ne pourra jamais être inférieure à 8 centimètres, enduits compris.

ART. 8. — Les tuyaux de cheminée ne pourront dévier de la verticale de manière à former avec elle un angle de plus de 30 degrés.

Ils devront avoir une section égale dans toute leur hauteur et seront facilement accessibles à leur partie supérieure.

ART. 9. — Ne sont pas assujettis aux prescriptions de construction indiquées dans les articles précédents, notamment en ce qui concerne la nature des matériaux à employer : 1° les tuyaux de fumée placés à l'extérieur des habitations ; 2° les tuyaux de foyers mobiles ou à flamme renversée, pourvu que ces tuyaux ne sortent pas du local où est le foyer ; enfin les tuyaux de fumée d'usine, autant qu'ils ne traversent pas d'habitation.

ART. 10. — Ampliation du présent arrêté sera adressée à M. l'Inspecteur général des Ponts et Chaussées, directeur des Travaux de Paris, qui est chargé d'en assurer l'exécution.

Fait à Paris, le 8 août 1874.

Signé : **FERDINAND DUVAL.**

porteront un couronnement en pierre devant servir de plate-forme et faisant saillie d'au moins 15 centimètres sur chaque face. Elles devront, en outre, être munies d'une main-courante en fer.

Art. 2.

Il est permis d'établir des conduits de fumée dans l'intérieur des murs de refend, sous la double condition :

1° Que ces murs auront une épaisseur de 40 centimètres, s'ils sont construits en moellons, ou de 37 centimètres, s'ils sont construits en briques, enduits compris ;

2° Que les conduits de fumée seront exécutés en briques de bonne qualité, droites ou cintrées, ou en wagons de terre cuite.

Art. 3.

L'adossement des tuyaux de fumée à des pans de fer ne pourra être autorisé qu'après que l'Administration aura reconnu que ces pans de fer, dont les dispositions devront lui être soumises, sont établis dans des conditions satisfaisantes de solidité, et en outre, à charge de maintenir un renformis de 5 centimètres en plâtre, non compris l'épaisseur du tuyau, entre les pans de fer et les tuyaux de fumée.

Art. 4.

Entre la paroi intérieure des tuyaux engagés dans les murs et le tableau des baies pratiquées dans ces murs, il sera toujours réservé un dosseret de maçonnerie pleine ayant au moins 45 centimètres d'épaisseur, enduits compris.

Cette épaisseur pourra être réduite à 25 centimètres, à la condition que le dosseret soit construit en pierres de taille ou en briques de bonne qualité.

Art. 5.

Tout conduit de fumée présentant une section intérieure de moins de 60 centimètres de longueur sur 25 centimètres de largeur, devra avoir au minimum une section de 4 décimètres carrés ; le petit côté des tuyaux rectangulaires n'aura pas moins de 20 centimètres et le grand côté ne pourra dépasser le petit de plus d'un quart.

Art. 6.

Les tuyaux de cheminée non engagés dans les murs ne seront autorisés que s'ils sont adossés à des piles en maçonnerie ou à des murs en moellons ayant au moins 22 centimètres d'épaisseur, ou, dans le dernier étage, à des cloisons en briques de 11 centimètres d'épaisseur.

Ils devront être solidement attachés au mur tuteur par des ceintures en fer dont l'espacement ne dépassera pas 2 mètres.

Les tuyaux qui présenteront une section de 60 centimètres de longueur sur 25 centimètres de largeur pourront être en plâtre pigeonné à la main.

Ceux de dimensions moindres devront, à moins d'une autorisation spéciale, être construits soit en briques, soit en terre cuite et recouverts en plâtre.

Art. 7.

Les boisseaux en terre cuite, employés comme tuyaux adossés, seront à emboîtement et formeront, avec l'enduit en plâtre, une épaisseur totale de 8 centimètres.

Art. 8.

L'épaisseur des languettes, parois et costières des tuyaux engagés dans les murs ou adossés ne pourra jamais être inférieure à 8 centimètres, enduits compris.

Art. 9.

Les tuyaux de cheminée ne pourront dévier de la verticale, de manière à former avec elle un angle de plus de 30 degrés.

Ils devront avoir une section égale dans toute leur hauteur et seront facilement accessibles à leur partie supérieure.

Art. 10.

Ne sont pas assujettis aux prescriptions de construction indiquées dans les articles précédents, notamment en ce qui concerne la nature des matériaux à employer :

1° Les tuyaux de fumée placés à l'extérieur des habitations ;

2° Les tuyaux des foyers mobiles ou à flamme renversée, pourvu que les tuyaux ne sortent pas du local où est le foyer ;

3° Enfin, les tuyaux de fumée d'usine, autant qu'ils ne traversent pas d'habitation.

Art. 11.

L'arrêté préfectoral sus-visé du 8 août 1874 est et demeure abrogé.

Art. 12.

Le Directeur des Travaux de Paris est chargé de l'exécution du présent arrêté, qui sera publié et affiché, et, en outre, inséré au *Recueil des actes administratifs de la Préfecture de la Seine.*

Fait à Paris, le 15 Janvier 1881.

Signé : F. HEROLD.

11° — Arrêté préfectoral du 18 janvier 1881

concernant les constructions élevées dans la zone des carrières de la Ville de Paris.

LE SÉNATEUR, PRÉFET DE LA SEINE,

Vu la loi du 16-24 août 1790, sur l'organisation judiciaire, portant. Titre XI, art. 3 : « *Les objets de police confiés à la vigilance et à l'autorité des* » *corps municipaux sont : 1° Tout ce qui intéresse la sûreté et la commodité* » *du passage dans les rues, quais, places et voies publics… ; 2° Le soin de* » *prévenir par les précautions convenables… les accidents . »* :

Vu le décret du 26 mars 1852 portant art. 4 : « *Il (tout constructeur)* » *devra pareillement adresser à l'Administration un plan et des coupes cotés* » *de constructions qu'il projette, et se soumettre aux prescriptions qui lui* » *seront faites dans l'intérêt de la sûreté publique et de la salubrité… Une* » *coupe géologique des fouilles pour fondation de bâtiments sera dressée par* » *tout architecte constructeur, et remise à la Préfecture de la Seine… »* ;

Vu l'avis du Conseil municipal de la ville de Paris, en date du 26 novembre 1880 ;

Considérant que les constructions exécutées sur le sol des carrières nécessitent des précautions spéciales dans l'intérêt de la sécurité publique ;

Sur la proposition de l'Inspecteur général des Ponts et Chaussées, Directeur des Travaux de Paris.

ARRÊTE :

ARTICLE PREMIER

A l'avenir, toute demande de construction ou de surélévation de bâtiment, d'établissement de jambes-étrières, etc., etc., sur des terrains situés dans la zone des carrières de la ville de Paris, sera l'objet d'un examen spécial de la part du service des carrières du département de la Seine, qui indiquera les mesures à prendre ou les travaux à exécuter pour assurer la stabilité des fondations des constructions.

Art. 2.

Tout constructeur qui demandera l'autorisation de bâtir ou de surélever des constructions, d'établir des jambes étrières, etc., etc., sur des terrains situés dans la zone des carrières de la ville de Paris, devra, avant de se mettre à l'œuvre, se conformer aux conditions particulières qui lui seront indiquées par l'Administration, dans l'intérêt de la sûreté publique.

Art. 3.

Il devra joindre aux plans, dont la remise continuera à être effectuée dans les bureaux de la Préfecture, pour le service de la voirie, un plan d'ensemble destiné au service des carrières, représentant le périmètre de la propriété et les surfaces affectées aux constructions projetées avec l'indication exacte des distances de cette propriété aux angles les plus rapprochés des deux rues voisines. — Il devra y annexer la coupe géologique des fouilles pour fondation, et, au cas où il connaîtrait l'existence d'une carrière sous l'emplacement, le plan de cette carrière.

Faute par le constructeur de remettre les plans destinés au service des carrières, la permission de bâtir ne pourra lui être délivrée, et tout retard dans la remise prorogera d'autant le délai imparti pour la délivrance de la permission.

Art. 4.

Les contraventions aux dispositions du présent arrêté seront déférées aux tribunaux compétents.

Art. 5.

Le Directeur des Travaux de Paris est chargé de l'exécution du présent arrêté qui sera publié et affiché, et, en outre, inséré dans le *Recueil des Actes administratifs* de la Préfecture de la Seine.

Fait à Paris, le 18 janvier 1881.

Signé : **F. HEROLD.**

12⁰ — Décret du 23 juillet 1884

portant règlement sur la hauteur des maisons, les combles et les lucarnes dans la Ville de Paris.

LE PRÉSIDENT DE LA RÉPUBLIQUE FRANÇAISE,

Sur le rapport du Ministre de l'Intérieur,

Vu le décret du 26 mars 1852, relatif aux rues de Paris ;

Vu les décrets des 27 juillet 1859 et 18 juin 1872 (1), portant règlement sur

---

(1) Voici le texte des décrets des 27 juillet 1859 et 18 juin 1872, remplacés par le décret du 23 juillet 1884 :

1⁰ Décret du 27 juillet 1859.

NAPOLÉON, par la grâce de Dieu et la volonté nationale, empereur des Français, à tous présents et à venir, salut.

Sur le rapport de notre Ministre Secrétaire d'État au département de l'Intérieur ;

Vu la déclaration du 10 avril 1783 ;

Les lettres patentes du 25 août 1784 ;

Les décrets des 14 décembre 1789, 16-24 août 1790 et 19-22 juillet 1791 ;

Le décret du 26 mars 1852, et notamment les articles 4 et 7, ce dernier ainsi conçu :

« Il sera statué, par un décret ultérieur, rendu dans la forme des règlements d'Adminis-
» tration publique, en ce qui concerne la hauteur des maisons, les combles et les lucarnes ; »

Notre Conseil d'État entendu,

AVONS DÉCRÉTÉ ET DÉCRÉTONS CE QUI SUIT :

TITRE PREMIER

De la hauteur des bâtiments.

SECTION PREMIÈRE

De la hauteur des façades des bâtiments bordant les voies publiques.

ARTICLE PREMIER. — La hauteur des façades des maisons bordant les voies publiques, dans la Ville de Paris, est déterminée par la largeur légale de ces voies publiques.

Cette hauteur, mesurée du trottoir ou du pavé, au pied des façades des bâtiments, et prise, dans tous les cas, au milieu de ces façades, ne peut excéder, y compris les entablements, attiques et toutes les constructions à plomb du mur de face, savoir :

Onze mètres soixante et dix centimètres pour les voies publiques au-dessous de sept mètres quatre-vingts de largeur ;

Quatorze mètres soixante centimètres pour les voies publiques de sept mètres quatre-vingts et au-dessus, jusqu'à neuf mètres soixante-quinze centimètres ;

Dix-sept mètres quarante-cinq centimètres pour les voies publiques de neuf mètres soixante-quinze centimètres et au-dessus ;

Toutefois, dans les rues et boulevards de vingt mètres et au-dessus, l'Administration municipale pourra, en vue du raccordement et de l'harmonie des lignes de construction, permettre de porter la hauteur des bâtiments jusqu'à un maximum de vingt mètres, mais

la hauteur des maisons, les combles et les lucarnes dans la Ville de Paris ;
Vu l'avis émis par le Conseil municipal de la Ville de Paris, dans sa
séance du 30 juin 1882 ;

à la charge par les constructeurs de ne faire, en aucun cas, au-dessus du rez-de-chaussée, plus de cinq étages carrés, entresol compris.

ART. 2. — Les façades qui seront construites sur la voie publique, soit en retraite de l'alignement, soit à fruit ou de toute autre manière, ne peuvent être élevées qu'à la hauteur déterminée pour les maisons construites à l'alignement.

ART. 3. — Tout bâtiment situé à l'encoignure de deux voies publiques d'inégale largeur peut, par exception, être élevé du côté de la rue la plus étroite, jusqu'à la hauteur fixée pour la plus large.

Toutefois, cette exception ne s'étendra, sur la voie la plus étroite, que jusqu'à concurrence de la profondeur du corps de bâtiment ayant face sur la voie la plus large, soit que ce corps de bâtiment soit simple ou double en profondeur.

Cette disposition exceptionnelle ne peut être invoquée que pour les bâtiments construits à l'alignement déterminé pour les deux voies publiques.

ART. 4. — Pour les bâtiments autres que ceux dont il est parlé en l'article précédent, et qui occupent tout l'espace compris entre deux voies d'inégale largeur ou de niveau différent, chacune des deux façades ne peut dépasser la hauteur fixée en raison de la largeur ou du niveau de la voie publique sur laquelle chaque façade sera située.

Toutefois, lorsque la plus grande distance entre les deux façades n'excède pas quinze mètres, la façade bordant la voie publique la moins large ou du niveau le plus bas peut, par exception, être élevée à la hauteur fixée pour la rue la plus large ou du niveau le plus élevé.

SECTION II
De la hauteur des bâtiments situés en dehors des voies publiques.

ART. 5. — Les bâtiments situés en dehors des voies publiques, dans les cours et espaces intérieurs, ne peuvent excéder, sur aucune de leurs faces, la hauteur de dix-sept mètres cinquante-cinq centimètres, mesurée du sol.

L'Administration peut, toutefois, autoriser, par exception, des constructions plus élevées pour des besoins d'art, de science ou d'industrie.

Dans ces cas exceptionnels, elle fixe les dimensions, la forme et le mode de construction de ces surélévations.

SECTION III
De la hauteur des étages.

ART. 6. — Dans tous les bâtiments, de quelque nature qu'ils soient, il ne peut être exigé, en exécution de l'article 4 du décret du 26 mars 1852, une hauteur d'étage de plus de deux mètres soixante centimètres.

Pour l'étage dans le comble, cette hauteur s'applique à la partie la plus élevée du rampant.

TITRE II
Des combles.
SECTION PREMIÈRE
Des combles au-dessus des façades élevées au minimum de la hauteur légale.

ART. 7. — Le faîtage du comble ne peut excéder une hauteur égale à la moitié de la profondeur du bâtiment, y compris les saillies et corniches.

Vu les propositions du Préfet de la Seine, en date des 7 septembre 1882 et 30 novembre 1883 ;

Vu l'avis du Conseil général des bâtiments civils, en date du 24 juillet 1883 ;

Le Conseil d'État entendu.

DÉCRÈTE :

TITRE PREMIER

DE LA HAUTEUR DES BATIMENTS.

PREMIÈRE SECTION

De la hauteur des bâtiments bordant les voies publiques.

ARTICLE PREMIER.

La hauteur des bâtiments bordant les voies publiques dans la Ville de Paris est déterminée par la largeur légale de ces voies publiques pour les

---

Le profil du comble, sur la façade du côté de la voie publique, ne peut dépasser une ligne inclinée à quarante-cinq degrés, partant de l'extrémité de la corniche ou de l'entablement.

ART. 8. — Sur les quais, boulevards, places publiques et dans les voies publiques, de quinze mètres au moins de largeur, ainsi que dans les cours et espaces intérieurs en dehors de la voie publique, la ligne droite inclinée à quarante-cinq degrés dans le périmètre indiqué ci-dessus peut être remplacée par un quart de cercle dont le rayon ne peut excéder la hauteur fixée par l'article 7.

La saillie de l'entablement sera laissée en dehors du quart de cercle.

ART. 9. — Les combles des bâtiments situés à l'angle d'une voie publique de quinze mètres au moins de largeur et d'une voie publique de moins de quinze mètres peuvent, par exception, être établis sur cette dernière voie suivant le périmètre déterminé par l'article 8, mais seulement dans la même profondeur que celle fixée par l'article 3.

ART. 10. — Dans les cas prévus par les trois articles précédents, les reliefs de chéneaux et membrons ne doivent pas excéder la ligne inclinée à quarante-cinq degrés partant de l'extrémité de l'entablement, ou le quart de cercle qui, dans le cas prévu par l'article 8, peut remplacer cette ligne.

ART. 11. — Les murs de dossier et les tuyaux de cheminée ne pourront percer la ligne rampante du comble qu'à un mètre cinquante centimètres mesurés horizontalement du parement extérieur du mur de face, ni s'élever à plus de soixante centimètres au-dessus du faîtage.

ART. 12. — La face extérieure des lucarnes doit être placée en arrière du parement extérieur du mur de face donnant sur la voie publique et à une distance d'au moins trente centimètres.

Elles ne peuvent s'élever, compris leurs toitures, à plus de trois mètres au-dessus de la base des combles.

Leur largeur ne peut excéder un mètre cinquante centimètres hors œuvre.

Les jouées de ces lucarnes doivent être parallèles entre elles

bâtiments alignés, et par la largeur effective pour les bâtiments retranchables.

Cette hauteur, mesurée du trottoir ou du revers pavé au pied de la façade du bâtiment, et prise au point le plus élevé du sol, ne peut excéder, y com-

---

Les intervalles auront au moins un mètre cinquante centimètres, quelle que soit la largeur des lucarnes.

La saillie de leurs corniches, égouts compris, ne doit pas excéder quinze centimètres.

Il peut être établi un second rang de lucarnes, en se renfermant dans le périmètre déterminé par les articles 7 et 8.

SECTION II
Des combles au-dessus des façades élevées à une hauteur moindre que la hauteur légale.

ART. 13. — Les combles au-dessus des façades qui ne seraient pas élevées au maximum de hauteur déterminée dans le titre Ier, peuvent dépasser le périmètre fixé par l'article 7 ; mais ils ne doivent pas toutefois, ainsi que leurs chéneaux, membrons, lucarnes et murs de dossier, excéder le périmètre général des bâtiments, fixé, tant pour les façades que pour les combles, par les dispositions du titre Ier et de la première section du présent titre.

ART. 14. — Les dispositions du présent titre sont applicables à tous les bâtiments placés ou non sur la voie publique.

TITRE III
Dispositions transitoires.

ART. 15. — Les murs de face, les combles, les lucarnes, dont l'élévation et la forme excèdent actuellement celles ci-dessus prescrites, ne peuvent être réconfortés ni reconstruits qu'à la charge de se conformer aux dispositions qui précèdent.

Toutefois, l'interdiction de réconforter les bâtiments situés en dehors des voies publiques dans les cours et espaces intérieurs, ne sera appliquée à ces bâtiments qu'à l'expiration d'un délai de vingt ans, à partir de la promulgation du présent décret.

TITRE IV
Dispositions diverses.

ART. 16. — Les dispositions du présent décret ne sont pas applicables aux édifices publics.

ART. 17. — Les dispositions des règlements, ordonnances, et autres actes qui seraient contraires au présent décret, sont et demeurent rapportées.

ART. 18. — Notre Ministre Secrétaire d'État au département de l'Intérieur est chargé de l'exécution du présent décret.

Fait au Palais de Saint-Cloud, le 27 juillet 1859.

Signé : NAPOLÉON.

2° Décret du 18 juin 1872.

LE PRÉSIDENT DE LA RÉPUBLIQUE FRANÇAISE,

Sur le rapport du Ministre de l'Intérieur,

Vu le décret du 26 mars 1852, relatif aux rues de Paris, et notamment les articles 4 et 7 ce dernier ainsi conçu :

pris les entablements, attiques et toutes les constructions à plomb des murs de face, savoir :

Douze mètres (12^m,00) pour les voies publiques au-dessous de sept mètres quatre-vingts centimètres (7^m.80) de largeur ;

Quinze mètres (15^m.00) pour les voies publiques de sept mètres quatre-

---

« Il sera statué, par un décret ultérieur, rendu dans la forme des règlements d'admi-
» nistration publique, en ce qui concerne la hauteur des maisons, les combles et les
« lucarnes. »

Vu le décret du 27 juillet 1859, portant règlement d'administration publique sur la hau
teur des maisons, les combles et les lucarnes, dans la même ville;

Vu le décret du 1er août 1864, aux termes duquel l'article 1er, § 6, du décret du 27 juillet 1859 est remplacé par la disposition suivante :

« Toutefois, dans les rues ou boulevards de vingt mètres de largeur et au-dessus, l'admi-
» nistration municipale pourra, en vue du raccordement et de l'harmonie des lignes de
» construction, permettre de porter la hauteur des bâtiments jusqu'au maximum de 20 mè-
» tres, mais à la charge, par les constructeurs de ne faire, en aucun cas, au-dessus du rez-
» de-chaussée, plus de cinq étages carrés, entresol compris »;

Vu la délibération du Conseil Municipal de Paris du 22 janvier 1872;

Vu l'avis du Préfet de la Seine;

La Commission provisoire, chargée de remplacer le Conseil d'État, entendue,

DÉCRÈTE :

ARTICLE PREMIER. — Les propriétaires d'immeubles en façade sur les rues et boulevards de vingt mètres de largeur et au-dessus, auront le droit de construire à la hauteur maxima de 20 mètres, sous les conditions ci-après :

1° Il ne peut être fait, en aucun cas, au-dessus du rez-de-chaussée, plus de cinq étages carrés, entresol compris;

2° Dans chaque construction élevée à la hauteur de 20 mètres, il est ménagé une cour d'une surface de quarante mètres, et dont le plus petit côté doit avoir au moins quatre mètres.

Cette dernière disposition n'est pas applicable aux terrains prenant façade sur deux rues et d'une disposition telle qu'il ne peut y être élevé qu'un seul corps de bâtiment double en profondeur et occupant tout l'espace compris entre les deux voies.

En dehors de ce cas, si la dimension et la configuration du terrain ne permettent pas de ménager, dans la propriété, une cour de quarante mètres, la construction ne peut être élevée à la hauteur de vingt mètres qu'avec l'autorisation de l'administration municipale.

ART. 2. — Quelle que soit la hauteur des maisons à construire, la surface des courettes ne peut, en aucun cas, être inférieure à quatre mètres. Le plus petit côté doit avoir au moins 1^m,60.

Les courettes ne peuvent servir à éclairer ni à aérer aucune pièce à usage de chambre à coucher, si ce n'est au dernier étage de la maison.

ART. 3. — Le décret du 1er août 1864 est rapporté.

Le décret du 27 juillet 1859 est maintenu en ce qui n'est pas contraire au présent décret.

ART. 4. — Le Ministre de l'Intérieur est chargé de l'exécution du présent décret.

Fait à Versailles, le 18 juin 1872.

Signé : A. THIERS.

vingts centimètres (7ᵐ,80) à neuf mètres soixante-quatorze centimètres (9ᵐ,74) de largeur ;

Dix-huit mètres (18ᵐ.00) pour les voies publiques de neuf mètres soixante-quatorze (9ᵐ,74) à vingt mètres (20ᵐ,00) de largeur ;

Vingt mètres (20ᵐ,00) pour les voies publiques (places, carrefours, rues, quais, boulevards, etc.) de vingt mètres (20ᵐ.00) de largeur et au-dessus.

Le mode de mesurage indiqué au paragraphe 2 du présent article ne sera applicable pour les constructions en bordure des voies en pente que pour les bâtiments dont la longueur n'excède pas 30 mètres ; au delà de cette longueur, les bâtiments seront abaissés suivant la déclivité du sol.

Si le constructeur établit plusieurs maisons distinctes, la hauteur sera mesurée séparément pour chacune de ces maisons suivant les règles énoncées ci-dessus.

Art. 2.

Les bâtiments dont les façades seront construites, partie à l'alignement, partie en arrière de l'alignement, soit par suite du retrait à n'importe quel niveau d'une partie du mur de face, soit à fruit ou de toute autre manière, devront être renfermés dans le même périmètre que les bâtiments construits entièrement à l'alignement.

Art. 3.

Tout bâtiment situé à l'angle de voies publiques d'inégale largeur, peut être élevé sur les voies les plus étroites jusqu'à la hauteur fixée pour la plus large, sans que toutefois la longueur de la partie de la façade ainsi élevée sur les voies les plus étroites puisse excéder deux fois et demie la largeur légale de ces voies.

Cette disposition ne peut être invoquée que pour les bâtiments construits à l'alignement déterminé par ces voies publiques.

Si ces voies communiquant entre elles sont placées à des niveaux différents, la cote qui servira à déterminer la hauteur de la construction sera la moyenne des cotes prises au point le plus élevé sur chaque voie, à la condition qu'en aucun point la hauteur réelle de la façade ne dépasse de plus de 2 mètres la hauteur légale.

Art. 4.

Pour les bâtiments autres que ceux dont il est parlé en l'article précédent et qui occupent tout l'espace compris entre des voies d'inégales largeurs ou de niveaux différents, chacune des façades ne peut dépasser la hauteur fixée en raison de la largeur ou du niveau de la voie publique sur laquelle elle est située.

Toutefois, lorsque la plus grande distance entre les deux façades d'un même bâtiment n'excède pas 15 mètres, la façade bordant la voie publique la moins large ou du niveau le plus bas peut être élevée à la hauteur fixée pour la voie la plus large ou du niveau le plus élevé.

IIe SECTION

De la hauteur des bâtiments ne bordant pas les voies publiques.

ART. 5.

Les bâtiments dont toute la façade est établie en retrait des voies publiques pourront être élevés, soit à la hauteur de quinze mètres (15ᵐ,00), soit à celle de dix-huit mètres (18ᵐ,00), soit à celle de vingt mètres (20ᵐ,00), mesurée du pied de la construction, à la condition que le retrait sur l'alignement, ajouté à la largeur de la voie, donnera au moins une largeur de 7ᵐ,80 dans le premier cas, de 9ᵐ,74 dans le second cas et de 20 mètres dans le troisième cas.

Les bâtiments situés en retrait de l'alignement dans les voies publiques de 20 mètres ne pourront pas être élevés à une hauteur supérieure à 20 mètres.

ART. 6.

Les hauteurs des bâtiments établis en bordure des voies privées, des passages, impasses, cités et autres espaces intérieurs, seront déterminées d'après la largeur de ces voies ou espaces, conformément aux règles fixées à l'article 1ᵉʳ pour les bâtiments en bordure des voies publiques.

IIIe SECTION

Du nombre et de la hauteur des étages.

ART. 7.

Dans les bâtiments, de quelque nature qu'ils soient, il ne pourra, en aucun cas, être toléré plus de sept étages au-dessus du rez-de-chaussée, entresol compris, tant dans la hauteur du mur de face que dans celle du comble, telles que ces hauteurs sont déterminées par les articles 1. 9, 10 et 11.

ART. 8.

Dans les bâtiments, de quelque nature qu'ils soient, la hauteur du rez-de-chaussée ne pourra jamais être inférieure à 2ᵐ,80 mesurés sous plafond. La hauteur des sous-sols et des autres étages ne devra pas être inférieure à 2ᵐ,60 mesurés sous plafond. Pour les étages dans les combles, cette hauteur de 2ᵐ,60 s'applique à la partie la plus élevée du rampant.

TITRE II

DES COMBLES AU-DESSUS DES FAÇADES.

ART. 9.

Pour les bâtiments construits en bordure des voies publiques, le profil du comble, tant sur les façades que sur les ailes, ne peut dépasser un arc de cercle dont le rayon sera égal à la moitié de la largeur légale ou effective de la voie publique, ainsi qu'il est dit à l'article 1ᵉʳ, sans toutefois que ce rayon puisse être jamais supérieur à huit mètres cinquante centimètres (8ᵐ,50). Si la largeur de la voie est inférieure à 10 mètres, le constructeur aura cependant droit à un rayon minimum de 5 mètres. Quelles que soient la forme et la hauteur du comble, toutes les saillies qu'il pourrait présenter devront être renfermées dans l'arc de cercle considéré comme un gabarit dont on ne devra pas sortir.

Le point de départ de l'arc de cercle sera placé à l'aplomb de l'alignement des murs de face et le centre à la hauteur légale du bâtiment, telle qu'elle est déterminée par l'article 1ᵉʳ.

ART. 10.

Les dispositions de l'article 9, sauf en ce qui concerne la détermination du rayon du comble, sont applicables :

1° Aux bâtiments construits en retrait des voies publiques, ainsi qu'il est dit à l'article 5;

2° Aux bâtiments situés en bordure des voies privées, des passages, impasses, cités et autres espaces intérieurs.

Dans ces cas, le rayon du comble sera calculé d'après la largeur moyenne de l'espace libre au droit de la façade du bâtiment et égal à la moitié de cette largeur dans les conditions déterminées par l'article 9.

Toutefois, les cages d'escaliers pratiquées sur les cours pourront sortir du périmètre indiqué ci-dessus, de manière à pouvoir s'élever jusqu'au plafond du dernier étage desservi par lesdits escaliers.

Art. 11.

Pour les constructions situées à l'angle des voies publiques d'inégales largeurs, dont il est parlé à l'article 3, le comble pour le bâtiment en façade sur la voie publique la plus large sera déterminé d'après les bases indiquées à l'article 9 et pourra être retourné avec les mêmes dimensions sur toute la partie du bâtiment en façade sur la voie la plus étroite dans les limites déterminées par l'article 3.

Art. 12.

Les murs de dossier et les tuyaux de cheminée ne pourront percer la ligne rampante du comble qu'à un mètre cinquante centimètres (1m,50) mesurés horizontalement du parement extérieur du mur de face à sa base, ni s'élever à plus de soixante centimètres (0m,60) au-dessus de la hauteur légale du sommet du comble.

Art. 13.

La face extérieure des lucarnes et œils-de-bœuf peut être placée à l'aplomb du parement extérieur du mur de face donnant sur la voie publique, mais jamais en saillie.

Le couronnement des lucarnes ou œils-de-bœuf établis soit en premier, soit en second rang, ne pourra faire saillie de plus de cinquante centimètres (0m,50) sur le périmètre légal, mesurés suivant le rayon dudit périmètre.

L'ensemble produit par les largeurs cumulées des faces des lucarnes d'un bâtiment ne pourra pas excéder les deux tiers de la longueur de face de ce bâtiment.

Art. 14.

Les constructeurs qui n'élèvent pas les façades de leurs bâtiments à toute la hauteur permise jouiront de la faculté d'établir les autres parties de leurs bâtiments suivant leur convenance, sans pouvoir toutefois sortir du périmètre légal, tel qu'il est déterminé, tant pour les façades que pour les combles, par les dispositions des 1re et 2e sections du titre Ier et du titre II.

Art. 15.

Les dispositions du présent titre sont applicables à tous les bâtiments situés ou non en bordure des voies publiques.

TITRE III

DES COURS ET DES COURETTES

ART. 16.

Dans les bâtiments, de quelque nature qu'ils soient, dont la hauteur ne dépasserait pas 18 mètres, les cours sur lesquelles prendront jour et air des pièces pouvant servir à l'habitation n'auront pas moins de 30 mètres de surface, avec une largeur moyenne qui ne pourra être inférieure à 5 mètres.

ART. 17.

Dans les bâtiments élevés sur la voie publique à une hauteur supérieure à 18 mètres, mais dont les ailes ne dépasseraient pas cette hauteur, les cours devront avoir une surface minima de 40 mètres, avec une largeur moyenne qui ne pourra être inférieure à 5 mètres.

Lorsque les ailes de ces bâtiments auront également une hauteur supérieure à 18 mètres, les cours n'auront pas moins de 60 mètres de surface, avec une largeur moyenne qui ne pourra être inférieure à 6 mètres.

ART. 18.

La cour de 40 mètres ne sera pas exigée pour les constructions établies sur des terrains prenant façade sur plusieurs voies et d'une dimension telle qu'il ne puisse y être élevé qu'un corps de bâtiment occupant tout l'espace compris entre ces voies.

ART. 19.

Toute courette qui servira à éclairer et aérer des cuisines devra avoir au moins neuf mètres (9^m.00) de surface et la largeur moyenne ne pourra être inférieure à un mètre quatre-vingts centimètres (1^m.80).

ART. 20.

Toute courette sur laquelle seront exclusivement éclairés et aérés des cabinets d'aisances, vestibules ou couloirs, devra avoir au moins quatre mètres (4^m.00) de surface avec une largeur qui ne pourra en aucun point être moindre de un mètre soixante centimètres (1^m.60).

ART. 21.

Au dernier étage des corps de logis, on pourra tolérer que des pièces servant à l'habitation prennent jour et air sur les courettes, à la condition que lesdites courettes aient une surface de 5 mètres au moins.

Art. 22.

Il est interdit d'établir des combles vitrés dans les cours ou courettes, au-dessus des parties sur lesquelles sont aérés et éclairés, soit des pièces pouvant servir à l'habitation, soit des cuisines, soit des cabinets d'aisances, à moins qu'ils ne soient munis d'un châssis ventilateur à faces verticales dont le vide aura au moins le tiers de la surface de la cour ou courette et quarante centimètres 0m,40) au minimum de hauteur, et qu'il ne soit établi, à la partie inférieure, des orifices prenant l'air dans les sous-sols ou caves et ayant au moins 8 décimètres carrés de surface.

Le châssis ventilateur ne sera pas exigé pour les cours et courettes sur lesquelles ne seront aérés ni éclairés, soit des pièces pouvant servir à l'habitation, soit des cuisines, soit des cabinets d'aisances, mais les courettes dont la partie inférieure ne sera pas en communication avec l'extérieur devront être ventilées.

Art. 23.

Lorsque plusieurs propriétaires auront pris, par acte notarié, l'engagement envers la Ville de Paris de maintenir à perpétuité leurs cours communes, et que ces cours auront ensemble une fois et demie la surface réglementaire, les propriétaires pourront être autorisés à élever leurs constructions à la hauteur correspondant à ladite surface réglementaire.

En cas de réunion de plusieurs cours, la hauteur des clôtures ne pourra excéder cinq mètres (5m,00).

Art. 24.

Dans aucun cas, les surfaces des courettes ne pourront être réunies pour former soit une courette, soit une cour d'une dimension réglementaire.

Art. 25.

Toutes les mesures des cours et courettes sont prises dans œuvre.

TITRE IV
DISPOSITIONS DIVERSES

Art. 26.

Les dispositions qui précèdent ne sont pas applicables aux édifices publics.

L'Administration pourra, pour les constructions privées ayant un caractère monumental ou pour des besoins d'art, de science ou d'industrie, autoriser des modifications aux dispositions relatives à la hauteur des bâtiments, après avis du Conseil général des bâtiments civils et avec l'approbation du Ministre de l'Intérieur.

Art. 27.

Les décrets des 27 juillet 1859 et 18 juin 1872 sont rapportés.

Art. 28.

Le Ministre de l'Intérieur est chargé de l'exécution du présent décret.

Fait à Paris, le 23 juillet 1884.

Signé : Jules GRÉVY.

13° — Arrêté préfectoral du 31 juillet 1884
relatif à la publication du décret du 23 juillet 1884.

LE PRÉFET DE LA SEINE.

Vu le décret, en date du 23 juillet 1884, portant règlement sur la hauteur des maisons, les combles et les lucarnes dans la Ville de Paris.

ARRÊTE :

ARTICLE PREMIER

Le décret susvisé sera publié et affiché dans la Ville de Paris. Il sera, en outre, inséré au *Recueil des Actes administratifs* du département de la Seine.

Art. 2.

L'Inspecteur général des Ponts et Chaussées, Directeur des travaux de Paris, est chargé de l'exécution du présent arrêté.

Fait à Paris, le 31 juillet 1884.

Signé : E. POUBELLE.

III

SAILLIES DES CONSTRUCTIONS SUR LA VOIE PUBLIQUE

1° — Décret du 22 juillet 1882

portant règlement sur les saillies permises dans la Ville de Paris.

LE PRÉSIDENT DE LA RÉPUBLIQUE FRANÇAISE

Sur le rapport du Ministre de l'Intérieur ;

Vu l'ordonnance royale du 24 décembre 1823 (1), portant règlement sur les saillies, auvents et constructions semblables à permettre dans la Ville de Paris ;

_____

(1) Voici le texte de l'ordonnance royale du 24 décembre 1823, remplacée aujourd'hui par le décret du 22 juillet 1882 :

LOUIS, etc. ;

Sur le rapport de notre ministre secrétaire d'État au département de l'intérieur ;

Vu l'ordonnance du bureau des finances de Paris, du 14 décembre 1725, portant détermination des saillies à permettre dans cette ville ;

Vu les lettres patentes du 22 octobre 1733, concernant les droits de voirie ;

Vu les lettres patentes du 31 décembre 1781, ordonnant l'exécution des différents règlements relatifs à la voirie de Paris ;

Vu le décret du 27 octobre 1808 ;

Sur le compte qui nous a été rendu des accidents multipliés arrivés dans notre bonne ville de Paris par la chute d'entablements, des corniches et d'auvents en plâtre, et de la difformité, des embarras et des dangers que présente la saillie démesurée des devantures de boutiques, tableaux, enseignes, étalages, bornes et autres objets placés au-devant des murs de face des maisons ;

Considérant qu'il est indispensable de prendre des mesures promptes et efficaces, afin de prévenir de nouveaux malheurs, et de remédier aux abus qui se sont introduits par suite de l'inexécution des règlements ;

Notre conseil d'État entendu ;

NOUS AVONS ORDONNÉ ET ORDONNONS CE QUI SUIT :

TITRE PREMIER
DISPOSITIONS GÉNÉRALES

ARTICLE PREMIER. — Il ne pourra, à l'avenir, être établi, sur les murs de face des maisons de notre bonne ville de Paris, aucune saillie autre que celles déterminées par la présente ordonnance.

ART. 2. — Toute saillie sera comptée à partir du nu du mur, au-dessus de la retraite.

Vu les décrets des **27 octobre 1808** et **28 juillet 1874**, concernant le tarif des droits de voirie à percevoir dans la Ville de Paris;

Vu l'avis émis par le Conseil municipal de la Ville de Paris, dans sa séance du **9 avril 1881**, sur un projet de règlement relatif aux saillies à permettre dans cette ville;

Vu l'avis du Préfet de Police;

TITRE II

DIMENSIONS DES SAILLIES

ART. 3. — Aucune saillie ne pourra excéder les dimensions suivantes :

SECTION PREMIÈRE

Saillies fixes.

Pilastres et colonnes en pierre, dans les rues au-dessous de 8 mètres de largeur. 0,03
Dans les rues de 8 à 10 mètres de largeur 0,04
Dans les rues de 12 mètres de largeur et au-dessus. 0,10
Lorsque les pilastres et les colonnes auront une épaisseur plus considérable que les saillies permises, l'excédent sera en arrière de l'alignement de la propriété, et le nu du mur de face formera arrière-corps à l'égard de cet alignement; toutefois, les jambes-étrières ou boutisses devront toujours être placées sur l'alignement.

Dans ce cas, l'élévation des assises de retraite sera réglée, à partir du sol :

Dans les rues de 10 mètres de largeur et au-dessous, à 0,80
Dans celles de 10 à 12 mètres de largeur, à 1,00
Dans celles de 12 mètres et au-dessus, à 1,15
Grands balcons 0,80
Herses, chardons, artichauts et fraises 0,80
Auvents de boutique. 0,80
Petits auvents au-dessus des croisées 0,25
Bornes dans les rues au-dessous de 10 mètres de largeur. 0,50
Bornes dans les rues de 10 mètres et au-dessus. 0,80
Bancs de pierre aux côtés des portes des maisons 0,60
Corniches en menuiserie sur boutiques. 0,50
Abat-jour de croisée, dans la partie la plus élevée 0,33
Moulinets de boulanger et poulies 0,50
Petits balcons, y compris l'appui des croisées 0,22
Seuils, socles 0,22
Colonnes isolées en menuiserie. 0,16
Colonnes engagées en menuiserie. 0,16
Pilastres en menuiserie. 0,16
Barreaux et grilles de boutique. 0,16
Appui de boutique 0,16
Tuyaux de descente ou d'évier 0,16
Cuvettes 0,16
Devanture de boutique, toute espèce d'ornements compris 0,16

Vu la proposition du Sénateur, Préfet de la Seine, en date du 3 mai 1881 ;
Le Conseil d'État entendu,

DÉCRÈTE :

TITRE Ier

DISPOSITIONS GÉNÉRALES

ARTICLE PREMIER.

A l'avenir, il ne pourra être établi, sur les murs de face des constructions alignées ou non alignées de la Ville de Paris, aucune saillie sur la voie publique autre que celles autorisées par le présent décret.

Tableaux, enseignes, bustes, reliefs, montres, attributs, y compris les bordures, supports et points d'appui.	0,16
Jalousies	0,16
Persiennes ou contrevents	0,11
Appui de croisée	0,08
Barres de support.	0,08

(Les parements de décorations au-dessus du rez-de-chaussée n'auront que l'épaisseur des bois appliqués au mur.)

SECTION II

Saillies mobiles.

Lanternes ou transparents avec potence.	0,75
Lanternes ou transparents en forme d'applique	0,22
Tableaux, écussons, enseignes, montres, étalages, attributs, y compris les supports, bordures, crochets et points d'appui	0,16
Appui de boutique, y compris les barres et crochets.	0,16
Volets, contrevents ou fermetures de boutique.	0,16

ART. 4. — Les saillies déterminées par l'article précédent pourront être restreintes suivant les localités.

TITRE III

DISPOSITIONS RELATIVES A CHAQUE ESPÈCE DE SAILLIE.

SECTION PREMIÈRE

Barrières au-devant des maisons.

ART. 5. — Il est défendu d'établir des barrières fixes au-devant des maisons et de leurs dépendances, quelles qu'elles puissent être, tant dans les rues et places que sur les boulevards, à moins qu'elles ne soient reconnues nécessaires à la propreté et qu'elles ne gênent point la circulation.

La saillie de ces barrières ne pourra, dans aucun cas, excéder un mètre et demi.

ART. 6. — Les propriétaires auxquels il aura été accordé la permission d'établir des barrières seront obligés de les maintenir en bon état.

ART. 2.

Pour les constructions alignées, les jambes étrières ou boutisses au droit des murs séparatifs devront toujours être sur l'alignement et ne pourront recevoir, sur toute la hauteur du rez de-chaussée, à compter du niveau du trottoir, aucune saillie inhérente au gros œuvre du mur de face.

ART. 3.

Toute saillie sera comptée à partir de l'alignement pour les constructions alignées, et à partir du nu du mur de face pour les constructions non alignées et joignant la voie publique.

SECTION II

Bancs, Pas, Marches, Perrons. Bornes.

Art. 7. — Il ne sera permis de placer des bancs au-devant des maisons que dans les rues de 10 mètres de largeur et au-dessus. Ces bancs seront en pierre, ne dépasseront pas l'alignement de la base des bornes, et seront établis dans toute leur longueur sur maçonnerie pleine et chanfreinée.

Art. 8. — Il est défendu de construire des perrons en saillie sur la voie publique.

Les perrons actuellement existants seront supprimés, autant que faire se pourra, lorsqu'ils auront besoin de réparation.

Il ne sera accordé de permission que pour les pas et marches, lorsque les localités l'exigeront. Ces pas et marches ne pourront dépasser l'alignement de la base des bornes. En cas d'insuffisance de cette saillie, le propriétaire rachètera la différence du niveau en se retirant sur lui-même. Néanmoins, les propriétaires des maisons riveraines des boulevards intérieurs de Paris pourront être autorisés à construire des perrons au-devant desdites maisons, s'il est reconnu qu'ils soient absolument nécessaires, et que les localités ne permettent pas aux propriétaires de se retirer sur eux-mêmes. Ces perrons, quelle qu'en soit la forme, ne pourront excéder un mètre de saillie, tout compris, ni approcher à plus d'un mètre de distance de la ligne extérieure des arbres de la contre-allée.

Art. 9. — Il est permis d'établir des bornes aux angles saillants des maisons formant encoignure de rue ; mais, lorsque ces encoignures seront disposées en pan coupé de 60 centimètres au moins et d'un mètre au plus de largeur, une seule borne sera placée au milieu du pan coupé.

SECTION III

Grands balcons.

Art. 10. — Les permissions d'établir de grands balcons ne seront accordées que dans les rues de 10 mètres de largeur et au-dessus, ainsi que dans les places et carrefours, et ce d'après une enquête de *commodo et incommodo*.

S'il n'y a point d'opposition, les permissions sont délivrées. En cas d'opposition, il sera statué par le Conseil de préfecture, sauf le recours au Conseil d'État.

Dans aucun cas, les grands balcons ne pourront être établis à moins de 6 mètres du sol de la voie publique.

Le préfet de police sera toujours consulté sur l'établissement des grands et petits balcons.

4

ART. 4.

Les saillies, dont les dimensions sont variables suivant la largeur des voies, seront déterminées d'après la largeur légale de la voie pour les constructions alignées ou en retraite de l'alignement, et d'après la largeur effective pour les constructions en saillie sur l'alignement.

ART. 5.

Les saillies autorisées ne pourront excéder les dimensions fixées aux tableaux annexés au présent décret et devront satisfaire aux conditions qui y sont déterminées.

SECTION IV
Constructions provisoires, Échoppes.

ART. 11. — Il pourra être permis de masquer, par des constructions provisoires ou des appentis, tout renfoncement entre deux maisons, pourvu qu'il n'ait pas au delà de 8 mètres de longueur, et que sa profondeur soit au moins d'un mètre. Ces constructions ne devront, dans aucun cas, excéder la hauteur du rez-de-chaussée, et elles seront supprimées dès qu'une des maisons attenantes subira retranchement.

Il est permis de masquer par des constructions légères, en forme de pan coupé, les angles de toute espèce de retranchement au-dessus de 8 mètres de longueur, mais sous la même condition que ci-dessus pour leur établissement ou leur suppression.

Le préfet de police sera toujours consulté sur les demandes formées à cet effet.

ART. 12. — Il est expressément défendu d'établir des échoppes en bois ailleurs que dans les angles et renfoncements hors de l'alignement des rues et places.

Toutes les échoppes existantes qui ne sont point conformes aux dispositions ci-dessus seront supprimées lorsque les détenteurs actuels cesseront de les occuper, à moins que l'autorité ne juge nécessaire d'en ordonner plus tôt la suppression.

SECTION V
Auvents et Corniches de boutiques.

ART. 13. — Il est défendu de construire des auvents et corniches en plâtre au-dessus des boutiques. Il ne pourra en être établi qu'en bois, avec la faculté de les revêtir extérieurement de métal ; toute autre manière de les couvrir est prohibée.

Les auvents et corniches en plâtre actuellement établis au-dessus des boutiques ne pourront être réparés. Ils seront démolis lorsqu'ils auront besoin de réparation, et ne seront rétablis qu'en bois.

SECTION VI
Enseignes.

ART. 14. — Aucuns tableaux, enseignes, montres, étalages et attributs quelconques, ne seront suspendus, attachés ni appliqués, soit aux balcons, soit aux auvents. Leurs dimensions seront déterminées, au besoin, par le préfet de police, suivant les localités.

Il pourra, néanmoins, être placé sous les auvents des tableaux ou plafonds en bois, pourvu qu'ils soient posés dans une direction inclinée.

Ces dimensions pourront être restreintes pour les constructions en saillie sur l'alignement.

Art. 6.

L'Administration pourra autoriser, après avis du Conseil général des bâtiments civils et avec l'approbation du Ministre de l'Intérieur, des saillies exceptionnelles pour les constructions ayant un caractère monumental.

Tout étalage formé de pièces d'étoffe disposées en draperie et guirlande, et formant saillie, est interdit au rez-de-chaussée. Il ne pourra descendre qu'à 3 mètres du sol de la voie publique.

Tout crochet destiné à soutenir des viandes en étalage devra être placé de manière que les viandes ne puissent excéder le nu des murs de face, ni faire aucune saillie sur la voie publique.

SECTION VII

Tuyaux de poêle et de cheminée.

Art. 15. — A l'avenir, et pour les maisons de construction nouvelle, aucun tuyau de poêle ne pourra déboucher sur la voie publique.

Dans l'année de la publication de la présente ordonnance, les tuyaux de poêle crêtés et autres qui débouchent actuellement sur la voie publique seront supprimés, s'il est reconnu qu'ils peuvent avoir une issue intérieure. Dans le cas où la suppression ne pourrait avoir lieu, ces mêmes tuyaux seraient élevés jusqu'à l'entablement, avec les précautions nécessaires pour assurer leur solidité et empêcher l'eau rousse de tomber sur les passants.

Art. 16. — Les tuyaux de cheminée en maçonnerie et en saillie sur la voie publique seront démolis et supprimés, lorsqu'ils seront en mauvais état, ou que l'on fera de grosses réparations dans les bâtiments auxquels ils sont adossés.

Les tuyaux de cheminée en tôle, en poterie et en grès ne pourront être conservés extérieurement sous aucun prétexte.

SECTION VIII

Bannes.

Art. 17. — La permission d'établir des bannes ne sera donnée que sous la condition de les placer à 3 mètres au moins au-dessus du sol, dans sa partie la plus basse, de manière à ne pas gêner la circulation. Leurs supports seront horizontaux. Elles n'auront de joues qu'autant que les localités le permettront, et les dimensions en seront déterminées par l'autorité.

Les bannes devront être en toile ou en coutil, et ne pourront, dans aucun cas, être établies sur châssis.

La saillie des bannes ne pourra excéder 1 mètre 50 centimètres.

Dans l'année de la publication de la présente ordonnance, toutes les bannes qui ne seront pas conformes aux conditions exigées plus haut seront changées, réduites ou supprimées.

SECTION IX

Perches.

Art. 18. — Les perches et étendoirs de blanchisseuses, teinturiers, dégraisseurs, couverturiers, etc., ne pourront être établis que dans des rues écartées et peu fréquentées, et après une enquête *de commodo et incommodo*, sur laquelle il sera statué comme il a été dit en l'article 10 ci-dessus.

TITRE II

SAILLIES AUTORISÉES A TITRE PROVISOIRE AU-DEVANT DES CONSTRUCTIONS

ART. 7.

Barrières provisoires, étais, échafauds.

La saillie des barrières provisoires, étais, échafauds, engins et appareils servant à monter et à descendre les matériaux, sera fixée dans chaque cas particulier, suivant les localités et les circonstances, de manière à ne pas gêner la circulation.

SECTION X
Éviers.

ART. 19. — Les éviers pour l'écoulement des eaux ménagères seront permis, sous la condition expresse que leur orifice extérieur ne s'élèvera pas à plus d'un décimètre au-dessus du pavé de la rue.

SECTION XI
Cuvettes.

ART. 20. — A l'avenir, et dans toutes les maisons de construction nouvelle, il ne pourra être établi, en saillie sur la voie publique, aucune espèce de cuvette pour l'écoulement des eaux ménagères des étages supérieurs.

Dans les maisons actuellement existantes, les cuvettes placées en saillie seront supprimées lorsqu'elles auront besoin de réparation, s'il est reconnu qu'elles peuvent être établies à l'intérieur. Dans le cas contraire, elles seront disposées, autant que faire se pourra, de manière à recevoir les eaux intérieurement, et garnies de hausses pour prévenir le déversement des eaux et toute éclaboussure au-dessous.

SECTION XII
Constructions en encorbellement.

ART. 21. — A l'avenir, il ne sera permis aucune construction en encorbellement, et la suppression de celles qui existent aura lieu toutes les fois qu'elles seront dans le cas d'être réparées.

SECTION XIII
Corniches ou entablements.

ART. 22. — Les entablements et corniches en plâtre, au-dessus de 16 centimètres de saillie, seront prohibés dans toutes les constructions en bois.

Il ne sera permis d'établir des corniches ou entablements de plus de 16 centimètres de saillie, qu'aux maisons construites en pierre ou moellon, sous la condition que ces corniches seront en pierre de taille ou en bois, et que la saillie n'excédera, dans aucun cas, l'épaisseur du mur à sa sommité.

On pourra permettre des corniches ou entablements en bois sur les pans de bois.

Les constructeurs devront, en outre, se soumettre, sauf en ce qui touche la pose des étais, aux prescriptions du Préfet de police.

ART. 8.

Constructions provisoires, échoppes.

Il pourra être permis de masquer par des constructions provisoires ou des appentis les renfoncements n'ayant pas plus de huit mètres de longueur et ayant au moins un mètre de profondeur.

Ces constructions provisoires ne devront, dans aucun cas, excéder la hauteur du rez-de-chaussée, et elles seront supprimées dès qu'une des constructions attenantes subira retranchement.

Il pourra de même être permis de masquer, par des constructions provisoires en forme de pan coupé, les angles de toute espèce de renfoncement, mais sous la même condition que ci-dessus, pour leur établissement et leur suppression.

Le Préfet de police sera consulté sur ces demandes.

Les entablements ou corniches des maisons actuellement existantes, qui auront besoin d'être reconstruites en tout ou en partie, seront réduits à la saillie de 16 centimètres, s'ils sont en plâtre, et ne pourront excéder en saillie l'épaisseur du mur à sa sommité, s'ils sont en pierre ou en bois.

SECTION XIV

Gouttières saillantes.

ART. 23. — Les gouttières saillantes seront supprimées en totalité dans le délai d'une année, à partir de la publication de la présente ordonnance.

Il ne sera perçu aucun droit de petite voirie pour les tuyaux de descente qui seront établis en remplacement des gouttières saillantes supprimées dans ce délai.

SECTION XV

Devantures de boutiques.

ART. 24. — Les devantures de boutique, montres, bustes, reliefs, tableaux, enseignes et attributs fixes, dont la saillie excède celle qui est permise par l'article 3 de la présente ordonnance, seront réduits à cette saillie, lorsqu'il y sera fait quelque réparation.

Dans aucun cas, les objets ci-dessus désignés, qui sont susceptibles d'être réduits, ne pourront subsister, savoir : les devantures de boutique, au delà de neuf années, et les autres objets, au delà de trois années, à compter de la publication de la présente ordonnance.

Les établissements du même genre qui seront mobiles seront réduits dans l'année.

Seront supprimées dans le même délai, toutes saillies fixes placées au-devant d'autres saillies.

ART. 25. — Il n'est point dérogé aux dispositions des anciens règlements concernant les saillies, ni au décret du 13 août 1810, concernant les auvents de spectacles et de l'esplanade des boulevards, en tout ce qui n'est pas contraire à la présente ordonnance.

Donné au château des Tuileries, le 24 décembre 1823.

Signé : LOUIS.

TITRE III

Dispositions spéciales et transitoires

Art. 9.

Entablements, corniches.

Les entablements et corniches existant actuellement et dépassant les saillies fixées à l'article 9 ne pourront être réparés, même en partie, et ils devront, dans leurs portions mauvaises, être reconstruits sans excéder la saillie réglementaire.

Art. 10.

Marches, perrons, bancs.

Il est interdit d'établir, de remplacer ou de réparer des marches, bancs, pas, perrons, entrées de caves ou tous ouvrages en saillie sur les alignements et placés sur le sol de la voie publique.

Néanmoins, il pourra être fait exception à cette règle pour ceux de ces ouvrages qui seraient la conséquence de changements apportés au niveau de la voie.

En outre, les marches, pas, perrons et entrées de caves, qui appartiendraient à des immeubles atteints par l'alignement au moment de la promulgation du présent règlement, et qui feraient eux-mêmes saillie sur l'alignement, pourront être entretenus et au besoin reconstruits tels qu'ils existaient jusqu'à l'époque où seront réédifiés les bâtiments dont ils dépendent.

Art. 11.

Bornes.

Il est interdit d'établir des bornes en saillie sur les murs de face ou de clôture, et celles qui existent actuellement devront être enlevées partout où un trottoir sera construit.

Art. 12.

Conduits de fumée.

Aucun conduit de fumée ne pourra être appliqué sur le parement extérieur des murs de face ni déboucher sur la voie publique.

Art. 13.

Cuvettes.

Aucune espèce de cuvette pour l'écoulement des eaux ménagères ou industrielles ne pourra être établie en saillie sur la voie publique.

Art. 14.

Constructions en encorbellement.

Aucune construction en encorbellement sur la voie publique ne sera permise.

Art. 15.

Les objets énumérés dans les articles 12, 13 et 14, qui existent actuellement, ne pourront être réparés et devront être supprimés dès qu'ils seront en mauvais état.

Art. 16.

Contrevents, persiennes.

Les contrevents et persiennes existant actuellement au rez-de-chaussée et se développant à l'extérieur pourront être conservés, mais ils ne pourront être remplacés.

Art. 17.

L'ordonnance royale du 24 décembre 1823 est rapportée.

Art. 18.

Le Ministre de l'Intérieur est chargé de l'exécution du présent décret.

Fait à Paris, le 22 juillet 1882.

Signé : Jules GRÉVY.

DIMENSIONS ET CONDITIONS DES SAILLIES

Objets inhérents au gros œuvre des bâtiments.

NUMÉROS DES ARTICLES	DÉSIGNATION DES OBJETS	SAILLIES AUTORISÉES	
		jusqu'à 2m,60 au-dessus du trottoir	à plus de 2m,60 au-dessus du trottoir
		m. c.	m. c.
	§ 1er. — Socles et objets de décoration.		
1	Socles ou soubassements des maisons et murs...	0, 04	
	Les socles ou soubassements pourront faire ressaut avec la même saillie de 0m,04 au droit des pilastres, colonnes, chaînes, chambranles et pieds-droits. La hauteur des socles et soubassements, mesurée au milieu de la façade, ne devra pas excéder 1m,20 au-dessus du trottoir.		
2	Pilastres, colonnes, chaînes, chambranles, pieds-droits, appuis de croisées et barres d'appui.		
	Dans les voies ayant moins de 12 mètres de largeur...	0, 04	0, 06
	Dans les voies de 12 mètres de largeur et au-dessus...	0, 10	0, 15
	Les bases des pilastres, colonnes, chaînes, chambranles, pieds-droits, etc., ne pourront dépasser les saillies autorisées pour les ressauts du socle; par conséquent, les saillies totales ne pourront excéder : Dans les voies ayant moins de 12 mètres de largeur, 0m,08. Dans les voies de 12 mètres de largeur et au-dessus, 0m,14.		

NUMÉROS DES ARTICLES	DÉSIGNATION DES OBJETS	SAILLIES AUTORISÉES	
		jusqu'à 2m,60 au-des-us du trottoir	à plus de 2m,60 au-dessus du trottoir
		m. c.	m. c.
	La largeur de chaque pilastre, colonne, chaîne en refend ou bossage, chambranle, pied-droit, ne devra pas excéder 1m,20.		
	Leur largeur cumulée ne pourra excéder le tiers de la largeur totale de la façade et pour chaque trumeau ou partie pleine, le parement devra être aligné sur un quart au moins de sa largeur totale.		
	L'appareil continu formé par des refends ou bossages ne devra faire aucune saillie sur l'alignement.		
	Lorsque les pilastres, colonnes, etc., auront une épaisseur plus considérable que les saillies permises, l'excédent sera en arrière de l'alignement ce la propriété et le nu du mur de face formera arrière-corps à l'égard de cet alignement. Dans ce cas, la retraite du mur formant arrière-corps ne pourra être établie à moins de 0m,80 de hauteur au-dessus du trottoir.		
3	Bandeaux, corniches, entablements, attiques, consoles, clefs, chapiteaux et autres objets de décoration analogues.		
	Dans les voies ayant moins de 7m,80 de largeur . .	0, 04	0, 25
	Dans les voies de 7m,80 à 12 mètres de largeur . .	0, 04	0, 50
	Dans les voies de 12 mètres de largeur et au-dessus	0, 10	0, 50
	Les bandeaux, corniches, clefs, chapiteaux et autres objets de décoration analogues ayant plus de 0m,16 de saillie ne pourront être qu'en pierre, en bois ou en métal.		
	La saillie des corniches ou entablements en maçonnerie de plâtre ne pourra en aucun cas excéder 0m,16.		
	La saillie des corniches ou entablements en bois, sur pans de bois, ne pourra en aucun cas excéder 0m,25.		
	La saillie des corniches ou entablements en pierre de taille, en bois ou en métal sur façades en pierre, moellons ou briques, ne pourra excéder l'épaisseur du mur à son sommet, excepté dans les voies de 20 mètres de largeur et au-dessus, et sous les conditions suivantes : 1° le mur n'aura pas à son sommet moins de 0m,45 d'épaisseur ; 2° la saillie de l'entablement ne dépassera pas 0m,65 ; 3° les assises en pierre composant l'entablement auront, en arrière du parement extérieur du mur, une longueur au moins égale à leur saillie.		

NUMÉROS DES ARTICLES	DÉSIGNATION DES OBJETS	SAILLIES AUTORISÉES		
		à 2m,60 au moins au-dessus du trottoir	à 4 mètres au moins au-dessus du trottoir	à 5m,75 au moins au-dessus du trottoir
		m. c.	m. c.	m. c.
	§ 2. — BALCONS ET ACCESSOIRES			
	Les hauteurs de 2m,60, 4m, 5m,75, fixées ci-contre, seront mesurées pour les balcons jusqu'au parement inférieur de l'aire de ces balcons.			
4	Grands balcons (Aires et garde-corps compris). Dans les voies de 7m,80 à 9m,75 de largeur	» »	» »	0, 50
	Dans les voies de 9m,75 de largeur et au-dessus . . .	» »	0, 50	0, 80
	Les consoles et autres supports des grands balcons de 0m,80 de saillie pourront avoir cette même saillie, mais seulement dans une hauteur de 0m,80 en contre-bas du parement inférieur de l'aire.			
5	Petits balcons, dans les voies de toute largeur	0, 22	» »	» »
	Il pourra être établi sur les grands et les petits balcons des constructions légères qui ne dépasseront pas la saillie de ces balcons, à la condition que ces constructions présenteront toutes les garanties désirables de solidité.			
6	Herses, chardons, artichauts et autres objets analogues destinés à servir de défense sur les balcons, corniches et entablements			
	En sus de la saillie permise pour lesdits objets	» »	0, 25	» »
	Les parties de ces objets excédant la saillie de leurs supports ne pourront être qu'en fer forgé sans partie pleine.			

Objets ne faisant pas partie intégrante de la construction.

NUMÉROS DES ARTICLES	DÉSIGNATION DES OBJETS	SAILLIES AUTORISÉES		
		jusqu'à 2m,60 au-dessus du trottoir	le 2m,60 à 3 mètres au-dessus du trottoir	à plus de 3 mètres au-dessus du trottoir
		m. c.	m. c.	m. c.
7	Seuils ou socles de devantures de boutique	0, 20	» »	» »
	La hauteur des seuils ou socles de devanture, mesurée, en cas de déclivité de la voie, au point le plus haut du trottoir, ne devra pas excéder 0m.22.			
	En cas de suppression de la devanture, le seuil ou socle devra être également enlevé.			
	Lorsque, outre deux devantures consécutives dont la distance n'excédera pas 2 mètres, il existera une baie de porte, les seuils ou socles de ces devantures pourront être prolongés au-devant de l'intervalle, mais à la condition d'être enlevés dans le cas où l'une de ces devantures serait supprimée.			
8	Devantures de boutiques entre le socle et le tableau, tous ornements compris. . .	0, 16	0, 16	0, 16
	Les devantures de boutiques ne pourront pas s'élever au-dessus de l'entresol.			
9	Tableaux de devanture sous corniche. . .	0, 16	0, 16	0, 16
10	Ornements pouvant être appliqués sur lesdits tableaux et y compris la saillie des tableaux	0, 16	0, 30	0, 50
11	Corniches de devanture de boutique en bois ou en métal	0, 16	0, 30	0, 50
12	Grilles de boutique	0, 16	0, 16	0, 16
	Les grilles de boutique ne pourront pas s'élever au-dessus du rez-de-chaussée.			
13	Volets ou contrevents pour fermeture de boutique	0, 16	0, 16	0, 16
14	Pilastres, colonnes, chambranles, caissons isolés en applique	0, 16	0, 16	0, 16
	Ces objets ne seront permis qu'au rez-de-chaussée et à l'étage immédiatement au-dessus.			
15	Parements de décoration	0, 06	0, 06	0, 06
	Les parements de décoration ne seront permis qu'au rez-de-chaussée et à l'étage immédiatement au-dessus.			

NUMÉROS DES ARTICLES	DÉSIGNATION DES OBJETS	SAILLIES AUTORISÉES		
		jusqu'à 2m,60 au-dessus du trottoir	de 2m,60 à 3 mètres au-dessus du trottoir	à plus de 3 mètres au-dessus du trottoir
		m. c.	m. c.	m. c.
16	Moulures formant cadre	0, 06	0, 06	0, 06
17	Enseignes, tableaux-enseignes, attributs, écussons, grands tableaux (frises courantes portant enseignes)	0, 16	0, 30	0, 50
	Les enseignes et les tableaux-enseignes et grands tableaux ne devront, en aucun cas, être suspendus ni appliqués soit aux balcons, soit aux marquises.			
	Il pourra néanmoins être appliqué sur les garde-corps des balcons, sans pouvoir en dépasser la hauteur, des attributs et des lettres dont l'épaisseur n'excédera pas 0m,10.			
18	Montres et vitrines	0, 16	0, 30	0, 50
	Les montres et vitrines ne seront permises que dans la hauteur du rez-de-chaussée et de l'entresol.			
	Pour ceux de ces objets qui seraient appliqués sur une devanture de boutique, leur saillie, cumulée avec celle de la devanture, pourra dans la hauteur de 2m,60, atteindre 0m,20.			
19	Horloges	» »	» »	1, 00
	La saillie de 1 mètre n'est accordée qu'aux horloges donnant l'heure ; ces horloges ne devront être accompagnées d'aucune espèce d'enseigne.			
20	Étalages sur les façades	0, 16	0, 16	0, 16
	Aucun étalage ne sera permis au-dessus de l'entresol. Tous étalages de viande, volailles, abats ou autres objets, de nature à salir ou incommoder les passants, sont formellement interdits.			
21	Baldaquins, marquises et transparents (supports compris)	» »	» »	0, 80
	La hauteur de ces objets, non compris les supports, n'excédera pas 1 mètre.			
	Aucune partie des supports, consoles ou accessoires ne devra être établie à moins de 3 mètres au-dessus du trottoir.			
	Aucun de ces objets ne pourra être autorisé sur les façades au droit desquelles il n'y a pas de trottoir; ils ne pourront recevoir de garde-corps ni être utilisés comme balcons.			
	Leur saillie devra, dans tous les cas, être limitée à 0m,50 en arrière de l'arête de la bordure du trottoir.			
	L'Administration pourra autoriser l'établissement de grandes marquises excédant la saillie de 0m,80, au-devant des édifices publics, théâtres, salles de réunion, de concert, de bal, ainsi qu'au-			

NUMÉROS DES ARTICLES	DÉSIGNATION DES OBJETS	SAILLIES AUTORISÉES		
		jusqu'à 2m,60 au-dessus du trottoir	de 2m,60 à 3 mètres au-dessus du trottoir	à plus de 3 mètres au-dessus du trottoir
		m. c.	m. c.	m. c.
	devant des établissements particuliers, hôtels, maisons d'habitation. Elle restera libre d'apprécier, dans chaque cas, la saillie qui pourra être permise suivant la largeur des voies et des trottoirs et les besoins de la circulation.			
22	Bannes. { Le trottoir ayant moins de 5 mètres de largeur	» »	1, 50	1, 50
	Le trottoir ayant de 5 à 8 mètres de largeur	» »	2, 00	2, 00
	Le trottoir ayant 8 mètres de largeur et au-dessus. . . .	» »	3, 00	3, 00
	Les bannes ne seront permises qu'au rez-de-chaussée.			
	Les branches, supports, coulisseaux, en un mot toutes les parties accessoires de bannes ne pourront descendre à moins de 2m,50 au-dessus du niveau du trottoir ; la saillie des bannes devra être limitée, dans tous les cas, à 0m,50 en arrière de l'arête de la bordure du trottoir.			
	Les bannes ne pourront pas être garnies de joues, à moins d'une permission spéciale qui ne sera accordée qu'autant qu'il n'en résulterait aucun inconvénient pour la circulation ou pour les voisins et qui sera d'ailleurs toujours révocable.			
	Les bannes devront être essentiellement mobiles et ne pourront, dans tous les cas, être établies à demeure.			
23	Stores. { Développés. { A l'étage immédiatement au-dessus du rez-de-chaussée . . .	» »	» »	1, 50
	Aux étages supérieurs.	» »	» »	0, 80
	Pavillons des stores.	» »	» »	0, 16
	Les stores ne pourront régner au droit de plusieurs baies que dans le cas où ils seraient posés au-dessus de grands balcons et à la condition de ne pas dépasser la longueur desdits grands balcons.			
	Il pourra être posé des stores au-devant de l'étage d'attique, à la condition que leur saillie n'excédera pas celle du grand balcon d'entablement, et que les appareils sur lesquels ils seront établis ne seront pas construits et fixés de manière à constituer une sorte d'étage dépassant la hauteur légale.			
24	Grilles de croisées. { Dans les voies ayant moins de 12 mètres de largeur	0, 04	0, 04	0, 10
	Dans les voies de 12 mètres de largeur et au-dessus.	0, 10	0, 10	0, 10

NUMÉROS DES ARTICLES	DÉSIGNATION DES OBJETS	SAILLIES AUTORISÉES		
		jusqu'à 2m,60 au-dessus du trottoir	de 2m 60 à 3 mètres au-dessus du trottoir	à plus de 3 mètres au-dessus du trottoir
		m. c.	m. c.	m. c.
25	Persiennes, volets et contrevents de croisées . . . . Dans la hauteur de 3 mètres au-dessus du trottoir, les persiennes, volets ou contrevents devront être placés sans saillie dans l'épaisseur des tableaux des baies et ouvrir à l'intérieur. Tout développement à l'extérieur est interdit. Dans la hauteur des étages, tous châssis vitrés, toutes croisées simples ou doubles devront, de même, ouvrir à l'intérieur; il est interdit de les développer extérieurement, hormis le cas où ils se trouveraient au-dessus d'un grand balcon.	» »	» »	0, 10
26	Jalousies	» »	0, 16	0, 16
27	Abat-jour et réflecteurs	» »	0, 50	0, 50
28	Lanternes fixes à bras ou à consoles . . .	» »	» »	1, 50
29	Lanternes mobiles, transparents en forme d'applique, vitrines lumineuses	» »	0, 50	0, 50
30	Rampes d'illumination . . . . Les lanternes ou tous autres appareils d'éclairage ou d'illumination autorisés à n'importe quelle saillie devront toujours être placés à 0m,50 au moins en arrière de l'arête de la bordure du trottoir. Dans les rues de 12 mètres de largeur et au-dessus, les lanternes mobiles, dites réflecteurs, servant à l'éclairage des devantures de boutiques, pourront descendre jusqu'à 2m,20 au-dessus du trottoir, mais à la condition qu'elles ne seront posées qu'au moment de leur allumage, et retirées au moment de leur extinction.	» »	» »	0, 50
31	Tuyaux de descente	0, 16	0, 16	0, 16
32	Cuvettes de dégorgement des eaux pluviales sous l'entablement	» »	» »	0, 35

Vu pour être annexé au décret présidentiel de ce jour.

Paris, le 22 juillet 1882.

Le Ministre de l'Intérieur,

Signé : René GOBLET.

2 — Arrêté préfectoral du 1ᵉʳ août 1882

relatif à la publication du décret du 22 juillet 1882.

LE PRÉFET DE LA SEINE,

Vu le décret en date du 22 juillet 1882, portant règlement sur les saillies permises dans la Ville de Paris.

ARRÊTE :

ARTICLE PREMIER.

Le décret susvisé sera publié et affiché dans Paris. Il sera, en outre, inséré au *Recueil des Actes administratifs* du département de la Seine.

ART. 2.

L'Inspecteur général des Ponts et Chaussées, Directeur des Travaux de Paris, est chargé de l'exécution du présent arrêté.

Fait à Paris, le 1ᵉʳ août 1882.

Signé : C. FLOQUET.

IV

DROITS DE VOIRIE

1° — Lettres patentes du 22 octobre 1733
portant confirmation des droits de voyerie.

(Extrait.)

LOUIS, par la grâce de Dieu, Roi de France et de Navarre. . . . . .

. . . .

A ces causes, de l'avis de notre Conseil, qui a vu lesdits arrêts des 15 juin 1706 et 6 des présens mois et an, dont extraits sont ci-attachés sous le contre-scel de notre Chancellerie, Nous avons ordonné et par ces présentes signées de notre main, ordonnons que l'Édit de création des Commissaires généraux de la voyerie de Paris, du mois de mars 1693 et la Déclaration du 16 juin ensuivant, ensemble lesdits arrests de notre Conseil des 15 juin 1706 et 6 des présens mois et an, et l'Ordonnance du Bureau de nos Finances de Paris, du 26 septembre 1732, seront exécutés selon leur forme et teneur; et en interprétant en tant que besoin l'arrest de notre Conseil du 8 mars 1701, que les droits attribués auxdits Commissaires de la voyerie leur seront payés pour chacune espèce des avances contenuës en une même permission et pour chacune maison, sans qu'ils puissent néanmoins prétendre plus d'un droit pour chacune espèce d'avance, quelque nombre qu'il y en ait de chacune espèce; desquelles permissions ceux qui les auront obtenuës, seront tenus de se servir pendant l'année du jour de leur datte, après quoi elles demeureront nulles et de nul effet.

Si vous mandons, que ces présentes vous ayez à faire enregistrer et de leur contenu joüir et user lesdits exposans pleinement et paisiblement, cessant et faisant cesser tous troubles et empêchemens, et nonobstant toutes choses à ce contraires : Car tel est notre plaisir.

Données à Fontainebleau le 22e jour d'octobre, l'an de grâce 1773 et de notre règne le 19e.

Signé : **LOUIS.**

2° — Décret du 27 octobre 1808

concernant la perception des droits de voirie pour la Ville de Paris.

(Extrait)

NAPOLÉON, etc.

Sur le rapport de notre Ministre de l'Intérieur,
Notre Conseil d'État entendu,

Nous avons décrété et décrétons ce qui suit :

Article premier

A compter du premier Janvier prochain, les droits dans la Ville de Paris, d'après les anciens règlements sur le fait de la voirie pour les délivrances d'alignements, permissions de construire ou réparer, et autres permis de toute espèce, qui se requièrent en grande ou petite voirie, seront perçus conformément au tarif joint au présent décret (1).

Art. 2.

La perception de ces droits sera faite à la préfecture du département, pour les objets de grande voirie, et à la préfecture de police, pour les objets de petite voirie, par le secrétaire général de chacune de ces administrations, à l'instant même qu'il délivrera les expéditions des permis accordés.

Art. 3.

Il sera tenu dans chacune des deux préfectures : 1° un registre à souche. où seront inscrites, sous une seule série de numéros pour le même exercice, les minutes desdits permis, et d'où se détacheront les expéditions à en délivrer ; 2° un registre de recette, où s'inscriront, jour par jour, les recouvrements opérés. — Ces deux registres seront cotés et paraphés par les préfets. chacun pour ce qui concerne son administration.

Art. 4.

Le versement des sommes recouvrées s'effectuera, de quinze jours en quinze jours, à la caisse du receveur municipal de la Ville de Paris.

---

(1) Le tarif annexé au décret du 27 octobre 1808 a été remplacé par le tarif annexé au décret du 28 juillet 1874 (voir p. 67).

Art. 5.

Il sera, de plus, adressé audit receveur, dans les dix premiers jours de chaque mois, et par chacun des préfets pour son administration, un bordereau indicatif des permis accordés dans le mois précédent, du montant des droits dus pour chacun, du recouvrement qui en a été fait ou qui reste à faire.

Art. 6.

A l'envoi du bordereau prescrit par l'article ci-dessus seront jointes les expéditions de permis qui se trouveraient n'avoir pas encore été retirées par les demandeurs, et dont les droits resteraient à acquitter. Le receveur de la Ville en poursuivra le recouvrement dans les formes usitées en matière de contribution directe.

Palais des Tuileries, le 27 octobre 1808.

Signé : NAPOLÉON.

3° — Avis du Comité de l'Intérieur du Conseil d'État du 11 janvier 1848.

(Extrait.)

1° Il n'y a pas lieu de percevoir de droits de voirie sur les points du territoire de la commune où il n'y a pas d'habitations agglomérées; — 2° Dans ces limites, les droits de voirie sont applicables à toutes les constructions, quel qu'en soit le propriétaire; — 3° Le recouvrement de ces droits doit être poursuivi dans les formes indiquées par l'article 63 de la loi du 18 juillet 1837.

4° — Décret du 28 juillet 1874

concernant l'établissement d'un nouveau tarif de perception des droits de voirie.

LE PRÉSIDENT DE LA RÉPUBLIQUE FRANÇAISE,

Sur le rapport du Ministre de l'Intérieur,

Vu le mémoire présenté par le Préfet de la Seine au Conseil municipal de Paris ;

Vu les délibérations dudit Conseil en date des 27 et 30 décembre 1872, et les autres pièces de l'affaire ;

Vu le décret du 27 octobre 1808 et l'ordonnance royale du 24 décembre 1823;

Le Conseil d'État entendu,

DÉCRÈTE :

ARTICLE PREMIER.

A partir de la publication du présent décret, les droits de voirie dans la ville de Paris pour délivrances d'alignements, permissions de construire ou de réparer et autres permis de toute espèce qui se requièrent en grande ou en petite voirie, seront perçus conformément aux tarifs ci-après.

ART. 2.

Le décret du 27 octobre 1808 et les tarifs qui y sont annexés sont rapportés en ce qu'ils ont de contraire au présent décret.

ART. 3.

Le Ministre de l'Intérieur est chargé de l'exécution du présent décret.

Fait à Versailles, le 28 juillet 1874.

Signé : MARÉCHAL DE MAC-MAHON.

TARIF DES DROITS POUR LA GRANDE ET LA PETITE VOIRIE, ANNEXÉ AU DÉCRET DU 28 JUILLET 1874.

§ 1er. — GRANDE VOIRIE

DÉNOMINATIONS	DROIT FIXE	DROIT AU MÈTRE LINÉAIRE	DROIT AU MÈTRE SUPERFICIEL	OBSERVATIONS.
	fr. c.	fr. c.	fr. c.	
Section Ire. — Travaux neufs.				
CONSTRUCTION. — 1° D'un bâtiment . . .	» »	2 »	» »	Mesuré sur la longueur totale du rez-de-chaussée.
	» »	» »	1 »	Mesuré sur le produit de la hauteur moyenne de la face par la longueur totale.
2° D'un mur de clôture ou d'une grille . . .	» »	2 »	» »	La taxe à percevoir au mètre superficiel pour la construction des bâtiments est réduite de moitié pour les façades ou portions de façade construites en moellons ou en rang de bois avec enduit en plâtre, sous la réserve du droit de l'Administration de refuser l'autorisation de construire des façades à cette nature qui présenteraient des dangers au point de vue des incendies ou de la sécurité publique.
3° D'une clôture en planches, en treillage, ou toute autre clôture légère.	1 »	» 50	» »	Il est expliqué qu'il ne s'agit ici que des clôtures à demeure fixe et non des clôtures dites provisoires servant à clôturer momentanément une fouille, un atelier de construction, etc.
BAIE.	1 »	» »	» »	Dans n'importe quelle partie d'un mur ou d'un bâtiment neuf ou surélevé et quelles que soient ses dimensions, aussi bien dans les étages d'attique ou en retraite qui se trouvent dans un plan vertical au-dessus de l'entablement, que dans les étages sis au-dessus de l'entablement. Mesuré sur la longueur du balcon, non compris les retours.
BALCON. — (Grand, dépassant 0m,22 de saillie. .	» »	» 20	» »	
— (Petit, ne dépassant pas 0m,22 de saillie . .	» »	» 10	» »	
BALCON D'APPUI, GARDE-FOU.	» »	» 5	» »	Il s'agit ici des barres d'appui placées au droit des croisées avec une très faible saillie et complètes ensuite par un ouvrage en fonte ou en fer qui garnit le vide dans la partie inférieure.
BARRIÈRE PROVISOIRE	» »	» 50	» 50 (par trim.)	Mesuré non pas en raison du développement linéaire de la barrière, mais en raison de la longueur de face du terrain clos. Ce droit s'applique à la superficie du sol de la voie publique temporairement occupé. Il est valable pour un trimestre et renouvelable; le trimestre, considéré comme unité, toujours exigible.
Section II. — Travaux modifiant des constructions existantes.				
SURÉLÉVATION d'un bâtiment	» »	» »	1 »	Mesuré sur le produit de la surélévation par la longueur totale de la partie surélevée.
— d'un mur de clôture	» »	1 »	» »	
CHAPERON.	» »	1 »	» »	Le dérasement d'un mur porte la conversion en mur bahut, orné d'une grille, donne lieu à la perception du droit complet d'alignement.
CONVERSION d'un mur de clôture en mur de face d'un bâtiment.	» »	» »	» »	(Voir construction d'un bâtiment neuf, sauf la déduction du droit d'alignement déjà perçu.)
RAVALEMENT. — Entier	20 »	» »	» »	Non compris le droit d'échafaud.
— Partiel	10 »	» »	» »	Ne sera considéré comme partie du ravalement donnant lieu à la taxe que celle qui atteindra un mètre superficiel.
BAIE ouverte après coup ou agrandie :				
1° Dans un bâtiment, au rez-de-chaussée, de 2m,0 et plus. . . .	20 »	» »	» »	Droit de poitrail non compris.
2° Dans un bâtiment, au rez-de-chaussée, de 0m,80 à 2m,00. . . .	10 »	» »	» »	Droit de linteau ou fermeture non compris.
3° Dans un bâtiment, au-dessus du rez-de-chaussée, de 0m,80 et au-dessus . . .	10 »	» »	» »	} Au rez-de-chaussée, ne sont pas considérés comme baies les soupiraux de caves, ni les ouvertures pratiquées dans les devantures ou remplissages en menuiserie. Toutefois les soupiraux servant à l'éclairage des sous-sols destinés à l'habitation, au commerce ou à l'industrie, sont taxés comme baies de rez-de-chaussée.
4° Dans un mur de clôture, Baie de porte charretière ou cochère . . .	15 »	» »	» »	
5° Dans un mur de clôture, Baie de porte bâtarde . . .	10 »	» »	» »	Droit de linteau ou fermeture non compris.
BAIE de moins de 0m,80 (dans sa plus grande dimension). . . .	10 »	» »	» »	Compris le droit de linteau ou fermeture.
POITRAIL, ou toute fermeture de baie, de 2m,00 et au-dessus (soit en bâtiment, soit en mur de clôture) . . .	20 »	» »	» »	
LINTEAU, ou toute fermeture de baie, plate-bande, arc en pierre, etc., de 0m,80 à 2m,00 (soit en bâtiment, soit en mur de clôture) . . .	14 »	» »	» »	
PIED-DROIT, DOSSERET (soit en bâtiment, soit en mur de clôture) à rez-de-chaussée, pour baie de 2m,0 et au-dessus	20 »	» »	» »	Dans les murs de clôture, les pieaux en bois seront considérés comme dosserets.
— (soit en bâtiment, soit en mur de clôture, à rez-de-chaussée, pour une baie de moins de 2m,80 . . .	10 »	» »	» »	
REPRIS: dans la face d'un bâtiment. — TRUMEAU construit au rez-de-chaussée. — BOUCHEMENT de baie . . .	» »	» »	» »	Ces droits ne seront dus que pour le cas où les pieds-droits ou dosserets seront véritablement construits dans une largeur excédant 14 centimètres. Lorsque le constructeur, après avoir ouvert une baie, ne fera pas autre chose que d'en dresser les tableaux et de créer par conséquent des dosserets dans la maçonnerie ancienne, sans y rien ajouter, la taxe ne lui sera pas appliquée.
	» »	» »	3 »	Mesuré sur la superficie de l'ouvrage effectué.
POINT D'APPUI intermédiaire, au rez-de-chaussée. — PILE, COLONNE, POTEAU, JAMBE ÉTRIÈRE.	20 »	» »	» »	Pour chaque objet.
ÉCHAFAUD.	» »	1 »	» »	Mesuré sur la longueur de face de la partie du bâtiment échafaudé. Les échafauds volants ne sont pas taxés, non plus les échafauds placés à l'intérieur d'une barrière provisoire.
ENTABLEMENT, CORNICHE. — Réfection entière	20 »	» »	» »	Ces droits ne comprennent pas celui qui sera dû pour l'échafaud.
— — Réfection partielle . . .	10 »	» »	» »	
ÉTAIS.	5 »	» »	» »	Compté par chaque groupe d'étais, par chaque chevalement, par chaque ensemble de contre-fiches réunies par des moises.

DÉNOMINATIONS	DROIT FIXE	DROIT AU MÈTRE LINÉAIRE	DROIT AU MÈTRE SUPERFICIEL	OBSERVATIONS
	fr. c.	fr. c.	fr. c.	
Section Ire. — Saillies considérées comme fixes.				
APPUI DE CROISÉE, TABLETTE le plus ordinairement en bois, posée au-dessus du soubassement d'une baie et ne dépassant pas 0^m.16 de saillie	5 »	» »	» »	
BARREAUX OU GRILLE AU DROIT D'UNE CROISÉE	10 »	» »	» »	
CHARTON OU HERSE	5 »	» »	» »	
TUYAU DE DESCENTE	10 »	» »	» »	
CROISÉE EN SAILLIE, VOLET, PERSIENNE	5 »	» »	» »	Un volet formant une baie tout entière doit la totalité du droit; deux volets réunis pour clore une même baie, formant une paire, ne payeront qu'un seul droit.
JALOUSIE	20 »	» »	» »	
MOULURES EN MENUISERIE formant cadre ou chambranle .	5 »	» »	» »	
Section II. — Saillies considérées comme mobiles.				
ABAT-JOUR. — Appareil placé au-devant d'une baie pour modifier l'introduction de la lumière	10 »	» »	» »	
RÉFLECTEUR. — Appareil disposé au-dessus des baies pour y faire affluer plus de lumière.	10 »	» »	» »	
BALDAQUIN, MARQUISE, TRANSPARENT	» »	1 »	» »	Sont considérés comme bannes et taxés comme telles, les stores qui embrassent plusieurs croisées ou qui s'étendent devant les larges baies ouvertes le plus souvent dans la hauteur des entresols.
BANNE	» »	2 »	» »	
STORE, en élévation, posé au droit d'une seule croisée et se développant en saillie	5 »	» »	» »	
BORNE	5 »	» »	» »	Mesurés sur la projection horizontale. Ne sont pas considérées comme grandes marquises les grandes tentures en saillie disposées exceptionnellement, les jours de fête, devant les boutiques et portes cochères.
GRANDE MARQUISE ayant plus de 0^m,80 de saillie	» »	» »	5 »	
DEVANTURE DE BOUTIQUE. — Distinction faite du seuil .	» »	5 »	» »	
SOCLE OU SEUIL. — Parpaing recevant une devanture. .	» »	2 »	» »	Mesurés entre les deux points extrêmes de la saillie.
TABLEAU D'ENSEIGNE DE BOUTIQUE sous corniche en bois ou en pierre .	» »	2 »	» »	
DEVANTURE EN RÉPARATION. — Toute réparation ou renouvellement de châssis, porte, tableau, caisson ou soubassement	5 »	» »	» »	Ces lambris sont appliqués le plus souvent au-dessus des devantures de boutique et leur saillie est limitée, par les termes de l'ordonnance royale de 1823, à l'épaisseur du bois, et, par l'usage à 0^m,06.
PAREMENT DE DÉCORATION. — Lambris appliqués sur les murs en élévation	» »	5 »	» »	
ÉTALAGE	20 »	» »	» »	Il est bien entendu qu'il ne s'agit ici que des étalages placés sur le mur bordant la voie publique et ne dépassant pas 0^m,16 de saillie.
MONTRE OU VITRINE.	10 »	» »	» »	
ENSEIGNE, TABLEAU-ENSEIGNE, ATTRIBUT, ÉCUSSON .	» »	» »	» »	
ENSEIGNES DÉCOUPÉES. — Lettres appliquées sur les balcons .	10 »	» »	» »	Comptées pour une enseigne complète, quel que soit le nombre de mots.
GRAND TABLEAU. — Frises courantes portant enseigne .	» »	1 »	» »	
MARCHE, SEUIL	» »	» »	» »	
PILASTRES, CAISSONS ISOLÉS (en menuiserie	5 »	» »	» »	
LANTERNE.	5 »	» »	» »	Sera considéré comme lanterne isolée chaque appareil, soit directement sur le nu d'un mur ou d'une devanture, soit sur une tringle courante et consistant en support, conduite ou tringle avec globe, verre ou réflecteur.
RAMPE ET APPAREIL D'ILLUMINATION formant une saillie spéciale, composés de tubes droits ou recourbés et sur lesquels sont greffés de petits brûleurs avec ou sans globe.	» »	1 »	» »	Mesurés sur la projection horizontale. Les rampes posées sur des objets en saillie, corniches moulures, etc., et ne formant point par elles-mêmes une saillie spéciale ne devront aucun droit. Les appareils formant une enseigne, un attribut, un chiffre, etc., seront considérés comme des enseignes, des attributs, etc., et taxés comme tels.
ÉCHOPPE. — Construction mobile, non scellée, posée sur le sol de la voie publique	» »	» »	» »	Droit proportionnel à la surface occupée et à la valeur du terrain. La valeur du terrain est délibérée par le Conseil municipal.

5° — Arrêté préfectoral du 25 août 1874

relatif à la publication du décret du 28 juillet 1874.

LE PRÉFET DU DÉPARTEMENT DE LA SEINE,

Vu le décret en date du 28 juillet 1874 portant revision des droits de grande et de petite voirie pour la ville de Paris,

ARRÊTE :

ARTICLE PREMIER.

Le nouveau tarif des droits de voirie, dans Paris, est rendu exécutoire à partir du 1er septembre 1874.

ART. 2.

Le présent arrêté sera immédiatement imprimé et placardé dans Paris, et inséré, en outre, au *Recueil des Actes administratifs de la Préfecture.*

Fait à Paris, le 25 août 1874.

Signé : FERDINAND DUVAL.

V

DÉNOMINATION DES VOIES PUBLIQUES

1° — Ordonnance royale du 10 juillet 1816.

LOUIS, etc. .   .   .   .

Nous sommes informés que des Conseils généraux, des Conseils municipaux, des gardes nationales, des corps militaires, approuvant de leur propre
mouvement la conduite de divers fonctionnaires de l'État, se sont permis de
voter des hommages publics, de délibérer des inscriptions, de décerner des
épées ou armes d'honneur, et autres récompenses, à des généraux, à des
maires, à des officiers supérieurs de la garde nationale et à plusieurs autres
de nos sujets.

Le droit de décerner des récompenses publiques est un des droits inhérents
à notre couronne. Dans la monarchie, toutes les grâces doivent émaner du
Souverain, et c'est à nous seul qu'il appartient d'apprécier les services rendus
à l'État, et d'assigner des récompenses à ceux que nous jugeons en être di-
gnes : n'entendant pas toutefois comprimer l'élan de la reconnaissance publique, mais voulant diriger, mesurer l'étendue des récompenses à l'importance des services, et donner par notre sanction royale un nouveau prix aux
hommages que, dans de grandes occasions seulement, nous permettons de
décerner ;

Sur le rapport de notre Ministre Secrétaire d'État au Département de l'Intérieur,

Nous avons ordonné et ordonnons ce qui suit :

ARTICLE PREMIER.

A l'avenir aucun don. aucun hommage, aucune récompense ne pourront être votés, offerts ou décernés comme témoignage de la reconnaissance publique par les Conseils généraux, Conseils municipaux, gardes nationales ou tout autre corps civil ou militaire sans notre autorisation préalable.

ART. 2.

Nos Ministres Secrétaires d'État sont chargés, chacun en ce qui les concerne, de l'exécution de la présente ordonnance.

Donnée en notre Château des Tuileries, le 10 juillet 1816.

Signé : LOUIS.

2° — Loi du 18 juillet 1837
sur l'administration municipale.

(Extrait.)

ART. 10.

Le Maire est chargé, sous la surveillance de l'Administration supérieure :
1° De la police municipale, de la police rurale et de la voirie municipale, et de pourvoir à l'exécution des actes de l'autorité supérieure qui y sont relatifs. . . . .

. . . .

3° — Circulaire ministérielle du 3 août 1841.

Paris, le 3 août 1841.

Monsieur le Préfet, des difficultés se sont élevées dans quelques départements entre les Maires et les Conseils municipaux au sujet des dénominations à attribuer aux rues et places publiques et des changements à apporter à ces dénominations.

Mes prédécesseurs ont déjà eu occasion d'examiner la question dont il s'agit, et il a toujours été reconnu que ces dénominations doivent être déterminées par le Maire de la commune. C'est, en effet, un objet de police et de voirie municipale. Il n'est point classé parmi ceux que la loi du 18 juillet 1837 a fait entrer dans l'énumération des attributions des Conseils municipaux, et qui doivent être *réglés* par ces Conseils (art. 17), ou sur lesquels ils sont appelés à *délibérer* (art. 19), ou sur lesquels ils sont appelés à *donner des avis* (art. 21). Il n'est pas non plus compris implicitement dans les attributions des Conseils municipaux, en vertu des derniers paragraphes de l'article 19 et de l'article 21, ainsi conçus : « *Et tous les autres objets sur lesquels les » Conseils municipaux sont appelés par les lois ou règlements à délibérer ou » à donner un avis.* » On ne trouve, en effet, ni loi ni règlement qui les charge de délibérer ou de donner nécessairement un avis en pareille matière.

A la vérité, il arrive quelquefois que les Conseils municipaux, usant, selon l'article 24 de la loi du 18 juillet 1837, du droit d'exprimer un vœu sur tous les objets d'intérêt local, donnent leur avis soit sur des dénominations de rues nouvelles, soit sur des changements d'anciens noms. Mais ce n'est point là une de leurs attributions fixes et permanentes : ce n'est que l'usage d'une faculté, et le Maire n'est pas dans l'obligation de consulter à cet égard le Conseil municipal.

Parmi les dénominations qui sont attribuées soit à de nouvelles rues et places publiques, soit à des rues et places dont il s'agit de changer les anciens noms, il en est qui ont pour objet de conserver ou rappeler le souvenir de personnages illustres, de citoyens distingués par leur mérite ou leurs services; quelquefois, c'est un honneur que l'on veut déférer à des personnages vivants. Ces dénominations ont alors le caractère d'hommages publics, décernés par une autorité constituée; et l'acte qui les décerne doit être soumis à l'approbation du Roi en vertu de l'ordonnance du 10 juillet 1816. Il peut émaner du Maire à qui, en thèse générale, appartient le soin de proposer les dénominations des diverses parties de la voie publique. Il peut aussi faire l'objet d'un vœu du Conseil municipal. Mais, dans l'un et l'autre cas, et soit que la proposition concerne une ville pour laquelle il est nécessaire de dresser un plan d'alignement ou une commune qui, ayant moins de 2.000 habitants, est exempte de cette obligation, soit que l'hommage s'adresse à un homme vivant ou à un personnage historique, l'arrêté administratif ou la délibération qui le décerne doit m'être transmis pour que je soumette la proposition à l'approbation du Roi.

Cette approbation n'est pas nécessaire quand il s'agit de donner à une rue le nom du propriétaire ou de l'entrepreneur qui la fait ouvrir. L'attribution d'un nom de personne n'est point, dans ce cas, une récompense ou un hommage, et ne rentre nullement dans l'application de l'ordonnance du 10 juillet 1816. Elle est seulement soumise aux mêmes règles que celles qui régissent en général les dénominations des rues et places publiques, c'est-à-dire qu'elle est donnée par le Maire, et approuvée par le Ministre ou par le Préfet, suivant qu'il s'agit d'une commune assujettie à avoir un plan d'alignement, ou d'une commune qui en est dispensée.

Recevez, etc.

Le Ministre de l'Intérieur,
Signé : T. DUCHATEL.

VI

INSCRIPTION DU NOM DES VOIES PUBLIQUES

1° — Décret du 23 mai 1806

relatif à la réinscription des noms des rues de la Ville de Paris.

NAPOLÉON, etc.

NOUS AVONS DÉCRÉTÉ ET DÉCRÉTONS CE QUI SUIT :

ARTICLE PREMIER.

Il sera procédé, dans le délai de trois mois, à la réinscription des noms actuels des rues, places, quais, halles et marchés de la ville de Paris, d'après les ordres et instructions de notre Ministre de l'Intérieur.

ART. 2.

Les nouvelles inscriptions seront exécutées à l'huile (1) et, pour la première fois, à la charge de la commune de Paris.

Cette dépense sera supportée par le fonds de 300,000 francs alloué à la Ville de Paris, en 1806, pour dépenses imprévues.

ART. 3.

Ces inscriptions seront en caractères d'une grandeur moyenne entre celle des anciennes inscriptions des rues et celle des numéros actuels des maisons ; les couleurs en seront les mêmes que celles de ces nouveaux numéros et indiqueront comme eux la direction de chaque rue.

---

(1) Les plaques indicatives de noms des voies publiques sont en lave émaillée, en tôle émaillée ou en zinc laminé, avec des dimensions variant suivant l'importance du nom à inscrire. Les plaques en lave et en tôle sont émaillées sur fond bleu d'azur avec lettres blanches de 0m,05 de hauteur. Les lettres des plaques en zinc laminé sont gravées en creux et formées d'un enduit blanc ressortant sur un fond bleu uni et mat; leur hauteur est également de 0m,06.

ART. 4.

Les anciennes inscriptions gravées sur pierre et qui se trouvent en bon état pourront néanmoins être conservées en donnant au fond et aux caractères les couleurs indiquées par l'article précédent.

ART. 5.

Il ne sera placé ou réparé d'inscriptions que sur une face de chaque angle de rue ; mais elles seront établies de manière que le passant, en arrivant dans une rue, aperçoive toujours, à l'un des angles de celle qui lui fera face ou dans laquelle il entrera, le nom que porte cette rue (1).

ART. 6.

Pour l'exécution de cette réinscription générale, il sera passé, par-devant le Préfet du département de la Seine, une adjudication au rabais, d'après un cahier des charges dressé par le Préfet et approuvé par notre Ministre de l'Intérieur.

ART. 7.

L'entretien de ces inscriptions sera à la charge des propriétaires des maisons sur lesquelles elles seront placées ; les propriétaires pourront, en conséquence, les faire exécuter à leurs frais d'une manière plus durable, soit en tôle vernissée, soit en faïence ou en terre à poêle émaillée, en se conformant cependant aux autres dispositions du présent décret sur la couleur et la dimension desdites inscriptions.

Fait au Palais des Tuileries, le 23 mai 1806.

Signé : NAPOLÉON.

---

(1) Les plaques indicatives sont en général posées non seulement sur les maisons, mais aussi sur les candélabres (au-dessous de la lanterne) placés aux angles des voies publiques.

Ces plaques sont également posées sur les maisons situées dans l'axe des voies qui viennent déboucher perpendiculairement sur ces maisons.

2° — Ordonnance de police du 9 juin 1824

concernant les saillies sur la voie publique.

(Extrait.)

Paris, le 9 juin 1824.

NOUS, CONSEILLER D'ÉTAT, PRÉFET DE POLICE,

. . . .

ORDONNONS :

. . . .

ART. 6.

Il est défendu de dégrader ni masquer les inscriptions indicatives des rues et les numéros des maisons. Dans le cas où l'exécution des ouvrages nécessiterait momentanément la dépose des inscriptions des rues, il ne pourra y être procédé qu'avec l'autorisation de M. le Préfet de la Seine. Les numéros des maisons, qui auront été effacés ou dégradés à l'occasion des mêmes ouvrages, seront rétablis en se conformant aux règlements sur la matière.

. . . .

Signé : G. DELAVAU.

VII

NUMÉROTAGE DES MAISONS

1° — **Décret du 15 pluviôse an XIII (4 février 1805)**
relatif au numérotage des maisons de la Ville de Paris.

NAPOLÉON, etc.

NOUS AVONS DÉCRÉTÉ ET DÉCRÉTONS CE QUI SUIT :

ARTICLE PREMIER.

Il sera procédé, dans le délai de trois mois, au numérotage des maisons de Paris, d'après les ordres et instructions du Ministre de l'Intérieur.

ART. 2.

Ce numérotage sera établi par une même suite de numéros pour la même rue, lors même qu'elle dépendrait de plusieurs arrondissements communaux, et par un seul numéro qui sera placé sur la porte principale de l'habitation. Ce numéro pourra être répété sur les autres portes de la même maison, lorsqu'elles s'ouvriront sur la même rue que la porte principale ; dans le cas où elles s'ouvriraient sur une rue différente, elles prendront le numéro de la série appartenant à cette rue.

ART. 3.

Les rues dites des *faubourgs*, quoique formant continuation à une rue du même nom, prendront une nouvelle suite de numéros.

Art. 4.

La série des numéros sera formée des nombres pairs pour le côté droit de la rue, et des nombres impairs pour le côté gauche.

Art. 5.

Le côté droit d'une rue sera déterminé, dans les rues perpendiculaires ou obliques au cours de la Seine, par la droite du passant se dirigeant vers (1) la rivière, et dans celles parallèles, par la droite du passant marchant dans le sens du cours de la rivière.

Art. 6.

Dans les îles, le grand canal de la rivière coulant au nord déterminera seul la position des rues.

Art. 7.

Le premier numéro de la série, soit paire, soit impaire, commencera, dans les rues perpendiculaires ou obliques au cours de la Seine, à côté de la rue prise au point le plus rapproché de la rivière, et, dans les rues parallèles, à l'entrée prise en remontant le cours de la rivière, de manière que, dans les premières, les nombres croissent en s'éloignant de la rivière, et, dans les secondes, en la descendant.

Art. 8.

Dans les rues perpendaires ou obliques au cours de la rivière, le numérotage sera exécuté en noir sur un fond d'ocre ; dans les rues parallèles, il le sera en rouge sur le même fond.

Art. 9.

Le numérotage sera exécuté à l'huile (2) et, pour la première fois, à la charge de la commune de Paris.

---

(1) Il faudrait lire : *s'éloignant de la rivière* (V. l'art. 7.).

(2) Les plaques de numéros des maisons sont en lave émaillée sur fond bleu d'azur, avec chiffres en blanc de 0m,13 de hauteur. La hauteur des plaques est de 0m,17 avec une épaisseur de 0m,01 au minimum et une longueur variant suivant le nombre de chiffres à inscrire (0m,17, 0m,24 ou 0m,28).

Art. 10.

A cet effet, il sera passé, par-devant le Préfet du département de la Seine, une adjudication au rabais de l'entreprise du numérotage exécuté à l'huile, à tant par numéro de grandeur, de forme et couleur déterminées par le cahier des charges.

Art. 11.

L'entretien du numérotage est à la charge des propriétaires; ils pourront, en conséquence, le faire exécuter à leurs frais, d'une manière plus durable, soit en tôle vernissée, soit en faïence ou terre à poêle émaillée, en se conformant aux autres dispositions du présent décret, sur la couleur des numéros et la hauteur à laquelle ils doivent être placés.

Fait au Palais des Tuileries, le 4 février 1805.

Signé : NAPOLÉON.

VIII

ÉDIFICES MENAÇANT RUINE OU PRÉSENTANT UN PÉRIL

POUR LA SÉCURITÉ PUBLIQUE

1° — Déclaration du Roi du 18 juillet 1729

concernant les périls évidents qui peuvent se rencontrer dans les maisons et bâtiments de la Ville de Paris.

LOUIS, etc.

La sûreté des habitants de notre bonne ville de Paris, et l'attention nécessaire pour prévenir les accidents qui n'arrivent que trop fréquemment par la négligence que l'on apporte à réparer les maisons et les bâtiments de ladite ville, devant être un des principaux objets de la vigilance des officiers de notre Châtelet de Paris, auxquels les soins de la police sont confiés, et la longueur des procédures formant souvent des prétextes aux propriétaires, pour éloigner des réparations dont le moindre retardement entraîne quelquefois des suites si funestes, nous avons cru, dans cette partie importante de la police de notre bonne ville de Paris, devoir établir une procédure fixe et certaine qui pût, par sa régularité et par sa simplicité, donner en même temps aux juges une connaissance exacte de l'état des maisons, et aux parties un moyen facile pour se faire entendre ; mais qui pût aussi, en cas de refus ou délai de la part des propriétaires, ouvrir une voie régulière pour faire cesser promptement le péril, et pour mettre nos sujets dans une pleine et entière sûreté.

A ces causes....., nous avons dit et déclaré, disons et déclarons par ces présentes signées de notre main, voulons et nous plaît, qu'en cas de péril éminent des maisons et bâtiments de notre bonne ville de Paris, il en soit usé par les officiers du Châtelet, en la forme et manière qui s'ensuit.

ARTICLE PREMIER.

Les commissaires auront une attention particulière, chacun dans leur quartier, pour être instruits des maisons et bâtiments où il y aurait quelque péril.

Art. 2.

Aussitôt qu'ils en auront avis, ils se transporteront sur le lieu, et dresseront procès-verbal de ce qu'ils y auront remarqué, et qui pourrait être contraire à la sûreté publique.

Art. 3.

Ils feront assigner sans retardement, à la requête de notre procureur au Châtelet, les propriétaires au premier jour d'audience de la police de notre Châtelet de Paris.

Art. 4.

Les assignations seront données au domicile du propriétaire s'il est connu, et s'il est dans l'étendue de notre bonne ville de Paris ou faubourgs d'icelle, sinon les assignations pourront être données à la maison même où se trouvera le péril, en parlant au principal locataire ou à quelqu'un des locataires, en cas qu'il n'y en ait point de principal, et vaudront lesdites assignations comme si elles avaient été données au propriétaire.

Art. 5.

Au jour marqué par l'assignation, le commissaire fera son rapport à l'audience; et, si la partie ne compare pas, le lieutenant général de police, sur les conclusions d'un de nos avocats, ordonnera, s'il y échet, que les lieux seront visités par un expert qui sera par lui nommé d'office.

Art. 6.

Si la partie compare, et qu'elle ne dénie point le péril, le lieutenant général de police ordonnera, sur lesdites conclusions, que la partie sera tenue de faire cesser le péril dans le temps qui sera par lui prescrit, et sera enjoint audit commissaire d'y veiller.

Art. 7.

Au cas que la partie soutienne qu'il n'y ait aucun danger, elle aura la faculté de nommer un expert de sa part pour faire la visite conjointement avec l'expert qui sera nommé par notre procureur au Châtelet; ce qu'elle sera tenue de faire sur-le-champ, sinon sera passé outre à la visite par l'expert seul qui aura été nommé par nôtredit procureur.

Art. 8.

La visite sera faite dans le temps qui aura été prescrit par la sentence, en présence de la partie, ou elle dûment appelée au domicile de son procureur, si elle a comparu, sinon au domicile prescrit par l'article 4 ci-dessus, et ce, soit que la sentence ait été donnée contradictoirement ou par défaut, sans qu'il soit nécessaire, même dans le cas de la sentence rendue par défaut, d'attendre l'expiration de la huitaine; et, en cas qu'il y ait deux experts, et qu'ils se trouvent de différents avis, il en sera nommé un tiers par le lieutenant-général de police à la première audience, partie pareillement présente ou dûment appelée au domicile de son procureur.

Art. 9.

Sur le vu du rapport de l'expert, la partie ouïe à l'audience, ou elle dûment appelée au domicile de son procureur, s'il y en a, ou s'il n'y en a point, en la forme prescrite par l'article 4 ci-dessus, et ouï le commissaire en son rapport, ensemble notre avocat en ses conclusions, le lieutenant général de police ordonnera, s'il y a lieu, que, dans le temps qui sera par lui prescrit, le propriétaire de la maison sera tenu de faire cesser le péril, et d'y mettre, à cet effet, des ouvriers; à faute de quoi, ledit temps passé, et sans qu'il soit besoin d'autre jugement, sur le simple rapport du commissaire, portant qu'il n'y a été mis d'ouvriers, il en sera mis de l'ordonnance dudit commissaire, aux frais de la partie, à la diligence du receveur des amendes qui en avancera les deniers, dont il lui sera délivré, par le lieutenant général de police, exécutoire sur la partie, pour en être remboursé par privilège et préférence à tous autres sur le prix des matériaux provenant des démolitions, et subsidiairement sur le fonds et superficie des bâtiments desdites maisons.

Art. 10.

Dans les occasions où le péril serait si urgent que l'on ne pourrait attendre le jour d'audience ni observer les formalités ci-dessus prescrites sans risquer quelque accident fâcheux, en ce cas, les commissaires du Châtelet pourront en faire leur rapport au lieutenant général de police en son hôtel et y faire appeler les parties en la forme prescrite par l'article 4 au-dessus, lequel pourra ordonner par provision ce qu'il jugera absolument nécessaire pour la sûreté publique.

Art. 11.

Seront les sentences et ordonnances rendues à ce sujet exécutées par provision, nonobstant et sans préjudice de l'appel.

Donnée à Versailles, le 18e jour de juillet 1729 et de notre règne le 14e.

Signé : LOUIS.

2° — Déclaration du Roi du 18 août 1730

concernant les maisons et bâtiments de la Ville de Paris.

LOUIS, etc.....

Par notre déclaration du 18 juillet 1729, nous avons établi la forme des procédures qui devaient être suivies par les officiers de notre Châtelet de Paris, auxquels les soins de la police sont confiés au sujet des périls éminents qui pourraient se rencontrer dans les maisons de notre bonne ville et faubourgs de Paris; mais comme cette partie de la police, en ce qui regarde seulement les bâtiments ayant face sur rue, est exercée concurremment, tant par notre bureau des finances que par les officiers de la police de notre Châtelet de Paris, nous avons jugé nécessaire de fixer aussi les procédures qui seraient suivies par les officiers du bureau des finances dans les cas qui se trouveraient être de leur compétence, afin que chacun desdits officiers étant assuré de la voie qu'ils doivent suivre dans une portion si importante de la police de ladite ville, et concourant avec le même zèle au bien public, nos sujets puissent trouver dans ces règles que nous établissons une sûreté entière contre des accidents qui n'ont été que trop fréquents depuis quelques années. A ces causes, de notre certaine science, pleine puissance et autorité royale, nous avons dit et déclaré, disons et déclarons par ces présentes signées de notre main, voulons et nous plaît, qu'en cas de péril éminent des maisons et bâtiments de notre bonne ville de Paris, il en soit usé par les officiers du Châtelet en la forme et manière qui s'ensuit.

ARTICLE PREMIER.

Qu'en cas de périls éminents des maisons et bâtiments de notre bonne ville et faubourgs de Paris, en ce qui regarde les murs ayant face sur rue, et tout ce qui pourrait par sa chute nuire à la voie publique, les commissaires de la voirie aient une attention particulière pour s'en instruire.

ART. 2.

Aussitôt qu'ils en auront avis, ils se transporteront sur les lieux, dresseront procès-verbal de ce qu'ils y auront remarqué, et qui pourrait être contraire à la sûreté de la voie publique.

Art. 3.

Ils feront assigner sans retardement, à la requête du substitut de notre procureur général au bureau des finances, les propriétaires au premier jour d'audience dudit bureau, même à des jours extraordinaires, s'il y échet.

Art. 4.

Les assignations seront données au domicile du propriétaire, s'il est connu, et s'il est dans l'étendue de notre bonne ville ou faubourgs de Paris ; sinon les assignations pourront être données à la maison même où se trouvera le péril, en parlant au principal locataire ou à quelqu'un des locataires, en cas qu'il n'y en ait pas de principal, et vaudront lesdites assignations, comme si elles avaient été données au propriétaire.

Art. 5.

Au jour marqué par l'assignation, le commissaire de la voirie fera son rapport à l'audience, et si la partie ne compare pas, il sera, sur les conclusions de notre avocat audit bureau, ordonné, s'il y échet, que les lieux seront visités par expert qui sera nommé par ledit bureau.

Art. 6.

Si la partie compare et qu'elle ne dénie point le péril, ledit bureau ordonnera, sur les conclusions de notredit avocat, que la partie sera tenue de faire cesser le péril dans le temps qui sera prescrit par le jugement, et enjoint au commissaire de la voirie d'y veiller.

Art. 7.

Au cas que la partie soutienne qu'il n'y a aucun danger, elle aura la faculté de nommer un expert de sa part, pour faire la visite conjointement avec celui qui sera nommé par notre procureur audit bureau, et sera tenue la partie de le nommer sur-le-champ, sinon sera passé outre à la visite par l'expert seul qui aura été nommé par notredit procureur.

Art. 8.

La visite sera faite dans le temps qui aura été fixé par la sentence en présence de la partie, ou elle dûment appelée au domicile de son procureur si elle a comparu, sinon en la forme prescrite par l'article 4 ci-dessus, et ce, soit que la sentence ait été donnée contradictoirement ou par défaut, sans qu'il soit nécessaire, même dans le cas de la sentence rendue par défaut, d'attendre l'expiration de la huitaine ; et en cas que la partie ait nommé un expert de sa part et que les experts se trouvent d'avis différents, il sera nommé un tiers expert au premier jour d'audience, la partie présente, ou dûment appelée au domicile de son procureur.

ART. 9.

Sur le vu du rapport de l'expert ou des experts, la partie ouïe à l'audience, ou elle dûment appelée au domicile de son procureur, s'il y en a, ou s'il n'y en a point, en la forme prescrite par l'article 4 ci-dessus ; et ouï le commissaire de la voirie, ensemble notre avocat audit bureau en ses conclusions, il sera ordonné, s'il y a lieu, que dans un certain temps le propriétaire de la maison sera tenu de faire cesser le péril et d'y mettre à cet effet ouvriers ; à faute de quoi ledit temps passé, et sans qu'il soit besoin d'appeler les parties, sur le simple rapport verbal du commissaire de la voirie au bureau, portant qu'il n'y a été mis ouvriers, les juges ordonneront qu'il en sera mis à la requête de notre procureur audit bureau, poursuite et diligence dudit commissaire de la voirie, à l'effet de quoi les deniers seront avancés par le receveur des amendes, dont lui sera délivré exécutoire sur la partie, pour en être remboursé par privilège et préférence à tous autres sur le prix des matériaux provenant des démolitions, et subsidiairement sur le fonds et superficie des bâtiments desdites maisons, ce qui sera pareillement observé dans le cas de l'article 6 ci-dessus.

ART. 10

Dans les occasions où le péril serait si urgent qu'on ne pourrait attendre le jour de l'audience, ni observer les formalités ci-dessus sans risquer quelques accidents fâcheux, sur le rapport qui sera fait par le commissaire de la voirie à l'un des trésoriers de France, qui sera commis à cet effet par le président du service audit bureau au commencement de chaque semestre, même qui pourra être continué au delà dudit semestre, et les parties appelées en la forme prescrite par l'article 4, sera statué par ledit juge en son hôtel par provision, ce qu'il jugera absolument nécessaire pour la sûreté publique.

ART. 11

Le bureau des finances et le lieutenant général de police connaîtront, comme par le passé, concurremment et par prévention des périls éminents des maisons et bâtiments de notre ville et faubourgs de Paris en ce qui regarde les murs ayant face sur rue, et tout ce qui pourrait par sa chute nuire à la sûreté ou à la voie publique; et celui desdits juges devant lequel la première assignation aura été donnée, en connaîtra exclusivement à l'autre jusqu'à jugement définitif, sauf l'appel en notre cour de parlement. Voulons que s'il y a des assignations données le même jour dans les deux juridictions, la connaissance en appartienne audit lieutenant général de police, et qu'en cas de contestation sur la compétence, nos procureurs soient tenus de se pourvoir devant nos avocat et procureur général en notre cour de parlement, pour y être par notredite cour statué ainsi qu'il appartiendra, sans qu'il soit besoin d'y appeler les parties intéressées, ni qu'elles puissent se pourvoir contre les arrêts rendus entre nosdits procureurs.

Art. 12.

Voulons que les jugements interlocutoires ou définitifs qui seront rendus par le bureau des finances sur ce qui concernera lesdits périls éminents, soient exécutés par provision, nonobstant et sans préjudice d'appel.

Donnée à Compiègne le 18e jour d'aout 1730, et de notre règne le 15e.

Signé : LOUIS.

IX

CAVES SOUS LA VOIE PUBLIQUE

1° — Édit du Roi de décembre 1607
sur les attributions du Grand-Voyer, la juridiction en matière de voirie, la police des rues et chemins, etc.

HENRY, etc. . . . .

A ces causes, Nous, de l'advis de nostre Conseil, auquel estoient plusieurs princes de nostre sang et aultres notables seigneurs de nostre Royaume, avons par cestuy nostre edit et reglement perpétuel et irrévocable, voulu et ordonné que les articles contenus en iceluy, concernant la dite voyrie, soient entretenus, suivis et observez de point en point par tous nosdicts sujets.

. . . .

Art. 7.

Faisons aussi deffenses à toutes personnes de faire et creuser aucunes caves sous les rues . . . .

. . . .

Donné à Paris au mois de décembre l'an de grâce 1607, et de notre règne le 19°.

Signé : HENRI.

2° — Arrêt du Conseil d'État du 3 juillet 1685

LE ROY, ayant été informé des contestations qui arrivent très souvent entre les bourgeois de sa bonne ville de Paris, propriétaires des maisons, ordonné estre retranchées par les arrests de son Conseil, et le Procureur de Sa Majesté au Bureau des Trésoriers de France de la généralité de Paris tant au sujet des allignements qu'il convient de donner auxdits bourgeois dont les maisons ont été retranchées, que pour la jouissance des caves desdites maisons qui se trouvent sous les rües où se font lesdits retranchements, Sa Majesté se seroit fait représenter en son Conseil, lesdits arrests et les contracts faits au sujet desdits retranchements entre les Prevost des Marchands et Eschevins de ladite ville et lesdits bourgeois par lesquels elle auroit reconnu que par clause expresse il estoit accordé aux propriétaires desdites maisons à retrancher la jouissance desdites caves dépendantes desdites maisons qui se trouvoient sous les rües, à la charge par lesdits propriétaires de faire retirer à leurs frais lesdites maisons et bastiments suivant les allignements qui leur en seroient donnez. Et comme au préjudice desdites clauses apposées dans lesdits contrats il a esté rendu depuis quelque temps plusieurs ordonnances par lesdits Trésoriers de France contre lesdits propriétaires portant que les voûtes desdites caves des maisons retranchées et à retrancher soient incessamment rompües et lesdites caves comblées, ce qui causeroit un dommage considérable ausdits bourgeois propriétaires desdites maisons, si elles estoient exécutées, et empescheroit mesme lesdits Prevost des Marchands et Eschevins de faire faire si facilement les retranchements desdites maisons ordonnés estre faits par Sa Majesté pour la décoration de ladite ville, cette jouissance desdites caves tenant lieu et faisant partie du desdommagement qu'il convient faire auxdits propriétaires, lesquels, par ce moyen, ne sont pas tenus de faire des fondations entières et si profondes pour restablir leursdites maisons, à quoi Sa Majesté désirant pourvoir.

Oüy le rapport du sieur Le Pelletier, Conseiller ordinaire au Conseil royal, Controlleur général des finances.

Sa Majesté estant en son Conseil a ordonné et ordonne que les propriétaires des maisons retranchées et à retrancher suivant les arrests de son Conseil jouiront des caves qu'ils ont sous les rües conformément ausdits contrats faits entre eux et lesdits Prevost des Marchands et Eschevins de la ville, les voultes desdites caves préalablement vües et visitées par les sieurs de Bragelogne et Fremin, Trésoriers de France au bureau des Finances que Sa Majesté a commis à cet effet, lesquels donneront pareillement tous les allignements nécessaires pour raison desdits retranchements de maisons, en présence du Procureur de Sa Majesté audit bureau desdits Trésoriers de France suivant les plans que lesdits Prevost des Marchands et Eschevins en ont ou feront lever par les ordres de Sa Majesté qui leur seront à cette fin par le maitre des œuvres de ladite ville, à quoy ils seront tenus de procéder aussy tost qu'ils en seront requis, le tout sans frais, et sera le présent arrest exécuté nonobstant oppositions ou appellations quelconques et sans préjudice d'icelles dont, si aucunes interviennent, Sa Majesté s'en réserve à Soy et à son Conseil la connoissance icelle interdit à toutes ses cours et juges.

Signé : LE TELLIER, LE PELETIER, BOUCHERAT.

3° — Ordonnance du Bureau des Finances de Paris du 4 septembre 1778

concernant les caves prolongées sous la voie publique.

Sur ce qui nous a été remontré par le procureur du Roi, malgré les défenses portées par l'article 7 de l'édit de décembre 1607, de pratiquer aucunes caves sous les rues et voies publiques, il est instruit que plusieurs particuliers ont ouvert ou prolongé des caves sous quelques-unes des rues, places et carrefours de cette ville. Que l'existence des caves, très préjudiciable à la sûreté publique, eu égard à la quantité de charrois d'un poids énorme qui, journellement, affaissent le sol sur lequel le pavé est établi, et font craindre que les voûtes de ces caves ne s'affaissent aussi et ne s'écroulent, exige de son ministère de nous requérir d'y pourvoir.

Nous ordonnons que les édits, arrêts et règlements concernant la voirie, notamment l'article 7 de l'édit de décembre 1607, seront exécutés ; en conséquence, faisons défenses à tous propriétaires, maçons et ouvriers, de pratiquer aucunes caves, et de faire des fouilles sous les rues, places et passages de cette ville et faubourgs d'icelle, ainsi que sous les chemins publics, dans l'étendue de cette généralité, à peine de comblement desdites caves et fouilles, et de 300 livres d'amende, tant contre les propriétaires que contre les entrepreneurs et ouvriers. Ordonnons que dans un mois, à compter de ce jour, les propriétaires de maisons et héritages, qui ont des caves ou passages sous lesdites rues, voies, places publiques et grands chemins (les égouts, conduites d'eau et voûtes construites pour descendre à la rivière au-dessous des quais, exceptés) seront tenus de les combler ou d'en faire la déclaration au procureur du Roi de ce bureau.

4° — Arrêt du Conseil d'État du 23 janvier 1862

relatif aux comblements de caves sous la voie publique.

NAPOLÉON, par la grâce de Dieu et la volonté nationale, Empereur des Français, à tous présents et à venir, salut.

Sur le rapport de la section du contentieux;

Vu les requêtes sommaire et ampliative présentées pour le sieur Charles-Auguste Legendre, demeurant à Savigny-sur-Orge (Seine-et-Oise), et pour le sieur Émile Guilloteaux et la dame Marie-Louise Legendre, son épouse, demeurant ensemble à Mormant (Seine-et-Marne), tous agissant comme copropriétaires d'une maison sise à Paris, rue du Roule, 6; lesdites requêtes enregistrées au secrétariat de la section du contentieux de notre Conseil d'État, les 17 septembre et 21 novembre 1860, et tendant à ce qu'il nous plaise : annuler pour excès de pouvoir un arrêté en date du 25 août 1860, par lequel le Préfet du département de la Seine leur a enjoint de faire combler, dans un délai de huit jours, les caves dépendant de leur maison précitée, sise rue du Roule, et qui s'étendait sous le sol de la voie publique, disposant que faute par les propriétaires d'avoir opéré ce comblement dans le délai ci-dessus fixé, il y serait pourvu d'office à leurs risques et périls;

Attendu que ces caves existaient avant que la rue du Roule ne fût ouverte ; que l'existence de ces caves a dû être connue par la Ville de Paris au moment de l'ouverture de ladite rue; que la Ville de Paris n'a produit aucun titre prouvant qu'à une époque quelconque elle aurait acquis la propriété du sous sol de la voie publique ; que, d'ailleurs, en présence de l'existence des caves avant l'ouverture de la rue et de la possession simultanée de ces caves, c'est-à-dire du sous-sol de la voie publique par les requérants et du sol de cette voie par la Ville de Paris, cette Ville ne peut pas invoquer la présomption légale établie par l'article 552 du Code Napoléon, et qui ferait que, propriétaire du sol, elle devrait être considérée comme propriétaire du dessous de ce sol; que dès lors les requérants ne pouvaient être dépossédés de leur propriété que moyennant payement d'une juste et préalable indemnité.

Subsidiairement, ordonner, avant faire droit au fond, une vérification par experts, à l'effet de reconnaître :

1° Si les caves dont la suppression est demandée n'ont pas une existence antérieure de plusieurs siècles à l'ouverture de la rue du Roule;

2° Si, lors de l'ouverture de cette rue, la Ville de Paris n'a pas pu et dû connaître l'existence antérieure de ces caves;

Vu l'arrêté attaqué ;

Vu le mémoire en intervention produit par la Ville de Paris, poursuites et diligences du Préfet du département de la Seine à ce dûment autorisé ; ledit mémoire enregistré comme ci-dessus le 7 mars 1861, et tendant à ce qu'il nous plaise déclarer l'intervention recevable et rejeter le pourvoi des requérants avec dépens ;

Attendu que la Ville de Paris, en devenant propriétaire du sol sur lequel la rue du Roule a été établie, a dû nécessairement devenir propriétaire du dessous de ce sol ; que les anciens édits et arrêts lui en faisaient une obligation et que les rues faisant partie du domaine public municipal imprescriptible, aucune usurpation ou possession n'a pu détruire son droit de propriété ; que les anciens édits et arrêts sur la voirie, notamment ceux de décembre 1607 et du 4 septembre 1778, interdisaient de creuser des caves sous la voie publique, ce qui impliquait l'interdiction de conserver sous cette voie les caves d'une existence antérieure à son ouverture ; que, dans l'espèce, les arrêts des dernier janvier et dernier février 1689, en vertu desquels l'ouverture de la rue du Roule a été autorisée, disposaient que l'emplacement de cette rue serait payé des deniers patrimoniaux de la Ville, suivant l'estimation qui serait faite ; qu'ainsi la cession du sol de cette rue n'a pas été gratuite, et a dû, dès lors, être entière et comprendre le dessous aussi bien que le dessus de ce sol ; que telle est du moins la présomption légale établie par l'article 552 du Code Napoléon, présomption qui ne peut être détruite que par la production des titres contraires, qui n'ont pas été produits par les requérants ;

Que, de ce qui précède, il faut donc conclure que lesdits requérants ont conservé, non pas la propriété, mais la jouissance des caves dont il s'agit à titre de pure tolérance, et que la Ville peut toujours exiger la suppression de ces caves ; qu'enfin, en admettant même que les requérants puissent invoquer un droit de propriété, ils étaient toujours tenus d'obéir aux injonctions du voyer, faites dans le but d'assurer le service de la voirie, sauf, s'ils s'y croyaient fondés, à réclamer ensuite une indemnité ;

Vu les observations de notre Ministre de l'Intérieur, en réponse à la communication qui lui a été donnée des requêtes ci-dessus visées, lesdites observations enregistrées comme ci-dessus le 17 septembre 1861 ;

Vu le mémoire en réplique, enregistré comme ci-dessus, le 16 novembre 1861, par lequel les requérants déclarent persister dans leurs précédentes conclusions, et demandent, en outre, que la Ville de Paris soit condamnée aux dépens ;

Attendu notamment que la Ville de Paris, ayant admis que les caves dont il s'agit existaient antérieurement à l'ouverture de la rue du Roule, et ne produisant aucun titre en vertu duquel elle serait devenue propriétaire de ces caves, les requérants sont fondés à invoquer, en faveur de leur droit de propriété sur lesdites caves, la présomption légale établie par l'article 2234 du Code Napoléon, qui dispose que le possesseur actuel, qui prouve avoir possédé anciennement, est présumé avoir possédé dans le temps intermédiaire, sauf la preuve contraire;

Vu la délibération en date du 19 avril 1861, par laquelle le Conseil municipal de la Ville de Paris autorise le Préfet du département de la Seine à intervenir devant nous en notre Conseil d'État, à l'effet de défendre au pourvoi formé par les requérants contre l'arrêté ci-dessus visé du 25 août 1859;

Vu les autres pièces produites et jointes au dossier, notamment les arrêtés du Conseil des dernier janvier et dernier février 1689, relatifs à l'ouverture de la rue du Roule;

Vu l'édit de décembre 1607, l'arrêt du Conseil du 3 juillet 1865 et l'ordonnance du bureau des Finances du 4 septembre 1778, portant notamment que les propriétaires de maisons ou héritages qui ont des caves ou passages sous les rues, voies, places publiques et grands chemins dans l'étendue de la généralité de Paris, seront tenus de les combler ou d'en faire la déclaration au Procureur du Roi du bureau, pour être ensuite, d'après la visite qui en sera faite, ordonné ce qui appartiendra;

Vu la loi du 19-22 juillet 1791, article 29;

Ouï M. Perret, auditeur, en son rapport;

Ouï Me Plé, avocat du sieur Legendre, et Me Jagerschmidt, avocat de la Ville de Paris, en leurs observations;

Ouï M. Charles Robert, maître des requêtes, commissaire du Gouvernement, en ses conclusions;

En ce qui touche l'intervention de la Ville de Paris :

Considérant que les caves, dont la suppression a été ordonnée par l'arrêté attaqué, étaient placées sous le sol de la rue du Roule; que, dans ces circonstances, la Ville de Paris a intérêt à défendre au pourvoi formé par les requérants contre cet arrêté, et que son intervention doit être admise;

Au fond :

Considérant qu'en ordonnant, par l'arrêté attaqué, la suppression des caves précitées, le Préfet du département de la Seine a agi en vertu des pouvoirs qui résultent pour l'administration des édit, arrêt et ordonnance ci-dessus visés, notamment de l'ordonnance du 4 septembre 1778 ; et que cet arrêté ne fait pas obstacle à ce que les requérants, s'ils s'y croient fondés, fassent valoir devant l'autorité compétente les droits qu'ils prétendraient avoir à une indemnité à raison de la suppression de ces caves : que dès lors en prenant cet arrêté, ledit Préfet n'a pas excédé ses pouvoirs :

Notre Conseil d'État au contentieux entendu,

AVONS DÉCRÉTÉ ET DÉCRÉTONS CE QUI SUIT :

ARTICLE PREMIER.

L'intervention de la Ville de Paris est admise.

ART. 2.

La requête du sieur Legendre et des sieur et dame Gilloteaux est rejetée.

ART. 3.

Le sieur Legendre et les sieur et dame Gilloteaux sont condamnés aux dépens de l'intervention.

X

CARRIÈRES

1° — Loi du 21 avril 1810

concernant les mines, les minières et les carrières.

(Extrait.)

. . . .

TITRE VIII

SECTION PREMIÈRE

Des Carrières.

ART. 81 (1).

L'exploitation des carrières à ciel ouvert a lieu sans permission, sous la simple surveillance de la police, et avec l'observation des lois ou règlements généraux ou locaux.

ART. 82 (2).

Quand l'exploitation a lieu par galeries souterraines, elle est soumise à la surveillance de l'Administration, comme il est dit au titre V.

. . . .

---

(1) Modifié par la loi du 27 juillet 1880.
(2) Modifié par la loi du 27 juillet 1880.

2° — Loi du 27 juillet 1880

relative à la revision de la loi du 21 avril 1810 sur les mines.

(Extrait.)

ARTICLE UNIQUE.

Les articles. . . . . . 81 et 82 de la loi du 21 avril 1810 sont modifiés ainsi qu'il suit :

. . . .

ART. 81.

L'exploitation des carrières à ciel ouvert a lieu en vertu d'une simple déclaration faite au maire de la commune et transmise au préfet. Elle est soumise à la surveillance de l'Administration et à l'observation des lois et règlements.

Les règlements généraux seront remplacés, dans les départements où ils sont encore en vigueur, par des règlements locaux rendus sous forme de décrets en Conseil d'État.

ART. 82.

Quand l'exploitation a lieu par galeries souterraines, elle est soumise à la surveillance de l'administration des mines, dans les conditions prévues par les articles 47, 48 et 50.

Dans l'intérieur de Paris, l'exploitation des carrières souterraines de toute nature est interdite.

Sont abrogées les dispositions ayant force de loi des deux décrets des 22 mars et 4 juillet 1813 et du décret portant règlement général du 22 mars 1813, relatifs à l'exploitation des carrières dans les départements de la Seine et de Seine-et-Oise.

3° — Décret du 2 avril 1881

portant règlement pour l'exploitation des carrières du département de la Seine.

LE PRÉSIDENT DE LA RÉPUBLIQUE FRANÇAISE,

Sur le rapport du Ministre des Travaux publics :

Vu le projet de règlement présenté par le Préfet de la Seine pour les carrières de ce Département ;

Vu les avis du Conseil général des Mines, des 11 mai 1877, 8 mars 1878 et 17 décembre 1880 ;

Vu les lois des 21 avril 1810 et 27 juillet 1880 ;

Le Conseil d'État entendu.

DÉCRÈTE :

ARTICLE PREMIER.

Les carrières de toute nature ouvertes ou à ouvrir dans le Département de la Seine sont soumises aux mesures d'ordre et de police ci-après déterminées.

Conformément à la loi du 27 juillet 1880, portant modification de plusieurs articles de la loi du 21 avril 1810, l'exploitation des carrières souterraines de toute nature est interdite dans l'intérieur de Paris.

TITRE PREMIER

DES DÉCLARATIONS

ART. 2.

Tout propriétaire ou entrepreneur qui veut continuer ou entreprendre l'exploitation d'une carrière à ciel ouvert ou par galeries souterraines, est tenu d'en faire la déclaration au Maire de la commune où la carrière est située.

ART. 3.

La même obligation est imposée à tout propriétaire ou entrepreneur qui reprend l'exploitation d'une carrière abandonnée, qui veut, soit appliquer à une carrière à ciel ouvert le mode d'exploitation par galeries souterraines, soit ouvrir un nouvel étage dans une carrière souterraine.

ART. 4.

La déclaration doit être faite dans les délais suivants :

1° Pour les carrières actuellement en activité et qui n'ont pas encore été l'objet d'une déclaration, dans le délai de trois mois à partir de la promulgation du présent décret ;

2° Pour les carrières à ouvrir, pour les carrières abandonnées, dont l'exploitation est reprise, ainsi que dans les autres cas prévus par l'article 3, dans la quinzaine à partir du commencement des travaux.

ART. 5.

La déclaration est faite en deux exemplaires.

Elle contient l'énonciation des nom, prénoms et demeure du déclarant, et la qualité en laquelle il entend exploiter la carrière.

Elle fait connaître, d'une manière précise, l'emplacement de la carrière et sa situation par rapport aux habitations, bâtiments et chemins les plus voisins.

Elle indique la nature de la masse à extraire, l'épaisseur et la nature des terres ou bancs de rochers qui la recouvrent, le mode d'exploitation, à ciel ouvert ou par galeries souterraines.

Art. 6.

Si l'exploitation doit avoir lieu par galeries souterraines, il est joint à la déclaration un plan des lieux, également en deux expéditions et à l'échelle de deux millimètres par mètre.

Sur ce plan sont indiqués les désignations cadastrales et le périmètre du terrain sous lequel l'exploitant se propose d'établir des fouilles, ainsi que de ses tenants et aboutissants, les chemins, édifices, canaux, rigoles et constructions quelconques existant sur ledit terrain dans un rayon de vingt-cinq mètres au moins, l'emplacement des orifices, des puits ou des galeries projetés.

Dans le cas où il existerait des travaux souterrains déjà exécutés, il en sera fait mention dans la déclaration.

Art. 7.

Si l'exploitation est entreprise par une personne étrangère à la commune où la carrière est située, cette personne doit faire élection de domicile dans ladite commune.

Dans le cas où l'exploitation est entreprise pour le compte d'une société n'ayant pas son siège dans la commune, la société doit également faire élection de domicile dans la commune.

Le domicile élu est, dans l'un comme dans l'autre cas, indiqué dans la déclaration.

Art. 8.

Les déclarations sont classées dans les archives de la Mairie. Il en est donné récépissé.

Un des exemplaires de la déclaration et, quand il s'agit de carrières souterraines, du plan qui y est joint, est transmis, sans délai au Préfet.

Le Préfet envoie ces pièces à l'Ingénieur des Mines, qui les conserve et en inscrit la mention sur un registre spécial.

TITRE II

DES RÈGLES DE L'EXPLOITATION

SECTION PREMIÈRE

Des carrières exploitées à ciel ouvert.

ART. 9.

Les bords des fouilles ou excavations sont établis et tenus à une distance horizontale de 10 mètres au moins des bâtiments et constructions quelconques, publics et privés, des routes ou chemins, cours d'eau, canaux, fossés, rigoles, conduites d'eau, mares et abreuvoirs servant à l'usage public.

L'exploitation de la masse est arrêtée, à compter des bords de la fouille, à une distance horizontale réglée à un mètre par chaque mètre d'épaisseur des terres de recouvrement, s'il s'agit d'une masse solide, ou à un mètre par chaque mètre de profondeur totale de la fouille, si cette masse, par sa cohésion, est analogue à ces terres de recouvrement.

Toutefois cette distance peut être augmentée ou diminuée par le Préfet, sur le rapport de l'Ingénieur des Mines, en raison de la nature plus ou moins consistante des terres de recouvrement et de la masse exploitée elle-même.

Le tout sans préjudice des mesures spéciales prescrites ou à prescrire par la législation des chemins de fer.

ART. 10.

L'abord de toute carrière située dans un terrain non clos doit être garanti sur les points dangereux par un fossé creusé au pourtour et dont les déblais sont rejetés du côté des travaux, pour y former une berge, ou par tout autre moyen de clôture offrant des conditions suffisantes de sûreté et de solidité.

Les dispositions qui précèdent sont applicables aux carrières abandonnées.

Les travaux de clôture sont, dans ce cas, à la charge du propriétaire du fonds dans lequel la carrière est située, sauf recours contre qui de droit.

Le tout sans préjudice du droit qui appartient à l'autorité municipale de prendre les mesures nécessaires à la sûreté publique.

ART. 11.

Les procédés d'abatage de la masse exploitée ou des terres de recouvrement, qui seraient reconnus dangereux pour les ouvriers, peuvent être interdits par des arrêtés du Préfet, rendus sur l'avis de l'Ingénieur des Mines.

Dans le tirage à la poudre, et en tout ce qui concerne la conduite des travaux, l'exploitant se conformera à toutes les mesures de précaution et de sûreté qui lui seront prescrites par l'autorité.

SECTION II.

Des carrières souterraines.

ART. 12.

Aucune excavation souterraine ne peut être ouverte ou poursuivie que jusqu'à une distance horizontale de dix mètres des bâtiments et constructions quelconques, publics ou privés, des routes ou chemins, cours d'eau, canaux, fossés, rigoles, conduites d'eau, mares et abreuvoirs servant à l'usage public.

Cette distance est augmentée d'un mètre par chaque mètre de hauteur de l'excavation.

Cette distance pourra être exceptionnellement augmentée par arrêté du Préfet, sur le rapport des Ingénieurs des Mines, toutes les fois que l'exigera la sûreté publique ou la conservation des édifices et bâtiments publics ou privés, chemins, rigoles ou conduites d'eau.

ART. 13.

Les dispositions de l'article 10 sont applicables aux orifices des puits verticaux ou inclinés donnant accès dans des carrières souterraines, à moins que l'abord n'en soit suffisamment défendu par l'agglomération des déblais et l'élévation de leur plate-forme.

ART. 14.

Des dispositions semblables sont applicables aux abords des cavages et et aux fontis que l'exploitation pourrait produire.

ART. 15.

Dans toute exploitation souterraine, par piliers tournés, les travaux devront être arrêtés à une distance des terrains voisins au moins égale à la moitié de la largeur d'un pilier. Mais si deux carrières sont contiguës, les exploitants pourront les mettre en communication en exploitant le rideau de masse réservé en vertu du présent article, d'un commun accord et dans les mêmes conditions que s'il s'agissait d'une exploitation unique.

Art. 16.

Pour tout ce qui concerne la sûreté des ouvriers et du public, notamment pour les moyens de consolidation des puits, galeries et autres excavations, la descente dans les carrières, la disposition et la dimension des piliers de masse, l'ouverture éventuelle de plusieurs étages de travaux superposés, le mode d'exploitation à suivre, les précautions à prendre pour prévenir les accidents dans le tirage à la poudre, les exploitants se conformeront aux mesures qui leur seront prescrites par le Préfet, sur le rapport de l'Ingénieur des Mines.

Art. 17.

Les puits ou bouches de cavages qui donnent entrée aux carrières souterraines seront fermés pendant la nuit de telle sorte que personne ne puisse y pénétrer. Il en sera de même pendant tout le temps de la cessation des travaux, si ceux-ci étaient momentanément suspendus.

Art. 18

Tout puits définitivement abandonné sera comblé ou défendu par tout autre moyen reconnu suffisant par l'autorité préfectorale, sur le rapport de l'Ingénieur des Mines.

Art. 19.

Tout exploitant qui veut abandonner une carrière souterraine est tenu d'en faire la déclaration au Préfet, par l'intermédiaire du Maire de la commune où la carrière est située. Le Préfet fait reconnaître les lieux par l'Ingénieur des Mines et prescrit sur son rapport les mesures qu'il juge nécessaires dans l'intérêt de la sûreté publique.

Art. 20.

Lorsque le Préfet, sur le rapport de l'Ingénieur des Mines, constatera la nécessité de faire dresser ou compléter le plan des travaux d'une carrière souterraine, il pourra requérir l'exploitant de faire lever ou compléter le plan.

Si l'exploitant refuse ou néglige d'obtempérer à cette réquisition dans le délai qui lui aura été fixé, le plan est levé d'office, à ses frais, à la diligence de l'Administration.

SECTION III

*Dispositions communes aux carrières à ciel ouvert
et aux carrières souterraines.*

Art. 21.

La prescription des articles 9 § 1er, et 12 § 1er, ne s'applique point aux murs de clôture autres que ceux qui enceignent des cimetières ou des cours attenant à des habitations.

Le Préfet peut, sur la demande de l'exploitant, réduire la distance de dix mètres, fixée par lesdits paragraphes, sauf en ce qui concerne les propriétés privées. Il statue sur le rapport de l'Ingénieur des Mines, après avoir pris l'avis des Ingénieurs des Ponts et Chaussées ou de l'Agent Voyer s'il s'agit du domaine national ou départemental; celui des Ingénieurs du Service municipal de Paris, s'il s'agit de canaux, aqueducs, conduites, constructions ou établissements quelconques appartenant à la Ville de Paris; celui du Maire, s'il s'agit du domaine communal.

En ce qui concerne les propriétés privées, la distance fixée par les mêmes paragraphes peut être réduite par le fait seul du consentement du propriétaire intéressé.

Art. 22.

L'exploitant se conformera en tout ce qui concerne le travail des enfants, filles ou femmes employées dans les carrières, aux dispositions des lois et règlements intervenus ou à intervenir.

TITRE III

DE LA SURVEILLANCE.

Art. 23.

L'exploitation des carrières à ciel ouvert est surveillée, sous l'autorité du Préfet, par les Maires et autres officiers de police municipale avec le concours des Ingénieurs des Mines et des agents sous leurs ordres.

Art. 24.

L'exploitation des carrières souterraines est surveillée, sous l'autorité du Préfet, par les Ingénieurs des Mines et les agents sous leurs ordres, sans préjudice de l'action des Maires et autres officiers de police municipale.

Art. 25.

Les Ingénieurs des Mines et les agents sous leurs ordres visitent dans leurs tournées les carrières souterraines.

Ils visiteront aussi, lorsqu'ils le jugeront nécessaire ou lorsqu'ils en seront requis par le Préfet, les carrières à ciel ouvert.

Les Ingénieurs des Mines et les agents sous leurs ordres dressent des procès-verbaux de ces visites. Ils laissent, s'il y a lieu, aux exploitants des instructions écrites pour la conduite des travaux au point de vue de la sécurité ou de la salubrité. Ils en adressent une copie au Préfet.

Ils signalent au Préfet les vices d'exploitation de nature à occasionner un danger ou les abus qu'ils auraient observés dans ces visites et provoquent les mesures dont ils auront reconnu l'utilité.

Art. 26.

Dans le cas où, par une cause quelconque, la solidité des travaux, la sûreté des ouvriers, celle du sol ou des habitations de la surface se trouve compromise, l'exploitant doit en donner immédiatement avis à l'Ingénieur des Mines ou au Garde-Mines, ainsi qu'au Maire de la commune, s'il s'agit d'une carrière souterraine. Dans le même cas, les exploitants de carrières à ciel ouvert préviendront le Maire de la commune.

Quelle que soit la nature de la carrière et de quelque façon que le danger soit parvenu à sa connaissance, le Maire en informe le Préfet et l'Ingénieur des Mines ou le Garde-Mines.

Art. 27.

L'Ingénieur des Mines, aussitôt qu'il est prévenu, ou à son défaut le Garde-Mines, se rend sur les lieux, dresse procès-verbal de leur état et envoie ce procès-verbal au Préfet, en y joignant l'indication des mesures qu'il juge convenables pour faire cesser le danger.

Le Maire peut aussi adresser au Préfet ses observations et propositions.

Le Préfet ne statue qu'après avoir entendu l'exploitant, sauf le cas de péril imminent.

Art. 28.

Si l'exploitant, sur la notification qui lui est faite de l'arrêté du Préfet, ne se conforme pas aux mesures prescrites, dans le délai qui lui aura été fixé, il y est pourvu d'office et à ses frais par les soins de l'Administration.

Art. 29.

En cas de péril imminent, reconnu par l'Ingénieur, celui-ci fait sous sa responsabilité les réquisitions nécessaires aux autorités locales, pour qu'il y soit pourvu sur-le-champ, ainsi qu'il est pratiqué en matière de voirie, lors du péril imminent de la chute d'un édifice.

Le Maire peut, d'ailleurs, toujours prendre, en l'absence de l'Ingénieur, toutes les mesures que lui paraît commander l'intérêt de la sécurité publique.

Art. 30

En cas d'accident qui aurait été suivi de mort ou de blessures, l'exploitant est tenu d'en donner immédiatement avis à l'Ingénieur des Mines ou au Garde-Mines, ainsi qu'au Maire de la commune, s'il s'agit d'une carrière souterraine.

Dans le même cas, les exploitants de carrières à ciel ouvert devront en donner immédiatement avis au Maire de la commune.

Quelle que soit la nature de la carrière et de quelque façon que l'accident soit parvenu à sa connaissance, le Maire en informe, sans délai, le Préfet et l'Ingénieur des Mines ou le Garde-Mines.

Il se transporte immédiatement sur le lieu de l'événement et dresse un procès-verbal qu'il transmet au Procureur de la République et dont il envoie copie au Préfet.

L'Ingénieur des Mines ou à son défaut le Garde-Mines se rend, dans le plus bref délai, sur les lieux. Il visite la carrière, recherche les circonstances et les causes de l'accident, dresse du tout un procès-verbal qu'il transmet au Procureur de la République et dont il envoie copie au Préfet.

Il est interdit aux exploitants de dénaturer les lieux avant la clôture du procès-verbal de l'Ingénieur des Mines.

L'Ingénieur des Mines se conforme, pour les autres mesures à prendre, aux dispositions du décret du 3 janvier 1813.

Art. 31.

Les dispositions des articles 27, 28 et 29 sont applicables, à toute époque, aux carrières abandonnées, dont l'existence compromettrait la sûreté publique.

Les travaux prescrits sont, dans ce cas, à la charge du propriétaire du fonds dans lequel la carrière est située, sauf son recours contre qui de droit.

ART. 32.

Lorsque les travaux ont été exécutés ou des plans levés d'office, le montant des frais est réglé par le Préfet, et le recouvrement en est opéré contre qui de droit par le percepteur des contributions directes.

TITRE IV

DE LA CONSTATATION, DE LA POURSUITE ET DE LA RÉPRESSION DES CONTRAVENTIONS.

ART. 33.

Les contraventions aux dispositions du présent règlement ou aux arrêtés préfectoraux rendus en exécution de ce règlement, autre que celles prévues à l'article 32, sont constatées par les Maires et Adjoints, par les Commissaires de police, gardes champêtres et autres officiers de police judiciaire et concurremment par les Ingénieurs des Mines et les agents sous leurs ordres ayant qualité pour verbaliser.

ART. 34.

Les procès-verbaux sont visés pour timbre et enregistrés en débet. Ils sont affirmés dans les formes et délais prescrits par la loi pour ceux de ces procès-verbaux qui ont besoin de l'affirmation.

ART. 35.

Lesdits procès-verbaux sont transmis en originaux aux Procureurs de la République et les contrevenants poursuivis d'office devant la juridiction compétente, sans préjudice des dommages-intérêts des parties.

Copies des procès-verbaux sont envoyées au Préfet du Département par l'intermédiaire de l'Ingénieur en chef.

ART. 36.

Les contraventions qui auraient pour effet de porter atteinte à la conservation des routes nationales ou départementales, des chemins de fer, canaux, rivières, ponts ou autres ouvrages dépendant du domaine public, sont constatées, poursuivies et réprimées conformément aux lois sur la police de la grande voirie.

TITRE V

DISPOSITIONS GÉNÉRALES

ART. 37.

Les fonctions et attributions conférées aux Maires par le présent règlement sont exercées par le Préfet de la Seine pour les carrières situées dans l'intérieur de Paris.

ART. 38.

Les règlements précédemment appliqués aux carrières du département de la Seine sont et demeurent abrogés.

ART. 39.

La présent décret sera inséré au *Bulletin des Lois* et au *Recueil des Actes administratifs du Département*. Il sera publié et affiché dans toutes les communes du département.

ART. 40.

Le Ministre des Travaux publics est chargé de l'exécution du présent Décret.

Fait à Paris, le 2 avril 1881.

Signé : JULES GRÉVY.

————————

4° — Arrêté préfectoral du 30 mai 1881

relatif à la publication du décret du 2 avril 1881.

LE SÉNATEUR, PRÉFET DE LA SEINE,

Vu le décret, en date du 2 avril 1881, portant règlement pour l'exploitation des carrières du département de la Seine,

ARRÊTE :

Le décret susvisé sera inséré au *Recueil des Actes administratifs du Département de la Seine*. Il sera, en outre, publié et affiché dans toutes les communes du département.

Paris, le 30 mai 1881.

Signé: F. HEROLD.

————————

5° — Arrêté préfectoral du 25 septembre 1882

concernant l'exploitation des carrières dans le département de la Seine.

LE PRÉFET DE LA SEINE,

Vu le rapport, en date des 28 août et 2 septembre 1882, par lequel les ingénieurs des mines signalent le danger des procédés d'abatage usités dans quelques carrières à ciel ouvert du département de la Seine ;

Vu les lois des 21 avril 1810 et 27 juillet 1880 et le décret du 2 avril 1881,

ARRÊTE :

ARTICLE PREMIER.

Les terres de recouvrement devront être enlevées par banquettes successives, la hauteur maximum de chaque banquette ne pouvant, en aucun cas, dépasser 4 mètres.

ART. 2.

Il est interdit de pratiquer à la base des terres des fours ou galeries d'aucune sorte pour en provoquer l'éboulement.

ART. 3.

L'emploi des souchets continuera à être toléré aux conditions suivantes :

1° La profondeur desdits souchets ne pourra surpasser 50 centimètres ;

2° Les parties souchevées seront soutenues pendant tout le cours du travail soit par des étais, soit par des piliers réservés en nombre suffisant :

3° Un ouvrier sera placé au-dessus du front de masse pour veiller aux mouvements qui pourraient se produire dans le sol et en aviser les travailleurs.

ART. 4.

Les dispositions précédentes sont applicables aux masses exploitables, autres que les roches calcaires et gypseuses, sauf les modifications suivantes :

ART. 5.

Dans les exploitations de meulière, la hauteur maximum des banquettes sera réduite à 2 mètres.

Art. 6.

Dans les exploitations de sable fin, dit sable de Fontainebleau, qui surmonte les gisements de plâtre, on pourra, au lieu de procéder par banquettes, piocher la masse sur toute sa hauteur, à la condition de maintenir un talus de 1 mètre de base sur 1 mètre de hauteur.

Art. 7.

Le présent arrêté sera inséré au *Recueil des Actes administratifs du département de la Seine*.

Il sera, en outre, imprimé, publié et affiché à la diligence des maires des différentes communes chargés de veiller à son exécution.

Ampliation en sera transmise à l'Inspecteur général des carrières.

Fait à Paris, le 25 septembre 1882.

Pour le Préfet et par délégation :

Le Secrétaire général de la Préfecture,
Signé : J.-G. VERGNIAUD.

6° — Arrêté préfectoral du 16 avril 1884
concernant la réglementation des coups de mines dans les carrières.

LE PRÉFET DE LA SEINE,

Vu la loi du 21 avril 1810 ;

Vu le décret du 2 avril 1881 :

Vu la décision rendue le 31 janvier 1884 par le Ministre des Travaux publics, sur l'avis du Conseil général des Mines, au sujet des précautions à prescrire pour le tirage des coups de mines, dans les carrières de la Seine :

ARRÊTE :

ARTICLE PREMIER.

Il est interdit de faire emploi d'épinglettes ou de bourroirs en fer.

Pour amorcer les coups de mines, il sera fait usage d'épinglettes en cuivre ou en bronze ou d'étoupilles Bickford, dites fusées de sûreté (1).

---

(1) Voir la lettre préfectorale du 21 novembre 1884 (page 115).

Les bourroirs seront de préférence en bois ou tout au moins en bronze ou en cuivre sur un tiers de leur longueur.

Art. 2.

La poudre devra être introduite en cartouches et pressée doucement avec le bourroir.

Les matières employées pour le bourrage devront être exemptes de parcelles qui seraient de nature à produire des étincelles par le frottement ou par le choc.

Art. 3.

Les ouvriers ne devront pas revenir sur une mine ratée avant un délai d'une heure.

Tout essai de débourrage de mine ratée est formellement interdit.

Les trous de mines pratiqués dans le voisinage devront être placés à une certaine distance, et dirigés de manière à ne pas rencontrer le trou de mine ratée.

Art. 4.

Les coups de mines devront être recouverts de manière à éviter toute projection sur les chemins et sur les propriétés du voisinage. Avant l'allumage des coups de mines, des hommes munis au besoin de signaux optiques ou acoustiques seront apostés de manière à interdire l'accès du périmètre dangereux.

Art. 5.

Le tirage des coups de mines s'effectuera sous la surveillance immédiate du chef de chantier, qui devra indiquer aux ouvriers les points de refuge, et s'assurer, avant l'allumage, qu'ils sont hors d'atteinte des projections.

Art. 6.

Dans le cas où il serait fait usage de la dynamite, les exploitants devront porter à la connaissance des ouvriers et faire afficher sur le lieu de l'exploitation la note annexée à la circulaire ministérielle du 9 août 1880.

Ils devront veiller à l'observation des mesures de précaution qui s'y trouvent formulées.

Art. 7.

Les contraventions aux dispositions qui précèdent seront constatées et poursuivies conformément aux dispositions du titre IV du décret réglementaire du 2 avril 1881.

ART. 8.

Les Ingénieurs des Mines et agents sous leurs ordres, les Maires et autres Officiers de police municipale sont chargés de surveiller l'exécution des dispositions prescrites et d'en assurer l'accomplissement, chacun en ce qui le concerne.

ART. 9.

Le présent arrêté sera inséré au *Recueil des Actes administratifs*. Des exemplaires en seront transmis : 1° à MM. les Maires de chacune des communes du département pour être affichés ; 2° à M. l'Inspecteur général des carrières pour être adressés par lui aux exploitants qui les feront afficher sur le lieu même de l'exploitation.

Fait à Paris, le 16 avril 1884.

Signé : E. POUBELLE.

7° — Arrêté préfectoral du 30 juillet 1884
concernant la réglementation de l'occupation des vides d'anciennes carrières.

LE PRÉFET DE LA SEINE,

Vu la loi du 21 avril 1810, modifiée par celle du 27 juillet 1880 ;

Vu le décret du 2 avril 1881 portant règlement pour l'exploitation des carrières dans le département de la Seine, notamment les articles 27, 28 et 29, applicables, d'après l'article 31, aux carrières abandonnées ;

Vu le rapport du service des Mines, duquel il résulte qu'il y a lieu, dans l'intérêt de la sûreté publique, de réglementer l'occupation des vides d'anciennes carrières, conformément aux lois et règlements précités,

ARRÊTE :

ARTICLE PREMIER.

L'occupation des vides d'anciennes carrières souterraines, pour un usage quelconque, notamment pour la culture des champignons, est soumise aux mesures d'ordre et de police ci-après déterminées.

ART. 2.

Tout propriétaire ou entrepreneur qui veut continuer ou entreprendre l'occupation des vides d'anciennes carrières est tenu d'en faire la déclaration au Maire de la commune où est située la carrière.

Art. 3.

La déclaration doit être faite dans les délais suivants :

1° Pour les anciennes carrières actuellement occupées et qui n'ont pas encore été l'objet d'une déclaration ou d'une autorisation, dans le délai de trois mois, à partir de la publication du présent arrêté ;

2° Pour les anciennes carrières à occuper, dans la quinzaine qui précède l'occupation.

Art. 4.

La déclaration est faite en deux exemplaires ; elle contient l'énonciation des nom, prénoms et demeure du déclarant et la qualité en laquelle il entend occuper la carrière. Elle est signée par la personne qui se propose de faire usage de la carrière abandonnée, ainsi que par les propriétaires de ladite carrière.

Art. 5.

Il est joint à la déclaration un plan des lieux à l'échelle de 0^m.002 par mètre. Sur ce plan sont indiqués les vides qu'on se propose d'utiliser, les limites cadastrales, avec les numéros de chaque parcelle et les noms des propriétaires des terrains supérieurs, ainsi que de leurs tenants et aboutissants ; les chemins, édifices, canaux, rigoles et constructions quelconques existant sur ledit terrain dans un rayon de 25 mètres au moins ; l'emplacement des orifices, puits et galeries d'accès ouverts ou projetés.

Le périmètre à occuper sera nettement délimité sur ce plan au moyen d'un liséré. Il ne pourra être ultérieurement étendu sans une nouvelle déclaration faite dans les mêmes formes que la précédente.

Art. 6.

Si l'occupation a lieu par une personne étrangère à la commune où la carrière est située ou par une société n'ayant pas son siège dans la commune, la personne ou la société doit faire élection de domicile dans ladite commune.

Art. 7.

Les puits ou galeries par lesquelles on entre dans la carrière seront constamment maintenus en bon état.

Aucun puits ne pourra être ouvert à moins de 10 mètres de distance horizontale des bâtiments et constructions quelconques, publics ou privés, des routes ou chemins, cours d'eau, canaux, fossés, rigoles, conduites d'eau, mares et abreuvoirs, servant à l'usage public.

8

L'abord de tout puits qui ne serait pas recouvert par une cheminée d'aérage sera défendu par une palissade ou par tout autre moyen de clôture, offrant des conditions suffisantes de sûreté et de stabilité.

Les puits ou bouches de cavage donnant accès aux ouvriers occupés, seront fermés pendant la nuit de telle sorte que personne ne puisse y pénétrer. Il en sera de même pendant tout le temps de la cessation des travaux, si ceux-ci sont momentanément interrompus.

Les treuils, câbles, échelles et en général le matériel servant à l'entrée et à la sortie des ouvriers, seront solidement établis et constamment entretenus en bon état.

Art. 8.

Pour tout ce qui concerne la sûreté des ouvriers et du public, les occupants se conformeront aux mesures qui leur seront prescrites par l'Administration préfectorale, sur le rapport des Ingénieurs des mines, ainsi qu'aux dispositions du décret réglementaire du 2 avril 1884, qui sont applicables aux carrières abandonnées.

Art. 9.

En cas d'accident survenu dans les travaux et qui aurait été suivi de mort ou de blessures, l'occupant est tenu d'en donner immédiatement avis à l'Ingénieur des mines ou au Garde-mines, ainsi qu'au Maire de la commune.

Art. 10.

Les contraventions aux dispositions du présent arrêté seront constatées par les Maires et Adjoints, par les Commissaires de police, gardes-champêtres et autres Officiers de police judiciaire et concurremment par les Ingénieurs des mines, et les agents sous leurs ordres ayant qualité pour verbaliser.

Art. 11.

L'arrêté préfectoral du 19 juin 1837, et en général toutes les dispositions contraires à celles contenues dans le présent règlement, sont et demeurent abrogés.

Art. 12.

Le présent arrêté sera inséré au *Recueil des Actes administratifs* du département. Il sera, en outre, publié et affiché, à la diligence des Maires de toutes les communes du Département, chargés d'en assurer l'exécution, concurremment avec le service des Mines.

Fait à Paris, le 30 juillet 1884.

Signé: E. POUBELLE.

8° — Lettre préfectorale du 21 novembre 1884.

relative à l'interprétation de l'arrêté préfectoral du 16 avril 1884.

Paris, le 21 novembre 1884.

MONSIEUR LE MAIRE,

J'ai l'honneur d'appeler votre attention sur l'interprétation qu'il convient de donner à certaines dispositions de l'article 1er de l'arrêté du 16 avril 1884 portant réglementation de l'emploi des explosifs dans les carrières du département et publié au n° 4 du *Recueil des Actes administratifs* de cette année.

Aux termes du paragraphe 2 de cet article, pour amorcer les coups de mines, il sera fait usage d'épinglettes en cuivre ou en bronze, ou d'*étoupilles Bickford dites fusées de sûreté*. Ces derniers mots ne se rapportent pas à une espèce particulière d'étoupilles de fabrication anglaise : l'Administration comprend au contraire, sous cette désignation, tout produit similaire quelle qu'en soit l'origine, pourvu qu'il offre des garanties suffisantes de sécurité.

Je vous prie, Monsieur le Maire, de donner à cet avis la plus grande publicité en faisant afficher dans votre commune la présente circulaire, dont je vous adresse un certain nombre d'exemplaires.

Agréez, Monsieur le Maire, l'assurance de ma considération très distinguée.

LE PRÉFET DE LA SEINE,

Signé : E. POUBELLE.

XI

SERVITUDES RELATIVES AUX CONSTRUCTIONS A ÉLEVER:

§ 1er. — *Aux abords des cimetières.*

1o — Décret du 23 prairial an XII (12 juin 1804)

sur les sépultures.

(Extrait.)

NAPOLÉON, etc.

. . . .

TITRE PREMIER

. . . .

DÉCRÈTE :

ART. 2.

Il y aura hors de chacune de ces villes ou bourgs, à la distance de *trente-cinq à quarante mètres* au moins de leur enceinte, des terrains spécialement consacrés à l'inhumation des morts.

Fait au Palais de Saint-Cloud, le **23** prairial an XII.

Signé : NAPOLÉON.

2° — Décret du 7 mars 1808

qui fixe une distance pour les constructions dans le voisinage des cimetières hors des communes.

NAPOLÉON, etc.. . . . .

NOUS AVONS DÉCRETÉ ET DÉCRETONS CE QUI SUIT :

ARTICLE PREMIER

Nul ne pourra, sans autorisation, élever aucune habitation, ni creuser aucun puits, à moins de *cent mètres* des nouveaux cimetières transférés hors des communes en vertu des lois et règlements.

ART. 2.

Les bâtiments existants ne pourront également être restaurés ni augmentés sans autorisation.

Les puits pourront, après visite contradictoire d'experts, être comblés, en vertu d'ordonnance du préfet du département, sur la demande de la police locale.

Fait au Palais des Tuileries, le 7 mars 1808.

Signé : NAPOLÉON.

3° — Avis de la Conférence administrative du 22 juillet 1880,

chargée d'examiner les bases à adopter pour l'application à Paris des servitudes légales spéciales aux cimetières.

La Conférence est d'avis qu'une zone de *dix mètres* autour des cimetières est suffisante pour assurer l'isolement de ces établissements et qu'au delà de cette zone, on peut accorder les autorisations de bâtir qui seraient demandées.

----

§ 2. — *En bordure des chemins de fer*.

Loi du 15 juillet 1845
sur la police des chemins de fer.

(Extrait.)

. . . .

ART. 5.

A l'avenir, aucune construction autre qu'un mur de clôture ne pourra être établie dans une distance de *deux mètres* d'un chemin de fer. — Cette distance sera mesurée soit de l'arête supérieure du déblai, soit de l'arête inférieure du talus du remblai, soit du bord extérieur des fossés du chemin, et, à défaut d'une ligne tracée, à *un mètre cinquante centimètres* à partir des rails extérieurs de la voie de fer. — Les constructions existantes au moment de la promulgation de la présente loi, ou lors de l'établissement d'un nouveau chemin de fer, pourront être entretenues dans l'état où elles se trouveront à cette époque.

. . . .

§ 3. — *En bordure de la rivière de Bièvre*

1° — Déclaration du Roi du 28 septembre 1728
concernant les bâtiments sur la rivière de Bièvre.

(Extrait.)

ARTICLE PREMIER

Tous propriétaires de maisons ou terrains destinés au commerce de la tannerie et situés sur l'un des deux bords de la rivière de Bièvre, dite des Gobelins, faubourg Saint-Marcel, ayant ouverture sur les rues de l'Oursine, Fer-à-Moulin, Censière, Mouffetard et Saint-Victor, pourront faire construire, édifier et reconstruire tels bâtiments qu'ils jugeront les plus convenables pour leur commerce, de manière cependant que le bâtiment qui aura face sur ladite rivière ne puisse excéder la hauteur de trente pieds, depuis le sol jusqu'au-dessus de l'entablement, et que le grenier soit à claire-voie, et ne puisse, sous quelque prétexte que ce soit, être fermé de cloisons, murs de refend ou autrement.

. . . .

———————

2° — Arrêt du Conseil d'État du Roi du 26 février 1732
qui fait un règlement général pour la police et conservation des eaux de la rivière de Bièvre.

(Extrait.)

LE ROI,
En son Conseil,

A ORDONNÉ ET ORDONNE,

. . . .

Nouveaux édifices. — Alignements ordonnés.
ART. 26.

Fait, Sa Majesté, défenses à toutes personnes de quelque état et condition qu'elles soient, de faire élever aucuns nouveaux bâtiments ni murs le long de ladite rivière, ou en faire réparer sur aucuns fondements, sans y appeler lesdits syndics, et avoir pris dudit sieur Grand-Maître l'alignement de la berge, à peine de démolition desdits bâtiments et murs, et de cent livres d'amende envers Sa Majesté.

. . . .

Berges, leur hauteur, largeur et empatement.
ART. 42.

Tous les propriétaires des héritages joignant ladite rivière seront tenus de laisser le long de chaque côté de ladite rivière, aux endroits où le terrain pourra le permettre, une berge de quatre pieds de plate-forme sur six pieds au moins d'empatement, dans la hauteur de deux pieds au-dessus de la superficie des eaux d'été, à peine d'y être pourvu à leurs frais.

. . . .

Fait au Conseil d'État du Roi, tenu à Marly, le 26e jour de février 1732.

———————

3° — Arrêté préfectoral du 3 juillet 1852

concernant les conditions à observer dans l'établissement et la réparation des constructions
et ouvrages de toute nature
au long de la rivière de Bièvre et de ses affluents hors Paris.

NOUS, PRÉFET DE LA SEINE,

Considérant qu'en attendant qu'il ait été statué par un nouveau règlement général sur la police et la conservation des eaux de la rivière de Bièvre, il est nécessaire de réunir dans un règlement particulier les prescriptions à observer lors de la construction ou de la réparation des bâtiments et autres ouvrages le long de cette rivière, hors Paris ;

Vu les propositions faites à ce sujet par M. l'Ingénieur en chef des Ponts et Chaussées du département ;

Vu l'arrêt du Conseil d'État du 26 février 1732 ;

Vu l'arrêté des Consuls du 25 vendémiaire an IX ;

Vu les instructions de M. le Ministre de l'Intérieur, en date du 2 février 1811 ;

ARRÊTONS :

ARTICLE PREMIER.

Les propriétaires riverains de la Bièvre, situés hors Paris, auxquels nous aurons délivré l'autorisation d'élever ou de réparer des constructions le long de cette rivière seront tenus de se conformer aux dispositions suivantes.

Constructions neuves.

ART. 2.

Toute construction neuve sera établie de manière à se trouver partout à une distance d'au moins 3^m.25 de la rive des eaux d'été.

Règlement des berges ou marchepieds.

ART. 3.

La plate-forme de la berge ou marchepied, devant ces constructions, sera généralement établie et entretenue à une hauteur de 0^m.65 au-dessus du niveau des mêmes eaux.

Elle sera soutenue au long du lit de la rivière, soit par un mur, soit par des vannages en charpente sur les points où il sera jugé nécessaire pour assurer les prescriptions ci-dessus.

Lavoirs.

La hauteur de 0m,65 pourra être provisoirement réduite de 0m,30 devant les lavoirs, mais elle sera rétablie à 0m,65 lorsque le lavoir viendra à être supprimé.

Hangars.

ART. 4.

La toiture des nouveaux hangars couverts ne pourra être supportée que par des poteaux de 0m,15 à 0m,20 d'équarrissage. La hauteur entre le sol et le dessous de la sablière sera au moins de 1m,80.

Murs et clôtures interceptant le marchepied.

ART. 5.

Lorsqu'un mur ou une clôture quelconque devra intercepter le marchepied, on y établira une porte de 0m,90 de largeur au moins, et ayant un seuil élevé de 0m,65 au-dessus des eaux d'été

Cette porte recevra une serrure ouvrant avec la clef des agents chargés de la surveillance de la Bièvre; elle ne pourra pendant le jour être fermée intérieurement, de manière à faire obstacle au passage de ces agents. La serrure sera constamment tenue en bon état.

Ponts et passerelles.

ART. 6.

Dans le cas de la construction d'un pont ou d'une passerelle, l'axe de l'ouverture du pont sera dirigé suivant celui de la rivière. Un radier en maçonnerie ou en pavage sera établi suivant le plan déterminé par le fond du coursier de l'usine supérieure et le seuil de la vanne de décharge de l'usine inférieure.

Les piédroits laisseront entre eux un intervalle libre de 3 mètres pour la rivière vive et de 2 mètres pour la rivière morte, et de 1 mètre pour les affluents. L'intervalle sera de 4 mètres dans les endroits où les deux rivières se confondent.

Les piédroits s'élèveront verticalement à partir du radier, au moins jusqu'à 0m,65 au-dessus du niveau des eaux d'été.

Les ponts et les berges aux abords seront constamment entretenus en bon état.

Réparations de constructions existantes.

ART. 7.

Lorsqu'il aura été permis de réparer un bâtiment ou mur formant saillie sur le marchepied ou l'alignement, les crevasses ne pourront être bouchées qu'en plâtras, et il ne sera fait de *lancis* d'aucune espèce.

S'il s'agit d'une clôture établie transversalement, au marchepied, et dans laquelle il n'aurait pas encore été pratiqué de passage, sa réparation ne pourra être effectuée qu'après avoir satisfait aux prescriptions de l'article 5.

Permissions révocables.

ART. 8.

Les autorisations ne conféreront aucun droit aux particuliers qui les auront obtenues. En conséquence, les ouvrages autorisés pourront être modifiés ou même supprimés à la première réquisition de l'administration sans que cette mesure puisse donner ouverture à indemnité.

Avis à donner par les permissionnaires.

ART. 9.

Tout riverain autorisé à établir une construction neuve, à en réparer une ancienne, ou à régulariser les berges, devra indiquer, trois jours à l'avance, à l'Ingénieur de l'arrondissement ou au conducteur délégué par lui, le jour où les travaux seront entrepris.

Dans le cas d'une construction neuve, il préviendra une seconde fois l'Ingénieur et le conducteur aussitôt que les fondations auront atteint le niveau du sol, afin qu'il soit procédé à la vérification de l'alignement; le résultat de cette opération sera constaté par un procès-verbal dont il lui sera laissé une expédition.

Intervention de M. le Préfet de Police.

ART. 10.

Les permissionnaires devront toujours se pourvoir auprès de M. le Préfet de Police pour l'usage qu'ils se proposent de faire des eaux de la rivière.

Propriétés situées à l'angle d'une voie communale ou militaire.

ART. 11.

Lorsqu'un des côtés de la propriété sera situé sur une voie communale ou militaire, la permission que nous aurons délivrée ne dispensera pas de s'adresser, suivant l'un ou l'autre cas, soit au maire de la localité, soit au chef du génie militaire, pour les travaux à exécuter du côté de cette voie.

Valeur et durée des autorisations.

ART. 12.

Les autorisations ne sont valables qu'après l'acquittement des droits de timbre. Elles deviendront nulles à l'expiration du délai d'une année, s'il n'en a pas été fait usage.

ART. 13.

Le présent règlement sera imprimé à la suite des autorisations.

L'Ingénieur en chef des Ponts et Chaussées du département est chargé d'en assurer l'exécution.

Paris, le 3 juillet 1852.

Signé : BERGER.

XII

RÈGLEMENTS PARTICULIERS RELATIFS AUX CONSTRUCTIONS

EN BORDURE DE CERTAINES VOIES PUBLIQUES

I. — Rue de l'Aqueduc.

Décret du 7 juin 1859.

NAPOLÉON. etc.

. . . .

AVONS DÉCRÉTÉ ET DÉCRÉTONS CE QUI SUIT :

ARTICLE PREMIER

La Ville de Paris est autorisée à concéder aux propriétaires limitrophes de l'aqueduc de ceinture (partie comprise entre la barrière de la Villette et la rue du Faubourg-Saint-Denis), des droits de jours et d'issues sur la zone de terrain communal qui recouvre cet ouvrage hydraulique, moyennant un prix de trois cents francs par mètre de façade.

ART. 2.

Notre Ministre. Secrétaire d'État au département de l'Intérieur, est chargé de l'exécution du présent décret.

Fait en Conseil des Ministres, au palais de Saint-Cloud, le 7 juin 1859.

Pour l'Empereur, et en vertu des pouvoirs qu'il nous a confiés,

Signé : EUGÉNIE.

II. — Rond-Point des Champs-Élysées.

Décret du 11 septembre 1860.

NAPOLÉON, etc.

. . . .

AVONS DÉCRÉTÉ ET DÉCRÉTONS CE QUI SUIT :

ARTICLE PREMIER.

La disposition générale de la place du Rond-Point des Champs-Élysées est arrêtée conformément au plan annexé au présent décret.

En conséquence, l'alignement des propriétés riveraines est porté à *trois mètres* en avant de l'alignement fixé par l'ordonnance du 5 avril 1846.

Toutefois, aucune construction ne pourra être faite dans la zone de *trois mètres* comprise entre l'ancien et le nouvel alignement.

Cette zone devra être convertie en parterres d'agrément, sauf les passages de voitures à réserver devant les portes des habitations.

Elle sera close par des grilles uniformes sur le nouvel alignement et en retour, tant sur les lignes séparatives des propriétés que sur les voies publiques rayonnant autour de la place.

ART. 2.

Les constructions prenant aspect direct sur la place et en retour sur les voies publiques rayonnantes, seront établies suivant l'ancien alignement et complètement uniformes quant à leur élévation et à leur décoration extérieure.

ART. 3.

Les grilles reposeront sur un socle bas, en pierre de taille ; elles seront en fer avec ornements en fonte, sans aucune pile en pierre ; elles seront bronzées de la même teinte et dorées.

Les façades seront en pierre de taille, avec pilastres, balustres, moulures saillantes, corniches et autres ornements de même matière. Aucune enseigne ni indication quelconque n'y pourra être placée. Les toitures seront en zinc ; elles seront percées de mansardes dans la partie inférieure.

Le tout sera conforme aux dessins annexés au présent décret.

La retraite des soubassements, les cordons, entablements et autres lignes horizontales des façades et des couvertures des constructions seront au même niveau sur toute la place.

Art. 4.

Le préfet de la Seine donnera les alignements et les nivellements ; il fera surveiller l'exécution des conditions ci-dessus.

Les grilles de clôture et les façades des constructions devront être constamment tenues en bon état de propreté, selon ses prescriptions.

Art. 5.

Les parterres réservés entre les grilles et les constructions seront soigneusement entretenus selon la saison. Ils ne pourront devenir, sous aucun prétexte, des lieux de réunions publiques.

Art. 6.

Aucun genre de commerce ou d'industrie ne pourra être exercé dans les propriétés en bordure sur le rond-point de l'avenue des Champs-Élysées, si ce n'est en vertu d'une autorisation du Préfet de la Seine, qui en déterminera les conditions pour chaque cas.

Ces autorisations seront toujours révocables.

Art. 7.

En cas de refus par les propriétaires riverains de se soumettre aux prescriptions ci-dessus, lorsqu'ils en seront requis par l'administration municipale de la ville de Paris, l'expropriation pour utilité publique sera ordonnée, s'il y a lieu, conformément aux dispositions de la loi du 3 mai 1841, et du décret du 26 mars 1852.

Art. 8.

Notre Ministre, Secrétaire d'État au département de l'Intérieur, est chargé de l'exécution du présent décret.

Fait à Toulon, le 11 septembre 1860.

Signé : NAPOLÉON.

III. — Place de la Concorde (1) et Rue Royale (2).

1° — Lettres patentes du 21 juin 1757.

(Extrait.)

LOUIS, etc. . . . .
. . . .

ART. 8.

Notre intention étant que les constructions des façades décorées des bâtimens qui termineront la place, ainsi que celles des maisons qui seront élevées, tant sur les faces des arrière-corps, que sur celles des nouvelles rues, soient entièrement conformes aux dessins par nous approuvés et cy attachés sous le contre scel de notre chancellerie, Nous ordonnons auxdits Prévost des marchands et Échevins d'y tenir la main et d'y assujettir les particuliers propriétaires des terrains auxquels ils jugeront à propos de permettre de construire eux-mêmes les façades de leurs maisons, tant sur la place que sur les rues y aboutissantes.

2° — Cahier des charges de la vente des terrains et colonnades appartenant à la Ville, dont l'adjudication sera faite définitivement le 9 mai 1775.

(Extrait.)

. . . .

CHARGES

1° Ces terrains seront vendus en l'état qu'ils se poursuivent et comportent.

2° Les hangards, constructions et logemens qui se trouvent sur quelques partie desdits emplacemens, et qui sont étrangers à la construction des colonnades et face en retour, hors les arrachemens des murs, en neuf pieds ou environ de longueur, ne seront point compris dans ladite vente, mais réservés au profit de qui il appartiendra.

3° La gallerie au rez-de-chaussée de la place sera entièrement libre pour l'usage public des gens de pied ; la Ville en fera paver ou carreler le sol, et les acquéreurs des terrains ne pourront y établir aucune saillie ni y former aucune anticipation. Ils jouiront du dessus aux termes de ce qui sera dit ci-après.

4° Le dessus de la gallerie au rez-de-chaussée sera exclusivement à l'usage des acquéreurs, qui prendront les choses en l'état qu'elles sont, sans pavé ni carreau, et ils feront couvrir, à leurs dépens, le sol de la colonnade en carreau carré de pierre blanche et marbre noir d'un pied.

---

(1) Ancienne place Louis XV.
(2) Partie comprise entre la place de la Concorde et la rue Saint-Honoré.

5° Les croisées de ces édifices seront garnies de châssis à grands carreaux de verre ; les maçonneries, ornemens, couronnemens et toutes les parties de ces façades seront soigneusement entretenues et reconstruites, s'il est besoin, dans le même état où elles sont aujourd'hui, même pour la partie formant gallerie publique au rez-de-chaussée, ainsi que toutes les façades et galleries au pourtour de la place Royale et des autres places, aux dépens des propriétaires, sans que pour quelques raisons ou motifs que ce soit, ils puissent s'en dispenser ni réclamer aucune indemnité ni chose quelconque.

6° Il ne sera supprimé aucune des balustrades, baissé aucun appui de croisée, posé aucun balcon, formé aucune nouvelle ouverture dans lesdites façades. Il ne sera non plus placé aucune persienne ni volets ouvrans, tuyaux de poële ou de descente pour les eaux, gouttières, cheneaux ni autre chose que ce soit en dehors d'icelles.

7° La gallerie, au premier étage, ne sera divisée, à l'alignement du milieu des deux murs mitoyens, que par une grille de fer de sept pieds et demi (2m.43) de hauteur : et, pour empêcher les communications, il pourra être placé des chardons de fer, faits avec propreté, aux endroits nécessaires, le tout aux dépens des acquéreurs ;

8° La Ville fera, tous les ans, si elle le juge nécessaire, la visite et recolement de l'état de l'entretien et conservation de ces édifices. Il sera dressé procès-verbal des contraventions qui auraient été commises et des réparations qui seraient à faire, et il y sera pourvu sans délai par les propriétaires, si non, ils y seront contrains par toutes voies dues et raisonnables, à la poursuite de M. le Procureur du Roi et de la Ville.

9° Les façades sur la rue Royale seront assujetties pour leurs décorations et constructions à celles déjà bâties de l'autre côté de ladite rue.

. . . .

IV. — Rue de l'Élysée.

Décret du 18 juillet 1860.

NAPOLÉON, etc. . . . .

. . . .

AVONS DÉCRÉTÉ ET DÉCRÉTONS CE QUI SUIT :

ARTICLE PREMIER

Sont déclarés d'utilité publique dans la Ville de Paris :

1° L'ouverture d'une rue de douze mètres de largeur, à l'est du Palais impérial de l'Élysée, devant communiquer de la rue du Faubourg-Saint-

Honoré aux Champs-Élysées, suivant les alignements en rouge avec liserés bleus du plan ci-annexé;

2° L'établissement, sur tout le côté droit de cette rue, de constructions symétriques et d'une hauteur limitée conformément aux périmètres et autres dispositions indiquées sur un second plan également ci-annexé.

En conséquence, la Ville de Paris est autorisée à acquérir, soit à l'amiable, soit, s'il y a lieu, par voie d'expropriation, en vertu de la loi du 3 mai 1841, les terrains nécessaires à l'ouverture de ladite rue, et compris dans l'étendue du périmètre déterminé par les lettres A, J, I, C, D, B, sur le plan ci-annexé.

ART. 2.

La même Ville est autorisée à exproprier, dans toute l'étendue du même périmètre, les propriétaires qui refuseraient de se soumettre aux conditions de constructions symétriques et de hauteur limitée dont il est parlé ci-dessus.

ART. 3.

Notre ministre, secrétaire d'État au département de l'intérieur, est chargé de l'exécution du présent décret.

Fait au palais de Saint-Cloud, le 18 juillet 1860.

Signé : NAPOLÉON.

V. — Place de l'Étoile et Avenue du Bois-de-Boulogne.

1° — *Loi du 22 juin 1854.*

ARTICLE PREMIER.

Le Ministre des finances est autorisé à concéder à la Ville de Paris les portions de l'ancien promenoir de Chaillot réservées à l'État par la loi du 8 juillet 1852.

ART. 2.

La ville de Paris est autorisée à vendre toutes les parties de ces terrains et de ceux concédés par la loi précitée, qui ne sont pas nécessaires pour achever et embellir les abords de l'Arc de Triomphe de l'Étoile, à la charge par elle :

9

1° De remplacer cet ancien promenoir par des promenades nouvelles établies, conformément aux délibérations de la Commission départementale de la Seine, du 24 novembre 1853, et de la Commission municipale de Paris, du 9 décembre 1853, sur les parties latérales de la route départementale (1) qui doit être ouverte entre la place de l'Étoile et la porte Dauphine du bois de Boulogne;

2° De conserver et entretenir ces promenades.

ART. 3.

Un décret impérial déterminera les dispositions de constructions et de clôtures qui devront être observées sur les terrains provenant de l'ancien promenoir de Chaillot, et en façade sur la place de l'Étoile.

Le même décret déterminera également les genres d'industrie et de commerce dont l'exploitation sera interdite dans les maisons construites sur ces terrains.

ART. 4.

Les terrains joignant les parties latérales de la route départementale devront être clos par des grilles de fer établies suivant un modèle uniforme.

Aucune construction ne pourra être élevée à une distance moindre de *dix mètres* de ces grilles.

Les prohibitions portées par le décret à intervenir, en vertu du dernier paragraphe de l'article 3, seront applicables à ces terrains et constructions.

ART. 5.

Aucune plus-value ne pourra être demandée aux propriétaires des terrains qui sont assujettis à ces servitudes.

ART. 6.

Les propriétaires des terrains grevés qui, dans les trois mois de la notification à eux faite par l'administration, n'auront pas déclaré se soumettre aux servitudes créées par la présente loi, seront expropriés de leurs immeubles dans les formes de droit.

---

(1) Avenue du Bois-de-Boulogne.

2° — *Décret du 13 août 1854.*

NAPOLÉON, etc. . . . .
. . . .

AVONS DÉCRÉTÉ ET DÉCRÉTONS CE QUI SUIT :

ARTICLE PREMIER

La disposition générale de la place de l'Étoile et de ses abords est arrêtée conformément au plan ci-dessus visé.

En conséquence, les terrains bordant la place seront clos de grilles, et aucune construction ne pourra être élevée qu'à *seize mètres* en arrière.

Ces terrains n'auront d'entrées que sur les avenues rayonnant vers la place et sur la rue circulaire reliant ces avenues entre elles.

ART. 2.

Les grilles de clôture, tant sur la place qu'en retour, aux points indiqués au plan général, sur les voies rayonnantes, et les constructions prenant aspect direct tant sur la place que sur les parties des voies rayonnantes comprises entre la place et la rue circulaire, seront établies suivant les lignes de ce plan et complètement uniformes quant à leur élévation et leur décoration extérieure.

Les grilles reposeront sur un socle bas en pierre de taille; elles seront en fer avec ornements en fonte et candélabres aux angles, sans aucune pile en pierre; elles seront bronzées de la même teinte.

Les façades des constructions seront en pierre de taille, avec pilastres, balustres, moulures saillantes, corniches et autres ornements de même matière. Aucune enseigne ni indication quelconque n'y pourra être placée. Les toitures seront en zinc, à deux pentes, raccordées par une galerie en fonte; elles seront percées de mansardes dans la partie inférieure. Le tout sera conforme aux dessins annexés au présent décret.

La face supérieure du socle des grilles, la retraite des soubassements, les cordons, entablements et autres lignes horizontales des façades et des constructions seront aux mêmes niveaux sur toute la circonférence de la place.

Le Préfet de la Seine donnera les alignements et les nivellements, et il fera surveiller l'exécution des conditions ci-dessus.

Art. 3.

Les grilles de clôture et les façades des constructions devront être constamment tenues en bon état de propreté, selon les prescriptions du Préfet de la Seine.

Art. 4.

Les terrains réservés entre les grilles et les constructions seront cultivés en parterre d'agrément et ne pourront devenir, sous aucun prétexte, des lieux de réunions publiques.

Art. 5.

Aucun genre de commerce ou d'industrie ne pourra être exercé sur les terrains provenant du promenoir de Chaillot qui seront compris entre la place et la rue circulaire, et sur tous ceux que la ville de Paris pourra ultérieurement acquérir dans les mêmes limites, si ce n'est en vertu d'une autorisation du Préfet de la Seine qui en déterminera les conditions pour chaque cas.

Ces autorisations seront toujours révocables.

Art. 6.

Les dispositions des articles 2, 3 et 4 touchant les grilles et les parterres réservés, et les prohibitions contenues dans l'article 5 seront applicables aux terrains bordant les parties latérales de la route départementale n° 4 (1), entre la place de l'Étoile et la porte Dauphine du Bois de Boulogne.

Art. 7.

Un extrait du plan général et un exemplaire des dessins de grilles et constructions, annexés au présent décret, seront joints aux contrats de vente ou d'échange des terrains de l'ancien promenoir de Chaillot frappés des sujétions de clôture et de construction ci-dessus établies.

Des exemplaires du dessin de la grille seront notifiés à tous les propriétaires des terrains bordant les parties latérales de la route départementale n° 4, qui se soumettront aux servitudes imposées par l'article 4 de la loi du 22 juin 1854 et annexés aux contrats de vente et d'échange des terrains expropriés en vertu de l'article 6 de cette loi.

. . . .

Fait à Biarritz, le 13 août 1854.

Signé : NAPOLÉON.

_____

(1) Avenue du Bois-de-Boulogne.

VI. — Place de l'Europe.

*Contrat de vente du 21 juillet 1864
par la Ville de Paris à M. Cochery.*

(Extrait.)

. . . .

Sur les voies publiques, M. Cochery sera tenu de clore les terrains formant les n°ˢ 1, 2 et 3 (1) de la deuxième partie de la désignation des immeubles à lui cédés par la Ville, et ce à ses frais, immédiatement après l'achèvement de ses travaux de construction, et à perpétuité, par des grilles conformes au modèle qui sera fourni à M. Cochery par l'administration municipale.

M. Cochery ne pourra élever, sur les terrains dont il s'agit, aucune construction ni clôture autres que les grilles de division.

Ces terrains devront être occupés exclusivement et à perpétuité par des parterres d'agrément (2).

. . . .

———

VII. — Avenue Gabriel.

Délibération de la Commission municipale du 20 février 1852.

(Extrait.)

LA COMMISSION MUNICIPALE. . . . .

. . . .

DÉLIBÈRE :

M le Préfet de la Seine est autorisé à passer dès à présent avec les propriétaires riverains de l'avenue Gabriel qui ont adhéré au projet dressé par l'administration, et ultérieurement, s'il y a lieu, avec les autres propriétaires.

———

(1) Place de l'Europe, rues de Berlin et de Londres.
(2) Les mêmes conditions ont été imposées aux acquéreurs des terrains situés en bordure de la place de l'Europe et des rues de Vienne, de Madrid et de Constantinople.

un traité qui sera considéré comme une transaction sur procès pour ceux d'entre eux à l'égard desquels les instances entamées sont encore pendantes.

Ce traité sera fait aux conditions ci-après :

Les propriétaires déclareront abandonner toute prétention au droit de propriété ou de servitude sur le terrain du fossé qui sépare leurs propriétés de l'avenue Gabriel, dont le fossé est une dépendance.

Il leur sera accordé, en échange, au nom de la ville de Paris, un droit d'issue, pour accéder, à pied et en voiture, de leurs propriétés à l'avenue Gabriel. Cette concession sera accordée aux conditions suivantes :

1° Les propriétaires riverains s'obligeront à faire clore à toujours, par une grille en fer, la face de leurs propriétés qui borde l'avenue; cette grille sera de la hauteur d'au moins deux mètres à partir du sol de l'avenue;

2° Ils renonceront à toujours à élever des constructions sur leurs propriétés en avant de la ligne droite partant de la face extérieure du bâtiment du garde-meuble et aboutissant à celle de la maison portant le n° 36 sur l'avenue Gabriel, au coin de l'avenue de Marigny. Ils pourront toutefois établir sur l'alignement de la grille bordant l'avenue Gabriel des petits bâtiments de concierge, élevés chacun d'un rez-de-chaussée seulement, et n'ayant pas plus de *quatre mètres soixante-dix centimètres de face sur cinq mètres environ de hauteur.*

3° Les propriétaires feront combler à leurs frais le fossé qui sépare leurs propriétés de l'avenue; ils feront établir contre la grille mentionnée ci-dessus, dans toute la longueur de la façade de leurs propriétés, un trottoir en bitume de trois mètres de largeur; le surplus du trottoir sera fait par la Ville, qui restera chargée de l'entretien du tout par dérogation aux dispositions de l'arrêté préfectoral du 20 avril 1847;

4° Les divers travaux ci-dessus indiqués seront exécutés conformément au plan ci-annexé sous la surveillance de l'architecte des Champs-Élysées;

5° Les riverains s'interdiront, pour eux, leurs héritiers et ayants cause, de laisser occuper leur propriété par aucun cabaret, usine et établissement à marteaux;

6° Les voitures ou charrettes, nécessaires au service des propriétés, ne pourront circuler sur l'avenue que jusqu'à deux heures de l'après-midi, si ce n'est avec une permission de l'administration, sans qu'elles puissent jamais y stationner. Ces services seront d'ailleurs soumis à tous les règlements de police que l'administration jugerait nécessaires;

7° En cas de non-exécution, dans les trois mois de la réalisation du traité, des divers travaux mentionnés ci-dessus, articles 1er et 3, ces travaux seront faits par la Ville, après une simple mise en demeure. aux frais, risques et périls de qui il appartiendra.

. . . .

Signé au registre :

LANQUETIN, *Président.*
DEVINCK, *Secrétaire.*

VIII. — Place du Louvre.

Décret du 15 novembre 1853.
(Extrait.)

NAPOLÉON, etc. . . . .

. . . .

AVONS DÉCRÉTÉ ET DÉCRÉTONS CE QUI SUIT :

ARTICLE PREMIER.

. . . .

Les maisons à élever en regard de la colonnade du Louvre. sur la place du Louvre et en retour sur celle de Saint-Germain-l'Auxerrois, seront construites suivant une décoration uniforme.

Fait à Paris. le 15 novembre 1853.

Signé : NAPOLÉON.

IX. — Parc Monceau

(Avenues Van Dyck. Ruysdael et Velasquez — Rue Rembrandt.)

1° — *Contrat de vente du 14 janvier 1861*
par la Ville de Paris au sieur Pereire.
(Extrait.)

. . . .

Le jardin aura sur la rue de Courcelles une sortie en façade de la nouvelle avenue Hoche venant de la place de l'Étoile, (1), une sortie sur la

_____

(1) Avenue Van Dyck.

place formée par la rencontre des rues de Monceau, de Lisbonne, de Messine (1), une sortie sur le boulevard Malesherbes (2), une sortie sur le boulevard de Courcelles, à droite et à gauche de la rotonde, le tout conformément au plan ci-annexé.

. . . .

M. Pereire se soumet, en outre, aux clauses et conditions suivantes qu'il s'oblige d'exécuter et d'accomplir, sans aucune réclamation contre la ville de Paris.

1° Ceux des terrains présentement vendus, ayant façade sur le nouveau jardin, seront clos sur ledit jardin et les voies de sortie par des grilles uniformes qui seront établies conformément au modèle qui aura été arrêté par M. le Préfet de la Seine ; elles ne pourront être obstruées par aucun volet et aucune persienne et devront toujours être entretenues en bon état de propreté ;

2° Aucune construction ne pourra jamais être élevée sur lesdits terrains en bordure sur le nouveau jardin, dans une zone de *quinze mètres* (3) au moins en arrière de la grille de clôture sur le jardin, et de *cinq mètres* en arrière de la grille de clôture sur les sorties formant amorces de rues.

Cette zone devra être raccordée de niveau avec le jardin et les sorties formant amorces de rues, et être toujours cultivée en parterres d'agrément, qui ne pourront, dans aucun cas et sous aucun prétexte, devenir des lieux de réunions publiques ;

3° Les maisons à construire en façade sur ledit jardin public ne pourront servir qu'à l'usage d'habitation bourgeoise et il ne pourra y être créé aucun genre de commerce ou d'industrie, n'y être placé aucune enseigne ni indication quelconque.

Cette interdiction ne s'applique pas aux constructions qui seraient élevées sur les terrains indiqués par les lettres A, C, G, ou aux corps des bâtiments distincts qui seraient élevés sur la rue, mais, dans aucun cas, ces constructions et corps de bâtiments ne pourront recevoir d'enseignes ou d'indications pouvant être vues du jardin public ;

4° Dans le cas où des maisons auraient des hauteurs inégales, les constructions des maisons les plus élevées ne pourront faire monter les murs pignons

_____

(1) Avenue Ruysdaël.

(2) Avenue Velasquez.

(3) Zone réduite à *dix mètres*, en ce qui concerne les terrains situés entre l'allée de sortie sur l'avenue de Messine et le boulevard de Courcelles. (Voir le contrat du 8 avril 1867, p. 137.)

plus haut que les murs de face, et ils devront retourner sur ces murs pignons les décorations de la façade ; les toitures seront établies en conséquence ;

5° Si des maisons ayant façade sur le jardin sont construites, soit isolément, soit en dehors de l'alignement des maisons voisines, elles seront soumises à la condition qui précède et, en outre, il devra exister entre les murs latéraux de ces maisons et ceux des maisons voisines une distance d'au moins quatre mètres, sans aucune construction.

Aucune des faces de ces constructions ne devra présenter de mur pignon ;

6° Chaque propriété aura droit de sortie sur le jardin, mais à pied seulement ;

7° La fermeture des grilles de clôture des propriétés devra se faire à la même heure que celle des grilles de clôture du jardin public, et l'ouverture ne pourra en avoir lieu à aucune autre heure, sous aucun prétexte.

Un règlement de l'administration pourvoira à l'exécution de cette clause.

12° Indépendamment de ces obligations spéciales, les propriétaires devront se conformer à toutes les conditions imposées par les règlements de voirie, et ils devront, d'ailleurs, soumettre leurs plans de construction à la Ville et se conformer aux alignements et nivellements qui leur seront indiqués par l'administration.

. . . .

2° — *Contrat d'échange du 8 avril 1867*

entre la Ville de Paris et le sieur Pereire.

(Extrait.)

. . . .

DISPOSITIONS PARTICULIÈRES

CHAPITRE PREMIER.

Les parties rappellent que par le contrat sus-énoncé, reçu par Mes Fould et Mocquard, notaires, soussignés, le 14 janvier 1861, M. Pereire a acquis de la ville de Paris sept portions de terrain provenant de l'ancien parc de Monceau et, entre autres, quatre îlots de terrain contournant le nouveau parc dans toute l'étendue opposée au boulevard de Courcelles, et séparés l'un d'avec l'autre par trois allées ou voies de sorties dudit parc, l'une sur le boulevard Malesherbes, une autre sur l'avenue de Messine et la troisième sur l'avenue Hoche.

Il a été stipulé sous le n° 2 des conditions particulières dudit contrat, qu'aucune construction ne pourra jamais être élevée sur les terrains situés en bordure du parc Monceau, dans une zone de quinze mètres au moins, en arrière de la grille de clôture sur le parc, et de cinq mètres le long des allées de sortie.

Ceci expliqué, les parties conviennent de ce qui suit :

Nouvelles grilles de fermeture à l'entrée du parc. — Les grilles actuelles, formant les trois allées de sortie du parc Monceau sur le boulevard Malesherbes, l'avenue de Messine et l'avenue Hoche resteront, à partir du 15 août prochain, ouvertes jour et nuit, pour permettre l'accès en tous temps, à pied ou en voiture, aux maisons qui seront édifiées en bordure sur lesdites allées de sortie.

Une seconde grille de clôture sera établie dans chacune de ces trois allées, à l'entrée même du parc, pour en maintenir la fermeture pendant la nuit, suivant les règlements de l'administration.

Nonobstant l'établissement de cette seconde grille, lesdites trois allées ne cesseront pas de faire partie du parc.

Réduction de la zone de servitude sur le parc. — La servitude *non œdificandi* (de ne pas bâtir) qui grève tous les terrains de M. Pereire, situés en bordure du parc de Monceau, sur une largeur de quinze mètres, à partir de la grille de clôture du parc, aux termes du contrat de vente énoncé ci-dessus, est et demeure réduite, à compter de ce jour, à une zone de *dix mètres*, mais seulement en ce qui concerne les terrains situés entre l'allée de sortie sur l'avenue de Messine et le boulevard de Courcelles, et dépendant des deux îlots, limités actuellement, du côté opposé au parc, par les rues de Courcelles et de Lisbonne, mais dont l'un doit être divisé en quatre portions par deux rues nouvelles à ouvrir.

En conséquence, les parties desdits terrains qui sont indiqués au plan dont il est ci-dessus parlé, par les lettres A, B, C, etc., des hachures rouges, sont affranchis de la servitude stipulée au contrat de vente précité et pourront être couvertes de constructions.

Façades et hauteurs des constructions en bordure sur le parc. — Les constructions qui sont élevées sur les terrains qui viennent d'être dégrevés en partie de la servitude de non-bâtir, devront toutes avoir leur façade principale tournée vers le parc Monceau.

Et celles qui seront élevées sur lesdits terrains en bordure de la zone de servitude de *dix mètres*, auront au plus trois étages carrés au-dessus du rez-de-chaussée, sans pouvoir, dans aucun cas, dépasser une hauteur totale de seize mètres au-dessus du sol.

Il n'est, au surplus, apporté aucune autre dérogation aux clauses et conditions particulières contenues dans le contrat de vente sus-énoncé par la ville de Paris au profit de M. Pereire, lesquelles sont, au contraire, maintenues dans tous leur effet, sauf la réduction à dix mètres pour les terrains sus-indiqués de la zone de servitude sur le parc.

CHAPITRE DEUXIÈME

Concernant les deux rues nouvelles (rue Murillo et rue Rembrandt).

§ 1er

Grilles de clôture et zone de servitude sur la première rue (rue Rembrandt). — *Grilles de fermeture à l'entrée du parc.* — M. Pereire devra clore, à ses frais, et d'ici au 15 août 1868, tous les terrains situés en bordure et de chaque côté de la rue nouvelle à ouvrir entre le parc Monceau et le point de rencontre des rues de Courcelles et de Monceau, par des grilles conformes au modèle adopté pour les terrains ayant façade sur le parc. Ces grilles ne pourront être obstruées par des volets ou persiennes et devront toujours être entretenues en bon état de propreté.

Aucune construction ne pourra jamais être élevée sur lesdits terrains, de chaque côté de la rue nouvelle, dans une zone de *quatre mètres* en arrière de l'alignement de cette rue.

Cette zone devra être raccordée de niveau avec ladite rue, et être toujours cultivée en parterres d'agrément, qui ne pourront jamais servir, sous aucun prétexte, de lieux de réunion publique.

Il est, en outre, entendu que les maisons à construire en façade sur la rue nouvelle dont il s'agit, seront exclusivement affectées à l'usage d'habitation bourgeoise, et qu'il ne pourra y être exercé aucun genre de commerce ou d'industrie, n'y être placé aucune enseigne ou indication quelconque, et ce, depuis le parc Monceau jusqu'à la rue de Lisbonne.

Enfin, ladite rue nouvelle sera fermée à l'entrée du parc Monceau par une grille. L'ouverture et la fermeture de cette grille auront lieu aux mêmes heures que pour les autres grilles du parc.

. . . .

X. — Abords de l'Opéra.

Décret du 29 septembre 1860.

NAPOLÉON, etc. . . . .
. . . .

AVONS DÉCRÉTÉ ET DÉCRÉTONS CE QUI SUIT :

ARTICLE PREMIER

Est déclarée d'utilité publique la construction d'une nouvelle salle d'opéra avec toutes ses dépendances, sur un emplacement sis entre le boulevard des Capucines, la rue de la Chaussée d'Antin, la rue Neuve-des-Mathurins (1) et le passage Sandrié (2), qui est teinté en rose et liséré de bleu sur le plan annexé au présent décret.

ART. 2.

Le dégagement du périmètre de l'édifice projeté aura lieu au moyen de l'exécution, tant du décret du 14 novembre 1858, relatif à la rue de Rouen (3), que des nouvelles dispositions (tracées en bleu au plan) ci-après détaillées, qui sont également déclarées d'utilité publique :

. . . .

6° L'assujettissement des constructions à édifier sur ces terrains à des façades obligatoires conformes au dessin coté soumis à l'enquête.

. . . .

Fait au palais de Saint-Cloud, le 29 septembre 1860.

Signé : NAPOLÉON.

---

(1) Rue des Mathurins.
(2) Impasse Sandrié.
(3) Rue Auber.

XI. — Passage des Princes (1).

Arrêté préfectoral du 3 septembre 1860.

LE SÉNATEUR, PRÉFET DE LA SEINE, etc. . . . .

ARRÊTE :

ARTICLE PREMIER.

M. Mirès et le duc d'Albuféra sont autorisés à ouvrir au public à titre de passage, une voie de communication ayant issue d'un côté, boulevard des Italiens, au droit des nᵒˢ 7 et 9, et de l'autre rue de Richelieu, nᵒ 7.

ART. 2.

Cette autorisation est accordée aux conditions suivantes :

1° Les constructions projetées en bordure sur le passage dont il s'agit seront édifiées en fer, fonte et autres matériaux incombustibles, conformément aux plans annexés à la demande ;

2° Elles donneront lieu, dans toute la longueur développée du passage, à l'application des droits de grande et de petite voirie ;

3° Il sera établi aux extrémités dudit passage des grilles qui seront ouvertes le matin et fermées le soir ;

4° Ce passage sera dallé et constamment tenu en état de viabilité et de propreté ;

5° Les dispositions nécessaires seront prises pour assurer le facile écoulement des eaux pluviales et ménagères jusqu'aux galeries d'égout des rues auxquelles le passage aboutit ;

6° Un éclairage convenable sera établi chaque soir dans le passage jusqu'au moment de la fermeture des grilles ;

7° Les bâtiments en bordure auront un numérotage régulier.

Enfin, les pétitionnaires ou leurs ayants droit se conformeront à toutes les autres conditions qui pourront leur être ultérieurement imposées dans l'intérêt public.

ART. 3.

Les propriétaires et locataires dudit passage auront, en outre, à se soumettre aux ordonnances et règlements du ressort de l'administration de la police, au point de vue de la sûreté générale et de la circulation.

Fait à Paris, le 3 septembre 1860.

Signé : G.-E. HAUSMANN.

(1) Voie privée.

XII. — Passage Raguinot (1).

Arrêté préfectoral du 6 mars 1862.

LE SÉNATEUR, PRÉFET DE LA SEINE, etc. . . . .

ARRÊTE :

ARTICLE PREMIER.

Le sieur Raguinot est autorisé à ouvrir au public, à titre de passage, une voie de communication de quatre mètres de largeur, ayant issue, d'un côté, rue de Châlons, et, de l'autre, avenue de Vincennes (2).

ART. 2.

Cette autorisation est accordée aux conditions suivantes :

1° Il sera réservé, au centre de ce passage, l'emplacement nécessaire pour établir une petite place régulière, de douze mètres sur douze mètres, avec pans coupés de deux mètres aux angles, conformément au plan proposé par le pétitionnaire ;

2° Les bâtiments en bordure ne dépasseront pas une hauteur de *onze mètres soixante-dix centimètres* ; ils seront soumis aux règlements qui régissent les voies publiques. A cet effet, aucune construction en saillie ne pourra être faite sans autorisation préalable, délivrée dans la forme ordinaire et assujettie aux droits de voirie fixés par le décret du 27 octobre 1808 ;

3° Il sera établi, aux extrémités du passage, des grilles qui seront ouvertes le matin et fermées le soir ;

4° Ce passage sera pavé, bordé de trottoirs et constamment entretenu en bon état de propreté et de viabilité ;

5° Les dispositions nécessaires seront prises pour assurer le lavage du sol et l'écoulement des eaux pluviales et ménagères jusqu'aux ruisseaux des voies auxquelles le passage aboutit ; aussitôt que ces rues seront pourvues d'égouts, des dispositions seront prises, conformément aux indications de l'administration, pour l'écoulement des eaux dans les égouts ;

6° Un éclairage convenable sera établi chaque soir dans le passage, jusqu'au moment de la fermeture des grilles ;

7° Les bâtiments en bordure seront pourvus d'un numérotage régulier ;

---

(1) Voie privée.
(2) Avenue Daumesnil.

8° Le pétitionnaire et ses ayants droit se conformeront à toutes les autres prescriptions contenues dans les règlements ci-dessus visés, ou qui pourront être ultérieurement imposées dans l'intérêt public.

ART. 3.

Les habitants du passage seront tenus d'observer, en ce qui concerne l'ordre et la sûreté publique générale, les règlements et ordonnances de police.

ART. 4.

Les contraventions au présent arrêté seront constatées par les commissaires voyers et autres agents du service municipal, pour être déférées aux tribunaux compétents.

Fait à Paris, le 6 mars 1862.

Signé : G.-E. HAUSSMANN.

XIII. — Abords du Ranelagh

§ 1. — Avenues Prudhon, Raphaël et Ingres.

Contrat de vente des terrains des Avenues Prudhon, Raphaël et Ingres.

(Extrait.)

. . . .

ART. 5.

CONDITIONS SPÉCIALES

§ 1er. *Droit d'issues et de jours, chaussée, égout, écoulement des eaux, trottoirs et éclairage.*

Le terrain présentement mis en vente aura, sur les boulevards de la Muette (1) et du Ranelagh (2) les mêmes doits de jour et d'issue que sur la route départementale n° 2 (3). Quant à la route stratégique (4) il se confor-

---

(1) Avenue Prudhon.
(2) Avenue Raphaël.
(3) Avenue Ingres.
(4) Boulevards Lannes et Suchet.

mera, pour les jours et issues à y prendre, aux lois et règlements sur la matière. Ledit adjudicataire, supportera, au droit de sa façade, les frais de mise en état de viabilité des chaussées et de plus, s'il y a lieu, les frais de pose des trottoirs ainsi que ceux de premier établissement d'égout et d'appareils d'éclairage. Il devra pourvoir à l'absorption des eaux pluviales et ménagères sur son propre terrain, de manière à ce qu'il n'en coule aucune sur les voies publiques jusqu'à l'établissement d'égouts publics, au droit des constructions qui seront édifiées sur le terrain dont il s'agit.

§ 2. *Zone de servitudes et de clôtures.*

Aucune construction ne pourra jamais être élevée sur le terrain mis en vente dans une zone de *dix mètres* en arrière de l'alignement des boulevards de la Muette (1) et du Ranelagh (2) et de la route départementale n°2 (3) et dans une zone de *cinq mètres* en arrière de l'alignement de la route stratégique (4). Cette zone devra être cultivée en parterres d'agrément qui ne pourront dans aucun cas et sous aucun prétexte, devenir des lieux de réunions publiques. Ledit terrain devra être clos, à perpétuité et aux frais de l'adjudicataire dans le délai d'un an à compter du jour où il aura la jouissance de la totalité dudit terrain, par une grille en fer, sur socle en pierre dans toute l'étendue de ses façades sur les boulevards de la Muette (1) et du Ranelagh, (2) la route départementale n° 2 (3) et la route stratégique (4). Cette même grille devra être établie, dans toute la largeur des zones de servitudes ci-dessus prescrites, pour servir de clôture tant entre le terrain réservé par la Ville de Paris et celui présentement mis en vente qu'entre toutes les subdivisions qui pourront être faites par la suite de ce dernier terrain. Ces grilles ne pourront être obstruées par aucun volet ni aucune persienne et devront toujours être entretenues en bon état de propreté. Un exemplaire du modèle obligatoire de ladite grille dûment timbré au droit de deux francs et qui sera enregistré en même temps que les présentes est demeuré ci-annexé après que M. le Préfet l'a eu certifié véritable et signé et après que dessus il a été fait mention du tout par les notaires soussignés.

§ 3. *Obligation de bâtir, interdiction de profession et autres.*

L'adjudicataire ne pourra élever sur le terrain mis en vente que des maisons d'habitation bourgeoise ; en conséquence aucun genre de commerce ou

(1) Avenue Prudhon.
(2) Avenue Raphaël.
(3) Avenue Ingres.
(4) Boulevards Lannes et Suchet.

d'industrie ne pourra y être exercé. Ces constructions devront, dans un délai de deux années, à partir du jour de l'entrée en jouissance complète, présenter une superficie de six cents mètres carrés au moins. Les propriétaires devront, avant de construire, demander le nivellement et obtenir les permissions ordinaires, à la charge de payer les droits de voirie. Les façades principales des constructions devront être parallèles à la voie publique ; les parties latérales des maisons qui ne se relieraient pas entre elles devront recevoir une décoration analogue à celle générale de l'édifice sans obligation d'ouvertures sur lesdites parties latérales. Enfin aucune des faces de ces constructions ne devra présenter de mur pignon.

. . . .

§ 2. — Boulevards Lannes et Suchet

Contrat de vente des terrains des Boulevards Lannes et Suchet

(Extrait.)

. . . .

Art. 5.

CONDITIONS SPÉCIALES

§ 1er *Droit d'issues et de jours, chaussée, égout, écoulement des eaux, trottoirs et éclairage.*

Le terrain présentement mis en vente aura, sur les boulevards de la Muette (1) et du Ranelagh (2) les mêmes droits de jour et d'issue que sur la route départementale n° 2 (3). Quant à la route stratégique (4) il se conformera, pour les jours et issues à y prendre, aux lois et règlements sur la matière. Ledit adjudicataire, supportera, au droit de sa façade, les frais de mise en état de viabilité des chaussées et de plus, s'il y a lieu, les frais de pose des trottoirs aussi que ceux de premier établissement d'égout et d'appareils

---

(1) Avenue Prudhon.
(2) Avenue Raphaël.
(3) Avenue Ingres.
(4) Boulevards Lannes et Suchet.

d'éclairage. Il devra pourvoir à l'absorption des eaux pluviales et ménagères sur son propre terrain, de manière à ce qu'il n'en coule aucune sur les voies publiques jusqu'à l'établissement d'égouts publics, au droit des constructions qui seront édifiées sur le terrain dont il s'agit.

§ 2. *Zone de servitudes et de clôtures.*

Aucune construction ne pourra jamais être élevée sur le terrain mis en vente dans une zone de *dix mètres* en arrière de l'alignement des boulevards de la Muette (1) et du Ranelagh (2) et de la route départementale n° 2 (3) et dans une zone de *cinq mètres* en arrière de l'alignement de la route stratégique (4). Cette zone devra être cultivée en parterres d'agrément qui ne pourront dans aucun cas et sous aucun prétexte, devenir des lieux de réunions publiques. Ledit terrain devra être clos, à perpétuité et aux frais de l'adjudicataire dans le délai d'un an à compter du jour où il aura la jouissance de la totalité dudit terrain, par une grille en fer, sur socle en pierre dans toute l'étendue de ses façades sur les boulevards de la Muette (1) et du Ranelagh (2), la route départementale n°2 (3) et la route Stratégique (4). Cette même grille devra être établie, dans toute la largeur des zones de servitudes ci-dessus prescrites, pour servir de clôture tant entre le terrain réservé par la Ville de Paris et celui présentement mis en vente qu'entre toutes les subdivisions qui pourront être faites par la suite de ce dernier terrain. Ces grilles ne pourront être obstruées par aucun volet ni aucune persienne et devront toujours être entretenues en bon état de propreté. Un exemplaire du modèle obligatoire de ladite grille dûment timbré au droit de deux francs et qui sera enregistré en même temps que les présentes est demeuré ci-annexé après que M. le Préfet l'a eu certifié véritable et signé et après que dessus il a été fait mention du tout par les notaires soussignés.

§ 3. *Obligation de bâtir, interdiction de profession et autres.*

L'adjudicataire ne pourra élever sur le terrain mis en vente que des maisons d'habitation bourgeoise; en conséquence aucun genre de commerce ou d'industrie ne pourra y être exercé. Ces constructions devront, dans un délai de deux années, à partir du jour de l'entrée en jouissance complète, présenter une superficie de six cents mètres carrés au moins. Les proprié-

---

(1) Avenue Prudhon.
(2) Avenue Raphaël.
(3) Avenue Ingres.
(4) Boulevards Lannes et Suchet.

taires devront, avant de construire, demander le nivellement et obtenir les permissions ordinaires, à la charge de payer les droits de voirie. Les façades principales des constructions devront être parallèles à la voie publique ; les parties latérales des maisons qui ne se relieraient pas entre elles devront recevoir une décoration analogue à celle générale de l'édifice sans obligation d'ouvertures sur lesdites parties latérales. Enfin aucune des faces de ces constructions ne devra présenter de mur pignon.

* * * * * * * * * * * * * * *

---

§ 3. — Boulevard de Montmorency.

Procès-verbal d'adjudication du 26 juillet 1856.

(Extrait)

* * * * * * * * * * * * * * *

Art. 5.

Clôture, constructions de grille, zone de servitude.

Chacun des adjudicataires sera tenu de clore, à ses frais et à perpétuité, le terrain à lui adjugé sur la nouvelle route latérale du chemin de fer, par une grille en fer dont le modèle devra être agréé par l'Administration municipale. Cette clôture devra être exécutée dans le délai d'un an du jour de l'adjudication.

Il est interdit à toujours à l'adjudicataire ou ses ayants droit d'élever aucune construction sur ledit terrain dans une zone de *trois mètres* en arrière de la grille. Le terrain ainsi réservé entre la grille et les constructions devra être occupé par des parterres d'agrément.

Les lots de terrains vendus seront séparés entre eux par un mur de clôture construit à frais communs entre les propriétaires contigus sur la ligne mitoyenne séparative des dits lots, mais seulement pour la partie située en dehors de la zone de servitude ci-dessus indiquée, dans la largeur de laquelle la séparation sera établie au moyen d'une grille également mitoyenne construite à frais communs et semblable à celle dont il vient d'être parlé. En sorte que l'adjudicataire du lot n° 4 sera tenu de rembourser à M. Gérin, acquéreur du lot n° 3, la moitié des frais du mur de clôture mitoyen qu'il fait construire en ce moment, et l'adjudicataire du lot n° 10 devra s'entendre avec Mme Durand, acquéreur du lot n° 11, pour la construction du mur mitoyen à élever entre ces deux lots.

* * * * * * * * * * * * * * *

XIV. — Rues de Rivoli, de Castiglione, des Pyramides, places de Rivoli et du Palais-Royal.

§ 1. — Rue de Rivoli.

1° Arrêté des Consuls du 17 vendémiaire an X.

(Extrait.)

LES CONSULS DE LA RÉPUBLIQUE,

ARRÊTENT :

. . . .

ART. 1.

Ils sera percé une rue dans toute la longueur du passage du Manège jusqu'à celle Saint-Florentin (1).

Les bâtiments qui se trouvent dans ces alignements seront vendus aux mêmes conditions que ci-dessus (2).

. . . .

Le premier Consul,
Signé : BONAPARTE.

2° Arrêté des Consuls du 1er floréal an X.

(Extrait.)

LES CONSULS DE LA RÉPUBLIQUE,

ARRÊTENT :

. . . .

Les terrains appartenant à la République, situés dans le cul-de-sac du Manège..., etc., seront mis en vente.

Le plan annexé au présent arrêté sera suivi et exécuté dans toutes ses parties et servira de base pour dresser le cahier des charges.

---

(1) Partie comprise entre la rue du Louvre et la rue Saint-Florentin.

(2) Les conditions sont les suivantes : les maisons et terrains environnant mis à la disposition du Gouvernement par la loi du 3 nivôse an VIII seront vendus par adjudication par la Régie des domaines avec charge aux acquéreurs de bâtir sur les plans et façades donnés par l'architecte du Gouvernement.

Conditions insérées dans les contrats d'acquisition.

ARTICLE PREMIER.

Bâtir les façades en pierre d'après les plans et dessins des architectes du palais, approuvés par le Gouvernement.

2° Daller en pierre dure le sol de la galerie ;

. . . .

4° Les maisons ou boutiques ne pourront être occupées par des artisans et des ouvriers travaillant du marteau

5° Interdiction aux bouchers, charcutiers et autres artisans dont le travail nécessite l'usage d'un four.

6° Il ne sera mis aucune peinture, écriteau ou enseigne indicative de la profession de celui qui occupera sur les façades ou portiques des arcades qui décoreront le devant des maisons sur ladite rue projetée.

. . . .

Le premier Consul,
Signé : BONAPARTE.

3° — *Contrat de vente faite par l'État au citoyen Delpont*
le 3 floréal an XI.

(Extrait)

. . . .

CONDITIONS PARTICULIÈRES.

1° L'adjudicataire de ce premier lot, quand il bâtira, sera tenu de pratiquer une galerie de neuf arcades ouverte au rez-de-chaussée, de 3^m,24 de largeur ; elle sera surmontée de trois étages quarrés avec comble au-dessus recouvert en ardoises et ce sur la rue en prolongation de celle de la place Vendôme.

2° La face sera construite en pierre dure jusqu'à la naissance des arcades, le surplus y compris l'entablement sera en pierre tendre.

3° Le sol de la galerie sera dallé en pierre dure, l'adjudicataire sera tenu de le laisser libre et public dans tous les temps de l'année et à perpétuité. il ne pourra sous aucun prétexte que ce soit en interrompre la libre circulation, ni ériger de planches à hauteur des entresols.

4° Il sera pareillement tenu de paver à ses frais la moitié de la largeur de la rue et dans la longueur dudit lot, conformément au règlement établi à ce sujet.

5° Dans le cas où il serait établi des boutiques sous la galerie de la rue en prolongation de celle de la place Vendôme, elles ne pourront être occupées par des artisans et ouvriers travaillant du marteau.

6° Elles ne pourront non plus être occupées par des bouchers, charcutiers, pâtissiers, boulangers, ni autres artisans dont l'état nécessite l'usage de four.

7° Il ne pourra mettre aucune peinture, écriteau ou enseigne indicative de la profession de celui qui occupera, sur les façades ou portiques qui décoreront le devant de la maison.

8° Il sera tenu en outre de se conformer au surplus dans l'exécution stricte des lois relatives aux constructions.

9° Les constructions seront commencées dans l'espace de quatre mois à compter du jour de l'adjudication et achevées dans l'espace de trois années, savoir : la première année, les façades seront élevées jusqu'au sol du rez-de-chaussée, la deuxième année jusques et y compris le premier étage et le surplus dans la troisième année, le tout conformément aux plans, coupes et élévations arrêtés par le Gouvernement.

10° Le percement de la rue en prolongation de celle de la place Vendôme sera effectuée dans l'espace de six mois à dater du jour de l'adjudication.

11° Aussitôt que le percement de ladite rue sera effectué, l'adjudicataire sera tenu de clore son terrain avec barrières en planches à 1m.50 de l'alignement et de faire les remblais et déblais des terres, afin de dresser des pentes égales, ladite rue pour être pavée comme il est dit à l'article 4 par l'entrepreneur du pavé de Paris, et ce dans l'espace des dix-huit mois qui suivront l'adjudication.

12° Ledit acquéreur du lot sera obligé de se conformer aux alignements arrêtés par le Ministre de l'Intérieur sur la rue Saint-Honoré.

13° Il sera obligé de conserver la fontaine publique, son réservoir et accessoires, tel que le tout se poursuit et comporte ; néanmoins il pourra jouir du dessus de cet établissement.

Les murs seront mitoyens ; il conservera l'entrée actuelle ou en donnera une autre de pareille dimension, sans être commune à sa propriété.

Ledit adjudicataire ne pourra prétendre en aucune manière aux matériaux provenant du bâtiment des Feuillants qui se trouve à gauche du passage des Thuilleries. quoiqu'une partie du sol doive lui appartenir et fasse partie de son acquisition, le tout conformément au plan ci-annexé.

14° Il sera en outre tenu de se conformer aux lois des bâtiments concernant les eaux provenant des combles. de boucher à frais communs et en plein mur toutes les bayes et issues qui se trouveront entre lui. le 2ᵉ lot et le 19ᵉ lot.

Faute par l'adjudicataire, outre le payement du prix aux époques déterminées de se conformer en tous points aux dispositions des articles additionnels 6, 7 et 8 du cahier des charges qui sont de rigueur et ne pourront dans aucun cas être réputées comminatoires, il sera déchu de son adjudication, l'emplacement présentement mis en vente sera revendu.

Pour la sûreté des matériaux à provenir des parties de bâtiments à démolir, l'adjudicataire sera tenu de fournir dans la huitaine de son adjudication caution bonne et solvable du prix desdits matériaux, laquelle, après avoir été discutée par le Directeur des Domaines, sera acceptée par le Préfet. s'il y a lieu. Il ne pourra commencer la démolition qu'après l'acceptation de la caution; faute par ledit adjudicataire d'avoir fourni ladite caution, dans le délai ci-dessus fixé, comme dans le cas où la caution offerte n'aurait pas été acceptée, il sera procédé à la démolition sur l'autorisation du Préfet et à la poursuite du Directeur des Domaines. les matériaux qui en proviendront seront vendus dans la forme ordinaire au plus offrant et dernier enchérisseur, le prix en sera appliqué au payement des frais de démolition, l'adjudicataire n'aura droit qu'à l'excédent.

Rédigé et arrêté par le soussigné,
Directeur de l'Enregistrement et du Domaine national,

Signé : EPARVIER.

4° — *Ordonnance de police du 15 octobre 1823*
relative aux galeries de la rue de Rivoli et de Castiglione.

(Extrait.)

Paris, le 15 octobre 1823.

NOUS. CONSEILLER D'ÉTAT, PRÉFET DE POLICE, etc. . . .

Considérant que les galeries des rues Castiglione et de Rivoli sont un passage livré au public ;

Que cette destination est établie par les termes exprès des contrats de vente des terrains sur lesquels on a construit les maisons riveraines desdites rues.

Qu'en conséquence les propriétaires et locataires de ces maisons sont de droit assujettis aux lois et règlements relatifs à la sûreté et à la liberté de la voie publique ; qu'independamment de ces lois et règlements, ils sont assujettis par leurs contrats à des conditions particulières qui tendent au même but.

Que notamment il leur est interdit de mettre aucune peinture, écriteau ou enseigne sur les façades et portiques des maisons et qu'ils sont tenus de laisser libre et publique, dans tous les temps de l'année et à perpétuité, la galerie sans pouvoir. sous aucun prétexte, en interrompre la libre circulation, ni ériger de plancher à la hauteur de ceux de l'entresol ; etc.....

Vu la loi des 16-24 août 1790, titre XI. § 1er.

ORDONNONS CE QUI SUIT :

ARTICLE PREMIER.

Il est défendu d'établir sous les galeries des rues Castiglione et de Rivoli des devantures de boutiques, tableaux. montres, enseignes, étalages ou autres objets en saillie du nu des murs de face intérieurs desdites galeries et d'appliquer contre les murs de face des galeries opposées aux boutiques aucun objet quelconque pouvant gêner ou restreindre la liberté de la circulation ou occasionner des accidents.

Il est pareillement défendu d'établir aucun objet en saillie du nu des murs de face extérieurs donnant immédiatement sur les rues de Castiglione et de Rivoli.

ART. 2.

Dans huit jours, à compter de la promulgation de la présente ordonnance, seront supprimés et enlevés toute espèce d'objets en saillie établis contrairement aux dispositions de l'article précédent.

ART. 3.

Il est défendu de faire sous les galeries dont il s'agit, aucun dépôt de marchandises, d'y faire travailler, si ce n'est aux réparations des bâtiments, d'y placer des tables, chaises ou tous autres objets qui pourraient gêner la circulation.

ART. 6.

Les propriétaires de ces maisons seront également tenus, chacun pour ce qui le concerne, de faire réparer avec soin les enfoncements ou autres dégradations qui surviendront au sol des galeries, à l'effet de prévenir les accidents.

Signé : **G. DELAVAU.**

3° — *Arrêté préfectoral du 23 juin 1886*
concernant l'adoption d'un modèle de store uniforme pour les arcades des rues
de Rivoli, de Castiglione, des Pyramides
et des places de Rivoli et du Palais-Royal.

LE PRÉFET DE LA SEINE,

Vu la délibération du Conseil municipal de la Ville de Paris, en date du 17 mai 1886, portant approbation du modèle de store destiné à remplacer les bannes existantes sous les arcades des rues de Rivoli, de Castiglione, des Pyramides, des places de Rivoli et du Palais-Royal ;

Vu le rapport du Commissaire-Voyer du 1er arrondissement, en date du 28 août 1885, ensemble l'avis de l'Ingénieur en chef de la 1re division ;

Vu le dessin indiquant le modèle de store approuvé par la délibération susvisée ;

Vu les pièces de l'enquête ouverte à la Mairie du 1er arrondissement,

ARRÈTE :

ARTICLE PREMIER.

Les bannes existantes sous les arcades des rues de Rivoli, de Castiglione, des Pyramides, des places de Rivoli et du Palais-Royal seront supprimées.

ART. 2.

Les propriétaires ou locataires de locaux situés sous les arcades des rues et places précitées seront autorisés, sur leur demande, à y installer des stores du modèle adopté par l'Administration, visé à l'enquête et annexé au présent arrêté.

ART. 3.

Le Directeur des travaux de Paris est chargé de l'exécution du présent arrêté, dont ampliation sera adressée à l'Ingénieur en chef de la 1re division et au Commissaire-Voyer du 1er arrondissement.

Fait à Paris, le 23 juin 1886.

Signé : E. POUBELLE.

§ 2. — Rue de Castiglione.

Arrêté des Consuls du 17 vendémiaire an X.

(Extrait.)

LES CONSULS DE LA RÉPUBLIQUE,

ARRÊTENT :

ARTICLE PREMIER.

Il sera percé une rue dans l'alignement de la place Vendôme, sur les terrains des Feuillants et ceux du Manège jusqu'à la terrasse des Tuileries.

ART. 2.

Les maisons et terrains avoisinant mis à la disposition du Gouvernement par la loi du 3 nivôse an VIII seront vendus par adjudication par la Régie des domaines avec charge aux acquéreurs de bâtir sur les plans et façades donnés par l'architecte du Gouvernement.

. . . .

Le premier Consul,
Signé : BONAPARTE.

§ 3. — Rue des Pyramides (1).

1° — Arrêté des Consuls du 17 vendémiaire an X.

(Extrait.)

LES CONSULS DE LA RÉPUBLIQUE,

ARRÊTENT :

. . . .

ART. 3.

Les bâtiments du pavillon de Médicis, les écuries dites de Monseigneur et les maisons des pages, seront vendus pour être détruits. Il sera formé ...
. . . . une rue qui aboutira à celle Saint-Honoré.
Les terrains. . . . . bordant la rue seront vendus, avec charge de bâtir sur les plans et façades donnés par l'architecte du gouvernement.

. . . .

Le premier Consul,
Signé : BONAPARTE.

_____

(1) Partie comprise entre la place de Rivoli et la rue Saint-Honoré.

2° Ordonnance royale du 12 février 1846.

(Extrait).

LOUIS-PHILIPPE, etc. . . . .

<small>Nous avons ordonné et ordonnons ce qui suit :</small>

. . . .

Art. 2.

Quant aux alignements de la rue des Pyramides (1) qui se trouvent figurés sur un deuxième plan ci-annexé, ils sont confirmés tels qu'ils ont été fixés par l'arrêté des consuls en date du 17 vendémiaire an X, et demeurent exécutoires, en ce qui touche le mode des constructions riveraines, suivant les clauses et conditions stipulées dans les contrats de vente des terrains domaniaux qui ont servi à l'ouverture de ladite rue.

Donnée au Palais des Tuileries, le 12 février 1846.

Signé : LOUIS-PHILIPPE.

---

§ 4. — Place de Rivoli.

Arrêté des Consuls du 17 vendémiaire an X.

(Extrait.)

LES CONSULS DE LA RÉPUBLIQUE,

<small>Arrêtent :</small>

. . . .

Les bâtiments du pavillon de Médicis, les écuries dites de Monseigneur et les maisons des pages seront vendus pour être détruits. Il sera formé une place en face l'entrée du jardin...... Les terrains environnant cette place...... seront vendus, à la charge par les acquéreurs de construire sur les mêmes données que ci-dessus. (2).

Le premier Consul,

Signé : BONAPARTE.

---

(1) Partie comprise entre la place de Rivoli et la rue Saint-Honoré.

(2) Les maisons et terrains environnant mis à la disposition du Gouvernement par la loi du 3 nivôse an VIII, seront vendus par adjudication par la Régie des domaines avec charge aux acquéreurs de bâtir sur les plans et façades donnés par l'architecte du Gouvernement.

§ 5. — Place du Palais-Royal.

Contrat d'échange passé le 4 octobre 1853
entre la Ville de Paris et la Société Moreau-Chaslon.

(Extrait)

. . . .

M. Moreau-Chaslon s'oblige à l'exécution des charges, clauses et conditions qui suivent :

1° Il devra démolir..... et reconstruire de nouveaux bâtiments avec arcades, servant au passage public, tant sur la rue de Rivoli que sur la place du Palais-Royal et suivant le système d'architecture des maisons de la rue de Rivoli, en se conformant aux alignements qui lui seront délivrés sur ces voies publiques.

2° Il lui est interdit d'établir des échoppes en bois ou des constructions légères, même à titre provisoire, en bordure sur la voie publique. . . . .

. . . . Il sera en outre tenu de se conformer à toutes les autres conditions générales que l'Administration jugera nécessaire d'imposer pour les constructions nouvelles dans cette localité.

. . . .

XV. — Abords du Trocadéro.

§ 1. — Avenue Henri-Martin (1).

Décision du Jury du 14 juillet 1860.

(Extrait.)

CONCLUSIONS POUR M. LE PRÉFET DE LA SEINE REPRÉSENTANT LA VILLE DE PARIS

Elles tendent à ce qu'il plaise à M. le magistrat directeur du jury donner acte à M. le Préfet de la Seine, ès-noms, de ce qu'il déclare que les propriétaires qui conserveront partie de leur propriété seront soumis pour les portions qu'ils conserveront aux conditions ci-après : 1° aucune construction ne pourra jamais être élevée sur les terrains en bordure de l'avenue

(1) Ancienne avenue du Trocadéro, dans la partie comprise entre la place du Trocadéro et la porte de la Muette.

Henri-Martin, dans une zone de *dix mètres* en arrière de l'alignement. Cette zone devra être établie de niveau avec l'avenue et être toujours cultivée en parterres d'agrément qui ne pourront, dans aucun cas et sous aucun prétexte, devenir un lieu de réunion publique ; 2° les terrains devront être clos à perpétuité dans toute l'étendue de leur façade sur l'avenue et en retour sur les voies y aboutissant, aux frais des propriétaires, dans les six mois qui suivront le jour où l'avenue sera livrée à la circulation, par des grilles en fer, sur socle bas, conformes au modèle arrêté par l'administration municipale pour tous les terrains en bordure sur les boulevards de ceinture du bois de Boulogne. La séparation des propriétés contiguës ne pourra avoir lieu qu'au moyen de grilles semblables dans toute la largeur de la zone de servitude ci-dessus prescrite, desquelles grilles un plan est demeuré ci-annexé. Ces grilles ne pourront être obstruées par aucun volet ni aucune persienne et devront être entretenues toujours en bon état de propreté ; 3° les propriétaires riverains ne pourront élever sur les terrains en bordure dont il est question que des maisons d'habitation bourgeoise. En conséquence, aucun genre de commerce ou d'industrie ne pourra y être exercé. Ces propriétaires devront, avant de construire, demander le nivellement à observer par eux et obtenir la permission nécessaire, à la charge de payer les droits de voirie. La façade principale des constructions devra être parallèle à l'avenue Henri-Martin ; les parties latérales des maisons qui ne se relieraient pas entre elles devront recevoir une décoration analogue à la décoration générale de l'édifice, sans obligation d'ouverture sur lesdites parties latérales. Enfin, les maisons contiguës devront être raccordées de manière à ne présenter aucune portion de mur à découvert. Et ce sera justice.

---

§ 2. — Place du Trocadéro (1)

1° *Convention du 6 décembre 1866*

passée entre l'État et la Ville de Paris au sujet de la place du Trocadéro.

(Extrait)

Entre le Ministre des Finances agissant au nom de l'État et le Préfet de la Seine, agissant au nom de la ville de Paris.

Il a été convenu ce qui suit :

. . . .

---

(1) Ancienne place du Roi-de-Rome.

ARTICLE PREMIER.

La ville de Paris s'engage à exécuter à ses frais, risques et périls, les travaux de constructions de la nouvelle place et de ses dépendances, tels qu'ils sont indiqués par un tracé bleu sur le plan ci-annexé, et consistant notamment, sur le plateau, en une place circulaire de deux cent cinquante mètres de diamètre et, au-dessous, dans tout l'espace compris entre les avenues Franklin (1) et du Trocadéro et le quai Debilly, en un vaste amphithéâtre d'une largeur de cinq cents mètres, égale à celle du Champ de Mars. Dans ces travaux sont compris tous ceux de viabilité, de voirie et d'embellissement (établissement de chaussées, pavage, trottoirs, égouts, conduites d'eau, appareils d'éclairage, plantations, jardinage, décorations de toute sorte).

ART. 2.

La Ville s'engage à céder à l'État, en toute propriété, et à livrer dans le mois de la date de la présente convention, franc et quitte de tous frais de viabilité (trottoirs, égouts, éclairage, etc.) et de tous droits d'hypothèques et privilèges, l'îlot coté R au plan susvisé, d'une contenance d'environ huit mille cinq cents mètres carrés, limité par les avenues du Trocadéro et d'Iéna, la rue de Magdebourg et la place d'Iéna; sur lequel îlot la Ville s'oblige à reconstruire, à ses frais, l'établissement des phares et le dépôt des machines de l'école des ponts et chaussées, actuellement installés sur le terrain domanial dont il sera ci-après parlé.

Elle prend en outre à sa charge :

1° L'installation provisoire des services déplacés, jusqu'à la reconstruction des bâtiments qui leur sont destinés ;

Et 2° Leur translation définitive dans ces nouveaux bâtiments.

Ces divers ouvrages et travaux seront exécutés d'après les indications contenues dans les procès-verbaux de conférences dressés, le 20 novembre courant, entre les services intéressés.

Il est stipulé :

1° Que sur tous les points où ne seront pas élevés des bâtiments en façade, ledit terrain R sera fermé par une grille ;

2° Que les plantations et les constructions qui pourraient être faites dans la portion de ce terrain comprise entre le côté Est de l'amphithéâtre, et une

---

(1) Non exécutée.

ligne L M du plan, ne dépasseront pas la hauteur maxima de *douze mètres*, sauf une tourelle de trois mètres de diamètre (1) ;

3° Que la même hauteur ne pourra être excédée par les constructions et plantations qui seraient faites sur les terrains appartenant déjà à la ville de Paris ou qu'elle achètera ultérieurement, et compris entre le quai Debilly, le côté Est de l'amphithéâtre, l'avenue d'Iéna et la ligne L M prolongée (N. O.) (1) ;

4° Qu'il ne sera fait, tant sur la place que sur l'amphithéâtre, aucun travail de construction et de plantation de nature à gêner le champ visuel nécessaire aux expériences de photométrie de l'établissement des phares ;

5° Que les matériaux de démolition provenant des établissements existants et qui ne seraient pas réemployés, resteront la propriété du domaine.

. . . .

———————

2° Loi du 18 mars 1869.

(Extrait.)

ARTICLE PREMIER.

Est approuvée la convention passée le 6 décembre 1866 entre le Ministre des finances, agissant au nom de l'État, et le Préfet de la Seine, agissant au nom de la ville de Paris, ladite convention annexée à la présente loi, et portant :

2° Allocation à la ville de Paris d'une subvention de trois millions de francs pour la création de la place du Trocadéro et dépendances ;

2° Cession réciproque de terrains sis à Paris, au lieu dit le Trocadéro ;

3° Engagement par la ville de Paris de renoncer à l'appel formé par elle contre un jugement du Tribunal de la Seine, en date du 16 août 1865.

. . . .

———————————————————————

(1) Servitude de hauteur qui a été abandonnée par l'État et la ville de Paris. *Voir la lettre du Ministre des Travaux publics, en date du 22 mars 1883 et l'arrêté préfectoral, en date du 14 juin 1883, p. 160 et 161).*

Voir également le plan des terrains, p. 169.

3° *Lettre du Ministre des Travaux publics au Préfet de la Seine.*
du **22 mars 1883.**

Paris, le 22 mars 1883.

MONSIEUR LE PRÉFET,

Vous m'avez fait part, le 29 janvier dernier, de votre intention d'appeler le Conseil municipal à délibérer sur la question de savoir s'il n'y a pas lieu de renoncer à la servitude **dont** a été frappée une bande de terrain longeant la place du Trocadéro, par suite du traité passé en 1866 entre la Ville de Paris et l'État, servitude qui consiste à interdire des constructions de plus de *douze mètres* de hauteur, sauf une tourelle de 3 mètres de diamètre.

Vous m'avez demandé de faire examiner au préalable cette question en ce qui concerne les terrains appartenant à l'État et occupés par le service des phares à balises.

Vous pensez, Monsieur le Préfet, que cette servitude est devenue inutile depuis les modifications apportées à la nature même des lieux par l'édification du palais du Trocadéro.

Cette servitude, à laquelle l'État avait dû se soumettre lors de la construction du dépôt des phares, avait pour but de conserver pour les promeneurs de l'amphithéâtre la perspective de la vallée de la Seine du côté de Paris ; elle n'a point été établie dans l'intérêt du service des phares. L'horizon visuel nécessaire aux expériences de ce service comprend principalement le plateau de Châtillon et accessoirement les hauteurs entre Fleury et Clamart ou le sommet des Hautes-Bruyères, près de Villejuif.

Cet horizon se trouve tout entier dans l'angle qui correspond à la promenade du Trocadéro, d'une part, et se termine de l'autre avant le côté de la promenade où se trouve la zone de terrain frappée de servitude, de sorte que la suppression de cette servitude ne peut en rien nuire aux intérêts du service des phares.

Il est d'ailleurs incontestable que cette suppression ne pourra qu'accroître la valeur du terrain sur lequel est installé le dépôt des phares.

Quant à la conservation de l'horizon visuel à ménager pour le service des phares, elle est assurée par une autre clause du même traité ainsi conçue :

« Il ne sera fait, tant sur la place que sur l'amphithéâtre, aucun travail de constructions ni de plantations de nature à gêner le champ visuel nécessaire aux expériences de photométrie. »

J'ai l'honneur de vous informer, Monsieur le Préfet, qu'après avoir consulté sur cette question le Conseil général des Ponts et Chaussées, j'ai reconnu que l'État, au point de vue du service central des phares, n'a aucun intérêt au maintien de la servitude établie par le traité de 1866 sur les terrains qui bordent, au nord-est, la promenade du Trocadéro.

Recevez, Monsieur le Préfet, l'assurance de ma considération la plus distinguée.

Le Ministre des Travaux publics,
Pour le Ministre et par autorisation :
Le Conseiller d'État,
Directeur des Ponts, de la Navigation et des Mines,
Signé : LEBLANC.

4° *Arrêté préfectoral du 14 juin 1883.*

LE PRÉFET DE LA SEINE,

Siégeant en Conseil de préfecture, où étaient présents MM. Aubin, Belin, Louis Fabre et Maruejouls, conseillers ;

Vu la délibération, en date du **21 mai 1883**, par laquelle le Conseil municipal a autorisé l'abandon par la Ville de Paris de la servitude, qui, aux termes de la convention passée entre l'État et la Ville de Paris relativement à la place du Trocadéro, interdit d'élever des constructions de plus de *douze mètres* de hauteur sur une zone de terrains situés au nord-est de place et limitée au plan par une ligne L, M, N, O ;

Vu la lettre, en date du **22 mars 1883**, par laquelle M. le Ministre des Travaux publics, après avoir pris l'avis du Conseil général des Ponts et Chaussées, déclare que l'État n'a aucun intérêt au maintien de ladite servitude ;

Vu le plan ;

Vu le décret du **26 mars 1852** sur la décentralisation administrative, tableau A n° 41 ;

Vu les lois sur les Conseils municipaux en date des **18 juillet 1837** et **24 juillet 1867**, article 17 ;

Le Conseil de préfecture entendu.

ARRÊTE :

La délibération susvisée du Conseil municipal est approuvée.

En conséquence, la Ville de Paris est autorisée à renoncer à la servitude qui, aux termes de la convention passée le 6 décembre 1866 entre l'État et la Ville de Paris, relativement à la place du Trocadéro, interdit d'élever des constructions de plus de *12 mètres* de hauteur sur une zone de terrains situés au nord-est de ladite place, et limitée au plan par une ligne L, M, N. O.

Fait à Paris, le 14 juin 1883.

Signé : OUSTRY.

§ 3. — Avenue du Trocadéro.

Convention du 27 octobre 1868

passée entre l'État et la Ville de Paris.

(Extrait.)

Le samedi 27 octobre 1868, devant nous, Alfred-Pierre Blanche, commandeur de l'ordre impérial de la Légion d'honneur, conseiller d'État, secrétaire général de la Préfecture de la Seine, substituant pendant son congé, M. Georges-Eugène baron Haussmann, sénateur, grand-croix du même ordre, préfet dudit département ;

Agissant comme en l'acte administratif du 2 octobre 1866, qui précède :

En conséquence, comme alors aussi, de M. le commandant du génie Servel, y dénommé ;

Et pour, en donnant suite à cet acte, auquel il en est, au surplus, référé, compléter la cession qu'il renferme et, ainsi, réaliser définitivement les conventions antérieurement conclues entre les parties ;

A, par ces présentes, au nom de la Ville de Paris et en vertu des mêmes pouvoirs,

Vendu et cédé à l'État, ce qui est accepté pour lui et en son nom, par le magistrat ci-dessus qualifié et toujours en conformité des décisions de S. E. le ministre de la guerre, des 25 août 1865 et 18 septembre 1866, et spécialement d'une troisième décision rendue le 7 août dernier ;

Une zone de terrain située à Paris, rue de la Manutention, ci-devant Basse-Saint-Pierre-de-Chaillot (XVIe arrondissement, partie des Bassins), tenant du nord à l'avenue du Trocadéro, du midi, à la Manutention des vivres militaires, appartenant à l'État, de l'est, à un terrain récemment acquis de la Ville de Paris par la société Leteissier, Delaunay et Cie, et de l'ouest, à la rue susdénommée ;

Ce terrain, qui affecte la forme d'un trapèze allongé, dont l'un des côtés (à l'est) se termine, toutefois, par une ligne oblique légèrement brisée, ce qui, en réalité, en fait un pentagone, a une largeur de 10 mètres et mesure une superficie de mille quatre-vingt-onze mètres seize centimètres.

Il se compose de deux parcelles d'origine différente, comme on le verra plus loin, mais qui n'en constitue pas moins un tout homogène.

L'une de ces parcelles, figurée avec une couleur verte et cotée B, au plan du 18 avril 1865, annexé au contrat du 2 octobre 1886 précité, contient une superficie de cent soixante-quatorze mètres trente-six centimètres, ci. . . . . 174^m,36

L'autre, teintée en violet et cotée C au même plan, a une contenance de neuf cent seize mètres quatre-vingts centimètres. . . 916^m,80

TOTAL PAREIL : mille quatre-vingt-onze mètres seize centimètres, ci . . . . 1.091^m,16

CLAUSES ET CONDITIONS

§ 1er. — *Mur de soutènement.*

Il est d'abord expliqué, à l'aide d'une figure établie par M. Alphand, ingénieur en chef des Ponts et Chaussées, directeur de la voie publique et des promenades de la Ville de Paris et auteur du projet de l'avenue du Trocadéro, laquelle figure reconnue exacte est ci-annexée, que la zone de terrain présentement vendue se trouve en contre-bas de l'avenue du Trocadéro, dont le sol est maintenu comme l'indique le profil en long tracé sur ladite figure, par un mur de soutènement avec arcades, lequel, construit par la Ville et à ses frais, sera entretenu par elle aussi à perpétuité, et formera, de ce côté, la clôture dudit terrain.

L'État devra souffrir l'existence du mur, de ses pieds-droits saillants et des voûtes de support des plates-bandes de fleurs qui occupent en totalité une zone de trois mètres sur le terrain, ainsi que le démontre également le profil en travers pareillement ci-annexé, dressé par le même ingénieur.

Il devra aussi permettre, sans indemnité, toutes les fois qu'il s'agira de réparations, l'entrée des ouvriers qui en seront chargés, l'établissement des échafaudages et l'approche des matériaux nécessaires à ces travaux.

§ 2. — *Servitude* non ædificandi.

ARTICLE PREMIER.

L'État ne pourra élever, sur la zone et dans toute son étendue, aucune construction ni clôtures autres que des grilles de division, en tout semblables à celles imposées pour les façades qui sont au niveau de l'avenue.

Toutefois, la naissance des voûtes du mur de soutènement se trouvant sur le point dont il s'agit, c'est-à-dire tout le long du terrain ci-dessus vendu, à plus de 3 mètres au-dessus du sol, le mur actuellement construit entre la Manutention et le terrain de la société Leteissier, Delaunay et Cie, lequel n'excède pas, d'ailleurs, la hauteur de 3 mètres, maximum fixé par l'administration municipale et regardé par celle-ci comme suffisant, sauf, bien entendu, à l'État et au propriétaire voisin de le remplacer, si bon leur semble, par une grille de la condition prescrite.

ART. 2.

Le terrain dont il s'agit devra être exclusivement occupé par un parterre d'agrément ou par une cour sablée.

ART. 3

En tous cas, le niveau actuel du sol ne pourra être modifié, et il ne devra être fait le long du mur de soutènement aucune plantation de nature à le détériorer.

---

§ 4. — Quai Debilly, rues Fresnel, Foucault, Magdebourg et de la Manutention.

Cahier des charges de l'adjudication du 25 novembre 1879.

(Extrait.)

SERVITUDES (1)

M. le Sénateur, Préfet de la Seine, déclare que les terrains présentement mis en vente sont grevés envers les immeubles ci-après désignés des servi-

---

(1) *Voir le plan des terrains*, p. 169.

tudes suivantes résultant en faveur desdits immeubles des actes qui vont être ci-après énoncés.

I. La partie des terrains présentement mis en vente qui se trouve comprise dans la zone figurée au plan ci-annexé sous les lettres C. D. O. I., est grevée envers l'immeuble portant le n° 9 de l'ancienne rue des Batailles et appartenant à M. Perret, acquéreur de M. Bernard-Derosne, de la servitude ci-après résultant d'un contrat passé devant M⁰ Moreau, notaire à Paris, le 10 janvier 1842, contenant vente par M. Charles-Louis Derosne, M. et Mᵐᵉ Bernard, et M. et Mᵐᵉ Adolphe Lebaudy à l'ancienne Société « Ch. Derosne et Cail », de l'immeuble portant alors sur le quai Debilly les numéros 36 et 38, et depuis le n° 46, et sur la rue des Batailles le n° 7.

Laquelle servitude est rappelée au contrat d'échange du 11 mai 1867 ci-devant relaté intervenu entre la ville de Paris et la Société « Cail et Cⁱᵉ » dans les termes suivants, qui sont ceux du contrat de vente, dit jour, 10 janvier 1842, copiés littéralement.

« Les parties font observer que M. Derosne est propriétaire d'une maison » sise à Paris, rue des Batailles, nᵒˢ 9 et 9 *bis*, attenant en partie à la » propriété présentement vendue, portant sur le quai Debilly les nᵒˢ 36 » et 38, et sur la rue des Batailles, le n° 7.

» Et à cet égard, il est expressément convenu que les constructions qui » pourront être élevées sur les terrains faisant partie de la propriété pré- » sentement vendue ne pourront, dans toute leur étendue, excéder une » hauteur de *quatorze mètres trente centimètres*, à partir du sol, jusques » et y compris le faîte desdites constructions. »

II. Aux termes d'un procès-verbal d'enchères dressé par les notaires à Paris soussignés, le 13 mars 1877, pour parvenir à l'adjudication en 7 lots d'un terrain situé à Paris, avenue du Trocadéro et rue B (aujourd'hui rue Fresnel), lequel a été adjugé sur la réunion des lots à M. Louis-Germain Binder, propriétaire, chevalier de la Légion d'honneur, suivant procès-verbal d'adjudication dressé par les mêmes notaires le 27 dudit mois de mars, le Préfet de la Seine ayant agi en sa dite qualité, au nom de la ville de Paris, après avoir rappelé laclause ci-dessus, relative à la servitude créée en faveur de l'immeuble de M. Bernard-Derosne sur les terrains compris dans la zone C. D. O. I. a ajouté ce qui suit, littéralement rapporté :

« M. le Préfet ajoute :

» Qu'il a fait indiquer sur le plan ci-joint (au procès-verbal d'enchères » du 13 mars 1877) les espaces qui se trouvent frappés par les servitudes » ci-dessus rappelées.

» Que celui sur lequel les constructions ne peuvent s'élever au-dessus
» de *quatorze mètres trente centimètres* est circonscrit dans les lettres A, B,
» C, D (C, D, O, I au plan ci-annexé) et fournit au 27ᵉ lot (faisant partie des
» terrains adjugés à M. Binder, ainsi qu'on l'a dit plus haut) une petite
» portion de terrain qui y est teintée en bleu clair.

» Que les adjudicataires de ces lots devront souffrir ces servitudes et en
» faire leur affaire vis-à-vis des ayants droit à leurs risques et périls et sans
» recours contre la Ville de Paris.

» Que les terrains présentement mis en vente profiteront de la servitude
» qui interdit de construire à une hauteur de plus de *quatorze mètres*
» *trente centimètres*, mais seulement en ce que cette servitude frappe la partie
» du quadrilatère A, B, C, D susindiqué qui dépend de l'îlot de terrain cir-
» conscrit entre le quai Debilly et les rues A, B (rues Foucault et Fresnel)
» et de la Manutention.

» Et que le surplus du dit îlot sera grevé de la même servitude, qui se
» trouve ainsi créée par la ville de Paris au profit des terrains présentement
» mis en vente.

» En sorte que ces terrains jouiront sur la totalité du dit îlot d'une ser-
» vitude, par suite de laquelle les constructions ne pourront y être élevées
» à une hauteur excédant *quatorze mètres trente centimètres* à partir du
» sol, jusques et y compris le faîte des dites constructions. »

III. Suivant contrat reçu par Mᵉ Portefin, notaire à Paris, et Mᵉ Jules-
Émile Delapalme, l'un des notaires soussignés les 30 avril et 1ᵉʳ mai 1877,
contenant vente, par la Ville de Paris, à M. Binder, susnommé, d'une parcelle de terre contiguë au terrain adjugé à ce dernier aux termes du procès-
verbal d'adjudication du 27 mars 1877 ci-dessus énoncé, M. le Préfet de la
Seine ayant agi au nom de la ville de Paris, en conséquence d'une délibération du Conseil municipal de cette ville en date du 10 avril 1877, approuvée
par arrêté préfectoral du 26 du même mois, et M. Binder en son nom per-
sonnel, ont arrêté entre eux la convention suivante, ci-après littéralement
rapportée :

« Les parties conviennent expressément par les présentes :

» Qu'il ne pourra jamais être élevé aucune usine ni manufacture sur le
» terrain présentement vendu.

» Qu'une pareille interdiction à perpétuité frappera :

» 1° Le terrain contigu restant appartenir à la Ville et s'étendant entre
» l'avenue du Trocadéro et la rue B (rue Fresnel) jusqu'à la rue de la
» Manutention.

» 2° Les terrains que M. Binder a acquis de la ville de Paris aux termes du
» procès-verbal d'adjudication dressé par Me Delapalme, notaire soussigné,
» le 27 mars dernier (1877) ci-dessus énoncé.

» 3° Et l'îlot de terrain appartenant à la Ville de Paris, circonscrit entre
» la rue B (rue Fresnel), la rue A (rue Foucault), la rue de la Manutention
» et le quai Debilly, et figuré au plan annexé au procès-verbal d'enchères
» du 13 mars dernier (1877) ci-dessus énoncé.

» Et que le terrain présentement vendu profitera de la prohibition d'éle-
» ver sur ledit îlot de terrain délimité par le quai de Billy et les rues A, B,
» et de la Manutention, des constructions d'une hauteur dépassant *qua-
» torze mètres trente centimètres* à partir du sol jusques et y compris le
» faîte desdites constructions, laquelle prohibition résulte tant du procès-
» verbal d'adjudication du 27 mars dernier sus-énoncé que d'un contrat
» de vente passé devant Me Moreau, notaire à Paris, le 10 janvier 1842, et
» profite déjà en vertu dudit procès-verbal d'adjudication aux terrains acquis
» par M. Binder aux termes de ce procès-verbal, et en vertu dudit contrat
» de vente à la propriété de M. Perrot, acquéreur de M. Bernard Derosne,
» mais seulement sur partie dudit îlot de terrain. »

IV. Le terrain contigu à celui ainsi acquis par M. Binder aux termes
du contrat de vente sus-énoncé, s'étendant entre l'avenue du Trocadéro et
la rue B (rue Fresnel) jusqu'à la rue de la Manutention, a été adjugé à
M. Adolphe Tollin, agent de change, suivant procès-verbal d'adjudication
dressé par les notaires à Paris soussignés, le 8 mai 1877, se trouvant
ensuite d'un procès-verbal d'enchères dressé par les mêmes notaires, le
1er dudit mois de mai, à la requête de M. le Préfet de la Seine ayant agi
au nom de la ville de Paris, en conséquence de la délibération du Conseil
municipal du 10 avril 1877 et de l'arrêté préfectoral du 26 du même mois
ci-dessus énoncés.

Aux termes de ce procès-verbal il a été déclaré :

1° Que l'adjudicataire du terrain désigné audit procès-verbal serait subrogé
par le seul fait de l'adjudication dans tous les droits actifs et passifs résultant, pour la Ville de Paris, des stipulations contenues dans le contrat de
vente des 30 avril et 1er mai 1877 ci-dessus énoncé, relativement à la
clause interdisant à perpétuité d'élever aucune usine ni manufacture, tant
sur ledit terrain (celui adjugé à M. Tollin), que sur celui appartenant à
M. Binder, en vertu de l'adjudication prononcée à son profit suivant procès-
verbal dressé par les notaires soussignés, le 27 mars 1877, et du contrat
de vente des 30 avril et 1er mai suivant ci-dessus énoncés, et sur l'îlot de

terrain appartenant à la Ville, circonscrit entre la rue A (rue Foucault), la rue B (rue Fresnel), la rue de la Manutention et le quai Debilly.

2° Et que le terrain désigné au procès-verbal d'enchères du 1er mai 1877, profiterait de la prohibition d'élever sur ledit îlot de terrain des constructions dépassant une hauteur de *quatorze mètres trente centimètres* à partir du sol jusques et y compris le faîte desdites constructions, conformément aux stipulations contenues à cet effet dans le contrat de vente reçu par Mr Moreau, notaire, à Paris, le 10 janvier 1842, et dans les procès-verbaux d'enchères et d'adjudication des 13 et 27 mars 1877 ci-dessus énoncés.

ART. 5.

Dans un procès-verbal d'enchères dressé par les notaires à Paris, soussignés, le 27 juillet 1877, à la requête de M. le Préfet de la Seine, ayant agi au nom de la ville de Paris, en conséquence d'une délibération du Conseil municipal de ladite ville en date du 12 juin précédent, approuvée par arrêté préfectoral du 11 juillet suivant, pour parvenir à l'adjudication de 13 lots de terrains situés à Paris (16e arrondissement), avenue d'Iéna, rue de Magdebourg et rue B (rue Fresnel), lesquels ont été adjugés sur réunion à M. Joseph Thome, propriétaire, suivant procès-verbal d'adjudication dressé par les mêmes notaires le 7 août 1877,

M. le Préfet de la Seine ès dits noms a fait insérer la clause suivante ci-après littéralement rapportée :

« Les adjudicataires ou leurs ayants cause ne pourront créer ou laisser
» créer sur ledit terrain des usines, manufactures ou des chantiers.

» Par contre la Ville de Paris sera tenue de frapper de la même interdic-
» tion les terrains qu'elle possède sur le quai Debilly entre la rue de Magde-
» bourg et les rues A (rue Foucault) et B (rue Fresnel) du plan sus-relaté
» (celui annexé au dit procès-verbal d'enchères); elle sera tenue en outre
» de frapper de l'interdiction de bâtir à plus de *quatorze mètres trente centi-*
» *mètres* de hauteur sur lesdits terrains qu'elle possède entre la rue de
» Magdebourg, la rue de la Manutention, la rue B (rue Fresnel) et le quai
» Debilly ; ces derniers terrains seront grevés, lors de la vente qui en sera
» faite par la Ville, de la servitude consistant en ce que ces terrains ne
» pourront être affectés à des chantiers. »

ART. 6.

Enfin en ce qui concerne le terrain situé à l'angle du quai Debilly et de la rue Foucault adjugé à M. Henry Houssaye, suivant procès-verbal d'adjudication du 24 juin 1870, se trouvant en suite d'un procès-verbal d'enchères

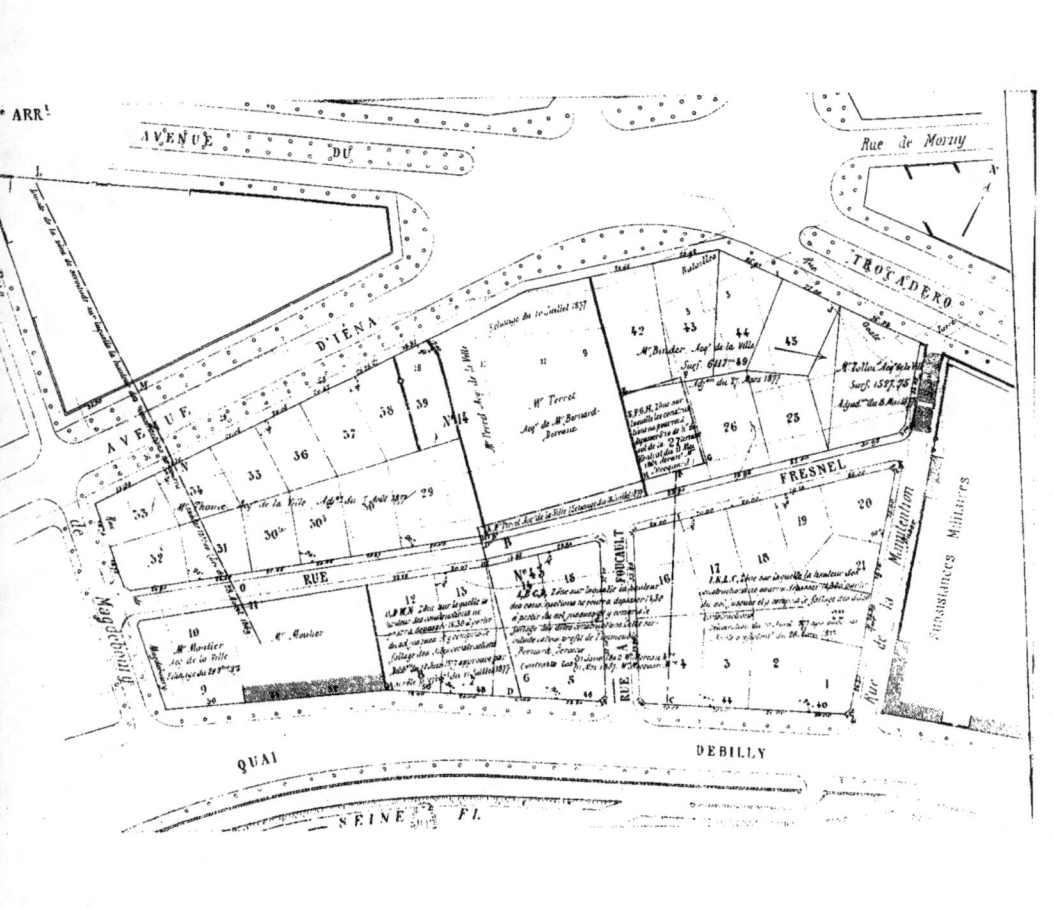

dressé par les mêmes notaires le 13 du dit mois de juin, il a été déclaré :

1° Par le dit procès-verbal d'enchères, que ce terrain serait grevé de la servitude résultant au profit de l'immeuble de M. Bernard Derosne de la prohibition contenue dans le contrat de vente du 10 janvier 1852, d'élever des constructions dont la hauteur dépassait *quatorze mètres trente centimètres* à partir du sol, jusques et y compris le faitage desdites constructions,

Et que le bénéfice de cette servitude était expressément réservé au profit de la Ville de Paris, tant pour les propriétés voisines restant appartenir à la Ville que d'une manière générale,

2° Et par un dire inséré dans le procès-verbal d'adjudication ci-dessus énoncé.

Que le dit terrain serait également grevé des servitudes ci-dessus rapportées créées par le procès-verbal d'enchères du 27 juillet 1877 énoncé plus haut et dans les termes du dit procès-verbal.

En conséquence de tout ce qui précède, les adjudicataires des terrains présentement mis en vente seront subrogés tant activement que passivement, à leurs risques et périls et sans recours contre la ville de Paris, dans l'effet des servitudes ci-dessus rappelées et en tant qu'elles peuvent grever lesdits terrains ou leur profiter.

XVI. — Place Vendôme (1)

Lettres patentes du 7 avril 1699

(Extrait.)

LOUIS, par la grâce de Dieu Roy de France et de Navarre, à tous ceux qui ces présentes verront, salut . . . .

. . . .

Voulons et ordonnons que lesdits Prévost des marchands et Eschevins soient tenus, suivant leurs offres, de faire construire incessamment sur les emplacemens par nous à eux délaissez, et dont il leur sera passé contrat par nos commissaires à ce députez, les édifices nécessaires pour former la nouvelle place que nous avons résolue, avec les rues d'entrée et d'issue, le tout suivant les plan et élévation qui ont esté levez et dressez par nos

(1) Ancienne place Louis-le-Grand.

ordres, et attachez sous le contre-scel des présentes, après avoir esté para-
phez par le surintendant de nos bastimens et ledit Prévost des marchands. . . . .

Enjoignons de tenir la main à ce que, tant ledit hostel des Mousque-
taires et bastimens en dépendans, que les édifices qui doivent composer la
façade de ladite nouvelle place, soient construits solidement et en conformité desdits plans par nous arrestez; auquel effet il pourra commettre telle
personne qu'il avisera, pour en avoir la conduite et direction sous ses
ordres. . . . .

. . . .

XVII. — Place des Victoires.
Arrêt du Conseil d'État du Roi du 27 novembre 1691.
(Extrait.)

LE ROY estant en son Conseil, a ordonné et ordonne que le dit acte du
dit jour, 16 du présent mois, sera exécuté, et qu'à cet effet il sera retranché
de l'hostel du dit feu sieur duc de la Feuillade, ce qui se trouvera nécessaire pour donner un cercle parfait avec les maisons en symétrie à la dite
place, conformément au plan du dit sieur Mansart, fait en la dite année
1685, et à celuy qui pourra estre par luy fait par rapport à l'estat où se trouve
à présent ledit hostel. . . . .

XVIII. — Place des Vosges (1).
Lettres patentes de juillet 1605
(Extrait.)

HENRY, etc. . . . .

. . . .

Ayant délibéré pour la commodité et l'ornement de nostre bonne ville de
Paris, d'y faire une grande place bastye des quatre cotez. . . . . .
nous avons résolu en notre conseil . . . .
de destiner à cest effect le lieu à présent appelé le Marché aux Chevaulx,
anciennement le parc des Tournelles, et que nous voullons estre doresnavant

---

(1) Ancienne place Royale.

nommé la Place Royalle et par leur advis avons faict marquer une place vis-à-vis du logis qui a esté basty depuis peu par les entrepreneurs des manufactures, contenant soixante-douze thoises en carré (273ᵐ 50), et avons baillé les places qui se sont trouvées nous appartenir autour dudict carré et celles pour lesquelles nous avons récompensé les particuliers à ceulz qui se sont présentez pour y bastir selon nostre desseing et pour cest effect leur avons délaissé les dictes places comme il est porté par les contractz attachez soubz nostre contrescel, à la charge de païer par an pour chacune des dictes places, en la recepte de nostre domaine de Paris, ung escu d'or sol, et en oultre de bastir sur la face des dictes places chacun ung pavillon ayant la muraille de devant de pierre de taille et de brique, ouverte en arcades et des galléryes en dessoubs, avec des boutiques pour la commodité des marchandises, selon le plan et les ellévations qui en ont été figurées, tellement que les trois costez qui sont à faire pour le tour de la dicte place, devant le dict logis des manufactures, soient tous bastiz d'une mesme cimettrie pour la décoration de nostre dicte ville, pour le plus grand ornement de laquelle nous avons désir faict les marchez pour faire bastir ung pavillon à nos despens, à l'entrée de ladicte place, sur la rue que nous faisons percer pour y entrer par la rue Saint-Anthoine.

— A ces causes avons par nostre présent édict perpétuel et irrévocable, dict, statué et ordonné, disons, statuons et ordonnons, voulons et nous plaist que les dictes places par nous vendues, celdées, quictées et transportées avec promesse de garantie, de tous troubles et empeschemens generallement quelzconques contenus aux dictz contractz cy attachés, et les aultres que nous baillerons encore cy après au dict lieu soient et demeurent à perpétuité aux personnes y dénommées pour eulz, leurs hoirs et ayant cause, à la charge d'en païer, par chacun an, le dict escu d'or de cens portant lotz, vente, saisine et amende, quant le cas y escherra, selon les us et coustumes de nostre dicte bonne ville, prévosté et vicomté de Paris, et oultre à la charge d'y faire les bastimens contenuz aux dictz contractz, par lesquelz nous leur avons transporté, comme nous faisons par nostre présent édict, tous les droictz de propriettez des dictes places, et sans que les dicts pavillons estans sur la face de la dicte place Royalle puissent estre divisés et séparés entre cohéritiers ny aultres, voullant que pour la conservation des chambres respondantes sur la dicte place, lesquelles pourroient estre gastées par les partages et séparations, les dicts cohéritiers ou aultres en jouissent par indivis ou s'en donnent récompense.

· · · · · · · · · · · · · · · ·

XIII

LOGEMENTS INSALUBRES

1° — Loi du 13 avril 1850
relative à l'assainissement des logements insalubres.

ARTICLE PREMIER.

Dans toute commune où le conseil municipal l'aura déclaré nécessaire par une délibération spéciale, il nommera une commission chargée de rechercher et d'indiquer les mesures indispensables d'assainissement des logements et dépendances insalubres mis en location ou occupés par d'autres que le propriétaire, l'usufruitier ou l'usager.

Sont réputés insalubres les logements qui se trouvent dans des conditions de nature à porter atteinte à la vie ou à la santé de leurs habitants.

ART. 2.

La commission se composera de neuf membres au plus, et de cinq au moins.

En feront nécessairement partie un médecin et un architecte, ou tout autre homme de l'art, ainsi qu'un membre du bureau de bienfaisance et du conseil des prud'hommes, si ces institutions existent dans la commune.

La présidence appartient au maire ou à l'adjoint.

Le médecin et l'architecte pourront être choisis hors de la commune.

La commission se renouvelle tous les deux ans par tiers; les membres sortants sont indéfiniment rééligibles.

A Paris, la commission se compose de douze membres.

ART. 3.

La commission visitera les lieux signalés comme insalubres. Elle déterminera l'état d'insalubrité et en indiquera les causes, ainsi que les moyens d'y remédier. Elle désignera les logements qui ne seraient pas susceptibles d'assainissement.

Art. 4.

Les rapports de la commission seront déposés au secrétariat de la mairie, et les parties intéressées mises en demeure d'en prendre communication et de produire leurs observations dans le délai d'un mois.

Art. 5.

A l'expiration de ce délai, les rapports et observations seront soumis au conseil municipal qui déterminera :

1° Les travaux d'assainissement et les lieux où ils devront être entièrement ou partiellement exécutés, ainsi que les délais de leur achèvement;

2° Les habitations qui ne sont pas susceptibles d'assainissement.

Art. 6.

Un recours est ouvert aux intéressés contre ces décisions devant le conseil de préfecture, dans le délai d'un mois, à dater de la notification de l'arrêté municipal. Ce recours sera suspensif.

Art. 7.

En vertu de la décision du conseil municipal ou de celle du conseil de préfecture, en cas de recours, s'il a été reconnu que les causes d'insalubrité sont dépendantes du fait du propriétaire ou de l'usufruitier, l'autorité municipale lui enjoindra, par mesure d'ordre et de police, d'exécuter les travaux jugés nécessaires.

Art. 8.

Les ouvertures pratiquées pour l'exécution des travaux d'assainissement seront exemptées, pendant trois ans, de la contribution des portes et fenêtres.

Art. 9.

En cas d'inexécution, dans les délais déterminés, des travaux jugés nécessaires, et si le logement continue d'être occupé par un tiers, le propriétaire ou l'usufruitier sera passible d'une amende de seize francs à cent francs. Si les travaux n'ont pas été exécutés dans l'année qui aura suivi la condamnation, et si le logement insalubre a continué d'être occupé par un tiers, le propriétaire ou l'usufruitier sera passible d'une amende égale à la valeur des travaux et pouvant être élevée au double.

Art. 10.

S'il est reconnu que le logement n'est pas susceptible d'assainissement, et que les causes d'insalubrité sont dépendantes de l'habitation elle-même, l'autorité municipale pourra, dans le délai qu'elle fixera, en interdire provisoirement la location à titre d'habitation.

L'interdiction absolue ne pourra être prononcée que par le Conseil de préfecture, et, dans ce cas, il y aura recours de sa décision devant le Conseil d'État.

Le propriétaire ou l'usufruitier qui aura contrevenu à l'interdiction prononcée sera condamné à une amende de seize francs à cent francs, et en cas de récidive dans l'année, à une amende égale au double de la valeur locative du logement interdit.

Art. 11.

Lorsque, par suite de l'exécution de la présente loi, il y aura lieu à la résiliation des baux, cette résiliation n'emportera, en faveur du locataire, aucuns dommages-intérêts.

Art. 12.

L'article 463 du Code pénal sera applicable à toutes les contraventions ci-dessus indiquées.

Art. 13.

Lorsque l'insalubrité est le résultat de causes extérieures et permanentes, ou lorsque ces causes ne peuvent être détruites que par des travaux d'ensemble, la commune pourra acquérir, suivant les formes et après l'accomplissement des formalités prescrites par la loi du 3 mai 1841, la totalité des propriétés comprises dans le périmètre des travaux.

Les portions de ces propriétés qui, après l'assainissement opéré, resteraient en dehors des alignements arrêtés pour les nouvelles constructions, pourront être revendues aux enchères publiques, sans que, dans ce cas, les anciens propriétaires ou leurs ayants droit puissent demander l'application des articles 60 et 61 de la loi du 3 mai 1841.

Art. 14.

Les amendes prononcées en vertu de la présente loi seront attribuées en entier au bureau ou établissement de bienfaisance de la localité où sont situées les habitations à raison desquelles ces amendes auront été encourues.

2° — Loi du 25 Mai 1864

qui modifie l'article 2 de la loi du 13 avril 1850, relative à l'assainissement des logements insalubres.

ARTICLE UNIQUE.

Sont substituées au dernier paragraphe de l'article 2 de la loi du 13 avril 1850 les dispositions suivantes :

Dans les communes dont la population dépasse cinquante mille âmes, le conseil municipal pourra, soit nommer plusieurs commissions, soit porter jusqu'à vingt le nombre des membres de la commission existante. — A Paris le nombre des membres pourra être porté jusqu'à trente.

3° — Avis du Conseil d'État (sections réunies) du 9 juin 1870,

relatif à l'interprétation de la loi du 13 avril 1850.

Les sections réunies de l'Intérieur, de l'Instruction publique, des Cultes, des Lettres, Sciences et Beaux-Arts, et de l'Agriculture, du Commerce et des Travaux publics, qui, sur le renvoi ordonné par M. le Ministre de l'Intérieur, ont pris connaissance d'une dépêche en date du 18 décembre 1869 de ce Ministre, et ayant pour objet de demander à ces sections réunies leur avis sur le conflit élevé entre le Préfet de la Seine, comme représentant du Conseil municipal de Paris, et le Préfet de Police, relativement à l'interprétation de la loi 13 avril 1850 sur les logements insalubres :

Vu la dépêche ci-dessus indiquée du Ministre de l'Intérieur :

Vu la sommation en date du 8 novembre 1866 du Commissaire de Police du quartier des Grandes-Carrières, à Paris, agissant en vertu des instructions du Préfet de Police et signifiée au sieur Marchand, propriétaire de la villa Saint-Michel, sise avenue de Saint-Ouen, aux fins que ce propriétaire eût, *dans le délai de quinze jours, à faire réparer le sol de la rue dépendant de cette villa, à donner aux eaux pluviales et ménagères un écoulement régulier, le sol de cette rue étant dégradé à divers endroits ; les parties non pavées du ruisseau présentant des enfoncements où les eaux séjournaient, ce qui donnait lieu à des émanations infectes et compromettait la salubrité ;*

Vu un certificat en date du 12 février 1867, émané du Commissaire ci-dessus désigné et constatant qu'un délai de six mois avait été accordé par le Préfet de Police au sieur Marchand pour l'exécution de ces travaux ;

Vu les diverses dépêches échangées entre le Préfet de la Seine et le Préfet de Police, desquelles il résulte que le premier magistrat a revendiqué pour le Conseil municipal et la Commission des logements insalubres instituée par la loi du 13 avril 1850, le droit de déterminer et de prescrire les travaux en question ;

Vu notamment la dépêche du Préfet de la Seine, en date du 18 mars 1868, déférant au Ministre de l'Intérieur le conflit dont il s'agit, et énonçant que le Conseil municipal de Paris, sur le rapport de la Commission des logements insalubres, avait, par sa délibération du 5 mai 1865, prescrit au sieur Marchand d'exécuter les mêmes travaux ;

Vu les avis du Comité consultatif d'hygiène publique et du Ministre de l'Agriculture, du Commerce et des Travaux publics, mentionnés dans une dépêche du 24 septembre 1868 :

Vu l'avis en date du 26 octobre 1868 du Ministre de l'Intérieur ;

Vu les mémoires et documents produits par le Préfet de la Seine et le Préfet de Police, ainsi que toutes les pièces du dossier ;

Vu les lois des 14 décembre 1789, 16-24 août 1790 et 19-22 juillet 1791 ; l'arrêté du 12 messidor an VIII ; les lois des 18 juillet 1837, 13 avril 1850 et 5 mai 1855 ; le décret du 10 octobre 1859, et la loi du 24 juillet 1867 ;

Considérant que les commissions spéciales instituées en vertu de la loi du 13 avril 1850 sont autorisées, d'après ladite loi, à s'introduire dans les maisons et locaux accessoires habités par des locataires et signalés comme insalubres, à l'effet d'y rechercher et constater les causes de cette insalubrité et les moyens d'y remédier ;

Que, sur le rapport de ces commissions, les Conseils municipaux sont appelés à prescrire et ordonner, moyennant certaines formes protectrices du droit de propriété, les mesures et les travaux reconnus nécessaires pour mettre un terme à l'état d'insalubrité des habitations, et même à interdire toute location si l'assainissement des lieux est déclaré impossible ;

Considérant que la loi de 1850, en conférant aux Conseils municipaux une pareille attribution, tendant à maintenir la salubrité dans les logements et à préserver la santé et la vie de leurs locataires, n'a pas entendu modifier ou atténuer les pouvoirs des magistrats de police en matière de salubrité publique, tels que ces pouvoirs sont réglés par les lois de 1789, 1790 et 1791 sur la police municipale, et, en ce qui concerne Paris, par l'arrêté du 12 messidor an VIII :

Que ces divers pouvoirs conférés, soit aux Conseils municipaux par la loi
de 1850, soit aux magistrats de police en matière de salubrité de la Cité,
peuvent bien concourir au même but, celui de la conservation de la santé
publique, et s'exercer simultanément dans les mêmes lieux ; mais qu'ils sont
parfaitement distincts et ne sauraient être confondus, leur objet spécial
étant différent, et les moyens d'exécution employés pour chacune de ces
autorités n'étant pas identiques ;

Considérant qu'à Paris, où il existe une Commission de logements insalubres et un Préfet de Police, leurs attributions respectives doivent, suivant
les lois et règlements susvisés, être exercées en ce sens :

1° Que le Conseil municipal est appelé, sur le rapport de la Commission,
à prescrire toutes les mesures et les travaux pour l'entier assainissement
des logements et de leurs dépendances, reconnus insalubres, tels, par exemple,
que ceux tendant à modifier la disposition défectueuse des lieux loués et
habités, à leur donner l'air, la lumière, l'espace nécessaires ; à assécher les
murs ou le sol ; à procurer aux eaux ménagères et pluviales un libre écoulement, etc., etc. ;

2° Que le Préfet de Police doit prescrire, dans les lieux publics et même
dans les locaux privés, toutes les mesures qui intéressent d'une manière
générale la salubrité publique, et notamment ce qui concerne les encombrements, les amas d'immondices et de substances malsaines, les exhalaisons
dangereuses, l'abandon des animaux morts, la visite de ceux atteints de
mal contagieux, celle des échaudoirs, fondoirs, des salles de dissection,
l'accumulation des eaux croupissantes, et, en général, tous les objets énumérés en l'article 23 de l'arrêté du 12 messidor an VIII, et, dans les cas
urgents, tels que ceux d'épidémie ou de calamité publique toutes autres mesures qu'exigerait l'intérêt de la santé publique ;

Considérant que le décret du 10 octobre 1859, dont les dispositions sont
limitatives, n'a transféré au Préfet de la Seine aucune des attributions du
Préfet de Police relatives à la salubrité publique, telles qu'elles sont spécifiées ci-dessus ;

En ce qui concerne plus spécialement le conflit élevé entre le Préfet de la
Seine, comme représentant du Conseil municipal de Paris, et le Préfet de
Police, à propos de l'assainissement de la rue dépendant de la villa Saint-
Michel ;

Considérant que d'après la discussion qui a précédé l'adoption de la loi
de 1850 sur les logements insalubres, on doit entendre par ce mot *dépendances*, mentionné dans l'article 1er de cette loi, tous les lieux et dépen-

12

dances quelconques annexées aux locaux habités et dont l'usage est ou particulier ou commun aux locataires, tels que les cours, passages, allées et notamment les *rues et ruelles;*

Qu'à ce titre la rue de la villa Saint-Michel est incontestablement une dépendance de cet immeuble et constitue une voie privée; que cette circonstance que l'accès en est permis au public n'en change pas le caractère, la rue étant grillée à ses deux extrémités, et le propriétaire pouvant à son gré, à chaque instant, interdire cet accès;

Considérant que les travaux d'assainissement prescrits au sieur Marchand par le Conseil municipal, en vertu de la loi de 1850, consistaient en ouvrages à effectuer sur le sol de la chaussée et dans les ruisseaux qui la bordent, par suite du mauvais état et de la dégradation des lieux;

Que ces ouvrages, inhérents à l'immeuble et prescrits dans l'intérêt de la salubrité des logements dont cette rue est une dépendance, rentraient évidemment, d'après les principes énoncés ci-dessus, dans la catégorie de ceux réservés à la surveillance de la Commission des logements insalubres ; qu'ils n'intéressaient pas la salubrité du quartier, et ne présentaient aucun caractère d'urgence, ainsi que le Préfet de Police l'a reconnu en accordant un délai de six mois pour les exécuter;

Que, dès lors, à aucun titre, le Préfet de Police n'avait qualité, soit pour les prescrire, soit pour autoriser le propriétaire à en différer pendant un certain délai l'exécution,

SONT D'AVIS:

Qu'il y a lieu de vider le conflit dont s'agit et de déterminer à l'avenir les attributions du Conseil municipal de Paris et du Préfet de police en matière de logements insalubres dans le sens des observations qui précèdent.

Le présent avis a été délibéré et adopté par les sections réunies de l'Intérieur, de l'Instruction publique, des Lettres, Sciences et Beaux-Arts, de l'Agriculture, du Commerce et des Travaux publics, dans la séance du 9 juin 1870.

4° — Ordonnance de police du 23 novembre 1853,
concernant la salubrité des habitations.

Paris, le 23 novembre 1853.

NOUS, PRÉFET DE POLICE,

Considérant que la salubrité des habitations est une des conditions les plus essentielles de la santé publique ;

Considérant que les importants travaux exécutés pour l'assainissement du sol de Paris doivent trouver leur complément dans les mesures de salubrité applicables dans les maisons mêmes ;

Qu'il ne suffirait pas, en effet, d'avoir établi à grands frais un vaste système d'égouts et de distribution d'eau pour le lavage des rues ; d'avoir, par de nombreux percements, facilité la circulation de l'air dans les divers quartiers de la ville, si des mesures analogues et non moins importantes pour la santé publique n'étaient étendues à chaque maison, et plus spécialement par celles qui sont occupées par la population ouvrière ;

En vertu des lois des 14 décembre 1789 (art. 50), 16-24 août 1790, et de l'arrêté du Gouvernement du 12 messidor an VIII ;

Vu : 1° l'art 471, § 15, du Code pénal ;

2° L'ordonnance de police du 20 novembre 1848 sur la salubrité des habitations ;

3° La loi du 13 avril 1850 sur l'assainissement des logements insalubres :

4° L'avis du conseil d'hygiène publique et de salubrité du département de la Seine ;

ORDONNONS CE QUI SUIT :

ARTICLE PREMIER.

Les maisons doivent être tenues, tant à l'intérieur qu'à l'extérieur, dans un état constant de propreté.

ART. 2.

Les maisons devront être pourvues de tuyaux et cuvettes, en nombre suffisant pour l'écoulement et la conduite des eaux ménagères. Ces tuyaux et cuvettes seront constamment en bon état ; ils seront lavés et nettoyés assez fréquemment pour ne jamais donner d'odeur.

ART. 3.

Les eaux ménagères devront avoir un écoulement constant et facile jusqu'à la voie publique, de manière qu'elles ne puissent séjourner ni dans les cours ni dans les allées ; les gargouilles, caniveaux, ruisseaux, destinés à l'écoulement de ces eaux seront lavés plusieurs fois par jour et entretenus avec soin. Dans le cas où la disposition du terrain ne permettrait pas de donner un écoulement aux eaux sur la rue ou dans un égout, elles seront reçues dans des puisards, pour la construction desquels on se conformera aux dispositions de l'ordonnance de police du 20 juillet 1838 (1).

ART. 4.

Les cabinets d'aisances seront disposés et ventilés de manière à ne pas donner d'odeur. Le sol devra être imperméable et tenu dans un état constant de propreté. Les tuyaux de chute seront maintenus en bon état et ne devront donner lieu à aucune fuite (2).

ART. 5.

Il est défendu de jeter ou de déposer dans les cours, allées et passages, aucune matière pouvant entretenir l'humidité ou donner de mauvaises odeurs.

Partout où les fumiers ne pourront être conservés dans des trous couverts ou sur des points où ils ne compromettraient pas la salubrité, l'enlèvement en sera opéré chaque jour avec les précautions prescrites par les règlements.

Le sol des écuries devra être rendu imperméable dans la partie qui reçoit les urines; les écuries devront être tenues avec la plus grande propreté; les ruisseaux destinés à l'écoulement des urines seront lavés plusieurs fois par jour.

ART. 6.

Indépendamment des dispositions prescrites par les articles qui précèdent, il sera pris à l'égard des habitations, et notamment de celles qui sont louées en garni, telles autres mesures spéciales qui seraient jugées nécessaires dans l'intérêt de la salubrité et de la santé publiques.

Il est d'ailleurs expressément recommandé de se conformer à l'instruction du conseil de salubrité annexée à la présente ordonnance.

---

(1) Le Préfet de Police croit devoir rappeler au public qu'en vertu de l'article 6 du décret du 26 mars 1852 sur la grande voirie de Paris, toute construction nouvelle dans une rue pourvue d'égouts, doit être disposée de manière à y conduire les eaux pluviales et ménagères.

La même disposition doit être prise pour toute maison ancienne, en cas de grosses réparations, et, en tout cas, avant dix ans.

(2) Tout cabinet d'aisances sera clos et couvert, clair et aéré. L'emplacement aura des dimensions qui permettent de s'y mouvoir aisément. Le sol sera imperméable et disposé de manière que les liquides aient leur écoulement dans la fosse. Le siège sera à lunette, dans les conditions d'usage, avec fermeture hermétique.

Tout urinoir doit écouler directement ses liquides dans une fosse d'aisances, ou être pourvu d'un mode de lavage permanent à l'aide d'un filet d'eau à jet continu

Art. 7.

Les ordonnances de police des 23 octobre 1819, 5 juin 1831, 12 décembre 1849, 8 novembre 1851. 3 décembre 1829, 27 mai 1845, 27 février 1838, 20 juillet 1838, 31 mai 1842, 5 novembre 1846 et 1er septembre 1853, concernant les fosses d'aisance, les animaux élevés dans les habitations, les vacheries, les puits et puisards, l'éclairage par le gaz dans l'intérieur des habitations, le balayage et la propreté de la voie publique, et tous autres règlements intéressant la salubrité, continueront de recevoir leur exécution dans celles de leurs dispositions qui ne sont pas contraires à la présente ordonnance.

Art. 8.

L'ordonnance de police précitée du 20 novembre 1818 est rapportée.

Art. 9.

Les contraventions aux dispositions qui précèdent seront déférées aux tribunaux compétents, sans préjudice des mesures administratives qu'il y aurait lieu de prendre suivant le cas.

Art. 10.

Les Commissaires de police de Paris, le Chef de la police municipale. les Officiers de paix, l'Inspecteur général de la Salubrité et les autres préposés de la Préfecture de Police sont chargés, chacun en ce qui le concerne, de l'exécution de la présente ordonnance qui sera imprimée et affichée dans Paris.

Le Préfet de Police,
Signé : PIÉTRI.

Instructions
concernant les moyens d'assurer la salubrité des habitations.

La salubrité d'une habitation dépend en grande partie de la pureté de l'air qu'on y respire. Tout ce qui vicie l'air doit donc exercer une influence fâcheuse sur la santé des habitants.

L'insalubrité d'une habitation peut être locale ou générale : *locale.* quand elle existe seulement dans le logement de la famille ; *générale,* lorsqu'elle a sa source dans la maison tout entière.

Dans ces diverses conditions, locales ou générales, l'air peut être vicié au point de faire naître des maladies graves et meurtrières. S'il est moins altéré, il minera sourdement la constitution, il causera l'étiolement et des maladies scrofuleuses.

Enfin, l'expérience a démontré que c'est dans les habitations dont l'air est insalubre que naissent et sévissent avec plus d'intensité certaines épidémies dont les ravages s'étendent ensuite sur des cités entières.

Notons ici que l'insalubrité peut exister aussi bien dans certaines parties des habitations les plus brillantes que dans les plus humbles demeures ; comme aussi ces dernières peuvent offrir les meilleures conditions de salubrité.

Moyens d'assurer la salubrité des logements.

Aération. — L'air d'un logement doit être renouvelé tous les jours le matin, les lits étant ouverts ; ce n'est pas seulement par l'ouverture des portes et fenêtres que l'on peut opérer le renouvellement de l'air d'un logement ; les cheminées y contribuent efficacement aussi ; les cheminées sont même indispensables dans les maisons simples en profondeur et qui n'ont qu'un seul côté : les chambres où l'on couche devraient toutes en être pourvues. *On ne saurait trop proscrire la mauvaise habitude de boucher les cheminées, afin de conserver plus de chaleur dans les chambres.*

Le nombre de lits doit être, autant que possible, proportionné à l'espace du local, de sorte que, dans chaque chambre, il y ait au moins 14 mètres cubes d'air par individu, indépendamment de la ventilation.

Mode de chauffage. — Les combustibles destinés au chauffage et à la cuisson des aliments ne doivent être brûlés que dans des cheminées, poêles et fourneaux qui ont une communication *directe avec l'air extérieur*, même lorsque le combustible ne donne pas de fumée. Le coke, la braise et les diverses sortes de charbons qui se trouvent dans ce dernier cas, sont considérés à tort, par beaucoup de personnes, comme pouvant être impunément brûlés à découvert dans une chambre habitée. C'est là un des préjugés les plus fâcheux ; il donne lieu tous les jours aux accidents les plus graves, quelquefois même il devient cause de mort. Aussi doit-on proscrire l'usage des *braseros*, des poêles et des calorifères portatifs de tout genre qui n'ont pas de tuyaux d'échappement au dehors. Les gaz qui sont produits pendant la combustion de ces moyens de chauffage, et qui se répandent dans l'appartement, sont beaucoup plus nuisibles que la fumée de bois.

On ne saurait trop s'élever aussi contre la pratique dangereuse de fermer complètement la clef d'un poêle ou la trappe intérieure d'une cheminée qui contient encore de la braise allumée. C'est là une des causes d'asphyxie les plus communes. On conserve, il est vrai, la chaleur dans la chambre, mais c'est aux dépens de la santé et quelquefois de la vie.

Soins de propreté. — Il ne faut jamais laisser séjourner longtemps les urines, les eaux de vaisselle et les eaux ménagères dans un logement. Il faut balayer fréquemment les pièces habitées, laver une fois par semaine les pièces carrelées et qui ne sont pas frottées, les ressuyer aussitôt pour en enlever l'humidité. Le lavage, qui entraîne à sa suite un état permanent d'humidité, est plus nuisible qu'avantageux : il ne doit donc pas être opéré trop souvent.

Lorsque les murs d'une chambre sont peints à l'huile, il faut les laver de temps en temps pour en enlever les couches de matières organiques qui s'y déposent et qui s'y accumulent à la longue.

Dans le cas de la peinture à la chaux, il convient d'en opérer tous les ans le grattage et d'appliquer une nouvelle couche de peinture.

Tout papier de tenture que l'on renouvelle doit être arraché complètement ; le mur doit être gratté et les trous rebouchés avant de coller le nouveau papier.

Les cabinets particuliers d'aisances doivent être parfaitement ventilés et, autant que possible, à fermeture au moyen de soupapes hydrauliques.

Moyens d'assurer la salubrité des maisons.

Indépendamment du mode de construction d'une maison, quel que soit l'espace qu'elle occupe, et quelle que soit la dimension des cours et des logements, cette maison peut devenir insalubre :

1° Par l'existence des lieux d'aisances communs mal tenus ;

2° Par le défaut d'écoulement des eaux ménagères, le défaut d'enlèvement d'immondices et de fumiers, le mauvais état des ruisseaux ou caniveaux ;

3° Par la malpropreté ou la mauvaise tenue du bâtiment.

Cabinets d'aisances communs. — Il n'est guère de cause plus grave d'insalubrité ; un seul cabinet d'aisances mal ventilé, ou tenu malproprement, suffit pour infecter une maison tout entière. On évite, autant qu'il est possible, cet inconvénient, en pratiquant à l'un des murs du cabinet une fenêtre suffisamment large pour opérer une ventilation et pour éclairer, en tenant, en outre, les dalles et le siège dans un état constant de propreté à l'aide de lavages fréquents. On doit renouveler aussi le lavage du sol et celui des murs, qui doivent être peints à l'huile et au blanc de zinc ;

chacun de ces cabinets doit être clos au moyen d'une porte ; enfin, il faut autant que possible, éviter les angles dans la construction desdits cabinets.

Eaux ménagères. — Les cuvettes destinées au déversement des eaux ménagères doivent être garnies de *hausses* ou disposées de telle sorte que les eaux projetées à l'intérieur ne puissent jaillir au dehors. Il faut bien se garder de refouler à travers les ouvertures de la grille qui se trouve au fond des cuvettes les fragments solides dont l'accumulation ne tarderait pas à produire l'engorgement des tuyaux.

On doit placer une grille à la jonction du tuyau avec la cuvette, afin d'empêcher l'obstruction par des matières solides.

Il ne faut jamais vider d'eaux ménagères dans les tuyaux de descente pendant les gelées.

Lorsque l'orifice d'un de ces tuyaux aboutit à une pierre d'évier placée dans une chambre ou dans une cuisine, on doit le tenir parfaitement fermé au moyen d'un tampon ou d'un siphon.

Il y a toujours avantage à diriger les eaux pluviales dans les tuyaux de descente, de manière à les laver.

Lorsque ces tuyaux exhalent une mauvaise odeur, il faut les laver avec de l'eau contenant au moins **un** pour *cent* d'eau de Javel.

Une des pratiques les plus fâcheuses dans les usages domestiques, et contre laquelle on ne saurait trop s'élever, c'est celle de déverser les urines dans les plombs d'écoulement des eaux ménagères.

Les ruisseaux des cours et des caniveaux destinés aux passage des eaux ménagères doivent être exécutés en pavés, en pierre ou en fonte ; les joints doivent être faits avec soin et les pentes régulières, de manière à empêcher toute stagnation d'eau et à rendre facile le lavage de ces ruisseaux et canivaux (1).

Les immondices des cours doivent être enlevées tous les jours ; les fumiers ne doivent pas être conservés plus de huit jours en hiver et de quatre jours en été.

Propreté du bâtiment. — Balayage.

Il faut balayer fréquemment les escaliers, les corridors, cours et passages : gratter les dépôts de terre ou d'immondices qui résistent à l'action du balai.

---

(1) Un des moyens les plus puissants d'assainir les maisons et leurs dépendances est d'avoir de l'eau en abondance. Beaucoup de propriétaires ignorent qu'avec une somme très minime, ils peuvent avoir, dans l'intérieur de leurs maisons, des robinets auxquels leurs locataires auraient le droit de puiser à discrétion pour tous les besoins domestiques : c'est donc une économie en même temps qu'une excellente mesure d'hygiène.

Il est utile de peindre à l'huile les murs des maisons, façades, couloirs, escaliers ; cette peinture empêche les murs de se pénétrer de matières organiques, mais il faut en avoir soin d'en opérer le lavage une fois l'an.

Lavage du sol. — Les parties carrelées, pavées ou dallées, doivent être lavées souvent quand il s'agit d'escaliers ou de sol de corridors ; il faut les ressuyer aussitôt après le lavage pour éviter un excès d'humidité toujours nuisible.

L'eau suffit le plus ordinairement à ces lavages, mais dans les cas d'infection ou de malpropreté de date ancienne, il faut ajouter à l'eau *un pour cent d'eau de Javel ou de chlorure d'oxyde de sodium.* — L'emploi du chlorure de chaux (hypochlorite) aurait l'inconvénient de laisser à la longue un sel hygroscopique (chlorure de calcium) qui entretiendrait une humidité permanente contraire à la salubrité.

C'est en pratiquant ces soins si simples, d'une exécution si facile et si peu dispendieuse, que l'on tend à la conservation de la santé, en même temps que l'on s'oppose au progrès des épidémies qui peuvent frapper d'un moment à l'autre toute une population.

Lu et approuvé dans la séance du 11 novembre 1853.

Le Vice-Président,   *Le Secrétaire,*
DEVERGIE.   AD. TRÉBUCHET.

Vu et approuvé l'instruction qui précède, pour être annexée à l'ordonnance de police concernant la salubrité des habitations.

Le Préfet de police,
PIÉTRI.

XIV

CABINETS ET FOSSES D'AISANCES

1° — Coutume de Paris.
(Extrait.)

ART. 193.

Tous propriétaires de maisons en la ville et fauxbourgs de Paris sont tenus avoir latrines et privés suffisants en leurs maisons.

. . . .

ART. 217.

Nul ne peut faire fossé à eau ou cloaque, s'il n'y a six pieds de distance en tout sens des murs appartenant au voisin ou mitoyens.

Nota. Il faut en dire de même des fosses ou trous où on laisse pourrir le fumier.

ART. 218.

Nul ne peut mettre vidanges de fosses de privés dans la ville.

2° — Arrêt du Parlement de Paris du 13 septembre 1533.
(Extrait.)

Il est enjoint à tous les propriétaires des maisons où il n'y a point encore de fosses à retraits, d'y en faire en toute diligence et sans aucun retardemènt, à peine de saisie de loyers, pour en être les deniers employés à faire lesdites fosses.

3° — Édit de François Ier du mois de novembre 1539.
(Extrait.)

ART. 21.

Enjoignons à tous propriétaires des maisons, hôtels et demeures, où il n'y a aucune fosse à retraits, qu'incontinent sans délais et à toutes diligences ils en fassent faire.

4" — Ordonnance de police du 24 septembre 1668

qui enjoint aux propriétaires de maisons dans lesquelles il n'y a point de latrines, d'en faire construire, et qui règle la manière dont elles seront construites.

DE PAR LE ROY,

M. LE PRÉVOT DE PARIS OU SON LIEUTENANT DE POLICE,

Sur ce qui nous a été représenté par le procureur du Roy, qu'en exécution des ordres par nous donnés aux commissaires du Châtelet, pour la visite des maisons de cette ville et des fauxbourgs, afin de reconnoître l'état auquel les propriétaires et locataires desdittes maisons les tenoient, et s'ils y observoient les ordonnances et règlements de police ; lesdits commissaires dans la visite qu'ils ont faite des quartiers les plus réservés et les plus habités de la ville et des fauxbourgs, auroient entre autres choses observé qu'en la pluspart des quartiers les propriétaires desdittes maisons se sont dispensés d'y *faire des fosses* ou latrines, quoiqu'ils ayent logé dans aucune desdittes maisons jusques à vingt et vingt-cinq familles différentes, ce qui causoit en la pluspart de si grandes puanteurs qu'il y avoit lieu d'en craindre des inconvénients fascheux, et surtout en des temps suspects ; non seulement il estoit nécessaire pour maintenir la pureté de l'air et la santé des habitants, de continuer à faire tenir les rües nettes, mais encore de veiller aussy soigneusement à ce qu'il n'y ait aucune saleté au dedans des maisons, principalement dans les quartiers les plus peuplés où la maladie contagieuse a toujours commencé à se manifester toutes les fois que la ville en a été affligée ; c'est pourquoy, attendu que ledit *deffaut de latrines* étoit la principale cause de ces saletés et puanteurs qui rendent lesdittes maisons infectes, et qui sont capables de corrompre l'air ;

Requéroit, comme l'abus s'est reconnu presque général, qu'il fût par nous ordonné et *enjoint*, sous les peines que nous aviserions, *à tous propriétaires* des maisons de cette ville et fauxbourgs, *de faire des fosses et latrines, autant qu'il en seroit nécessaire*, eu égard à l'estendüe et grandeur d'icelles ;

Nous, faisant droit sur ledit réquisitoire, ordonnons à tous propriétaires de maisons sises dans la ville et fauxbourgs de Paris dans lesquelles il n'y a aucunes latrines ou fosses à privés suffisantes d'en faire construire dans chacune d'icelles, et ce dans un mois, pour tout délay, du jour de la publication des présentes, à peine de 200 livres d'amende contre chacun des contrevenants, pour le payement de laquelle ensemble pour ce qu'il conviendra dispenser pour la *confection* desdittes *fosses et latrines, seront* et demeureront les *loyers* desdittes maisons saisis, jusques à ce qu'il y ait été satisfait ; et pour d'autant plus éviter l'infection et puanteur au-dedans des-dittes maisons, et en garantir celles qui seront voisines, enjoignons tant auxdits propriétaires qui feront faire lesdittes latrines et privez qu'aux massons qui les construiront de *faire* un *contremur* suffisant le long des tuyaux d'icelles, depuis le plus haut siège jusqu'à la fosse, si mieux ils n'aiment isoler lesdits tuyaux et laisser un espace vuide de trois pouces entre le mur mitoyen et lesdits tuyaux ; comme aussy leur enjoignons de *faire* des *ventouses* qui seront *conduites* jusques *au dessus des combles* des maisons où elles seront faites ; le tout sous les peines portées par la présente ordonnance, laquelle, à cette fin, sera exécutée nonobstant oppositions ou ppellations quelconques et sans préjudice d'icelles ; lûe, publiée et affichée dans les carrefours, places publiques et autres lieux, que besoin sera, de la ville et fauxbourgs, afin que personne n'en prétende cause d'ignorance.

Ce fut fait et donné par messire Gabriel-Nicolas de la Reynie, conseiller du Roy en ses conseils d'État et privé, maître des requestes ordinaires de son hôtel et lieutenant de la ville, prévôté et vicomté de Paris, le vingt-quatrième jour du mois de septembre seize cent soixante-huit.

Signé : DE LA REYNIE.

5° — Ordonnance royale du 24 septembre 1819

qui détermine le mode de construction des fosses d'aisances dans la ville de Paris.

LOUIS, par la grâce de Dieu, Roi de France et de Navarre, à tous ceux qui ces présentes verront, salut.

Sur le rapport de notre Ministre de l'Intérieur ;

Vu les observations du Préfet de Police sur la nécessité de modifier les règlements concernant la construction des fosses d'aisances dans notre bonne ville de Paris ;

Notre Conseil d'État entendu,

NOUS AVONS ORDONNÉ ET ORDONNONS CE QUI SUIT :

SECTION PREMIÈRE

Des constructions neuves.

ARTICLE PREMIER.

A l'avenir, dans aucun des bâtiments publics ou particuliers de notre bonne ville de Paris et de leurs dépendances, on ne pourra employer, pour fosses d'aisances, des puits, puisards, égouts, aqueducs ou carrières abandonnés, sans y faire les constructions prescrites par le présent règlement.

Art. 2.

Lorsque les fosses seront placées sous le sol des caves, ces caves devront avoir une communication immédiate avec l'air extérieur.

Art. 3.

Les caves sous lesquelles seront construites les fosses d'aisances devront être assez spacieuses pour contenir quatre travailleurs et leurs ustensiles, et avoir au moins deux mètres de hauteur sous voûte.

Art. 4.

Les murs, la voûte et le fond des fosses seront entièrement construits en pierres meulières, maçonnées avec du mortier de chaux maigre et de sable de rivière bien lavé.

Les parois des fosses seront enduites de pareil mortier, lissé à la truelle.

On ne pourra donner moins de trente à trente-cinq centimètres d'épaisseur aux voûtes, et moins de quarante-cinq ou cinquante centimètres aux massifs et aux murs.

Art. 5.

Il est défendu d'établir des compartiments ou divisions dans les fosses, d'y construire des piliers, et d'y faire des chaînes ou des arcs en pierres apparentes.

Art. 6.

Le fond des fosses d'aisances sera fait en forme de cuvette concave.

Tous les angles intérieurs seront effacés par des arrondissements de vingt cinq centimètres de rayon.

Art. 7.

Autant que les localités le permettront, les fosses d'aisances seront construites sur un plan circulaire, elliptique ou rectangulaire.

On ne permettra point la construction de fosses à angle rentrant, hors le seul cas où la surface de la fosse serait au moins de quatre mètres carrés de chaque côté de l'angle ; et alors il serait pratiqué, de l'un et de l'autre côté, une ouverture d'extraction.

Art. 8.

Les fosses, quelle que soit leur capacité, ne pourront avoir moins de deux mètres de hauteur sous clef.

Art. 9.

Les fosses seront couvertes par une voûte en plein cintre, ou qui n'en différera que d'un tiers de rayon.

Art. 10.

L'ouverture d'extraction des matières sera placée au milieu de la voûte, autant que les localités le permettront.

La cheminée de cette ouverture ne devra point excéder un mètre cinquante centimètres de hauteur, à moins que les localités n'exigent impérieusement une plus grande hauteur.

Art. 11.

L'ouverture d'extraction correspondant à une cheminée d'un mètre cinquante centimètres au plus de hauteur ne pourra avoir moins d'un mètre en longueur sur soixante-cinq centimètres en largeur.

Lorsque cette ouverture correspondra à une cheminée excédant un mètre cinquante centimètres de hauteur, les dimensions ci-dessus spécifiées seront augmentées de manière que l'une de ces dimensions soit égale aux deux tiers de la hauteur de la cheminée.

Art. 12.

Il sera placé, en outre, à la voûte, dans la partie la plus éloignée du tuyau de chute et de l'ouverture d'extraction, si elle n'est pas dans le milieu, un tampon mobile, dont le diamètre ne pourra être moindre de cinquante centimètres. Ce tampon sera en pierre, encastré dans un châssis en pierre, et garni, dans son milieu, d'un anneau en fer.

Art. 13.

Néanmoins ce tampon ne sera pas exigible pour les fosses dont la vidange se fera au niveau des rez-de-chaussée, et qui auront, sur ce même sol, des cabinets d'aisances avec trémie ou siège sans bonde, et pour celles qui auront une superficie moindre de six mètres dans le fond, et dont l'ouverture d'extraction sera dans le milieu.

Art. 14.

Le tuyau de chute sera toujours vertical.

Son diamètre intérieur ne pourra avoir moins de vingt-cinq centimètres s'il est en terre cuite, et de vingt centimètres s'il est en fonte.

Art. 15.

Il sera établi, parallèlement au tuyau de chute, un tuyau d'évent, lequel sera conduit jusqu'à la hauteur des souches de cheminée de la maison, ou de celles des maisons contiguës, si elles sont plus élevées.

Le diamètre de ce tuyau d'évent sera de vingt-cinq centimètres au moins ; s'il passe cette dimension, il dispensera du tampon mobile.

Art. 16.

L'orifice intérieur des tuyaux de chute et d'évent ne pourra être descendu au-dessous des points les plus élevés de l'intrados de la voûte.

SECTION II
Des reconstructions de fosses d'aisances dans les maisons existantes.

Art. 17.

Les fosses actuellement pratiquées dans des puits, puisards, égouts anciens, aqueducs ou carrières abandonnées, seront comblées ou reconstruites à la première vidange.

Art. 18.

Les fosses situées sous le sol des caves, qui n'auraient point communication immédiate avec l'air extérieur, seront comblées à la première vidange, si l'on ne peut pas établir cette communication.

Art. 19.

Les fosses actuellement existantes dont l'ouverture d'extraction, dans les deux cas déterminés par l'article 11, n'aurait pas et ne pourrait avoir les dimensions prescrites par le même article, celles dont la vidange ne peut avoir lieu que par des soupiraux ou des tuyaux, seront comblées à la première vidange.

Art. 20.

Les fosses à compartiments ou étranglements seront comblées ou reconstruites à la première vidange, si l'on ne peut pas faire disparaître ces étranglements ou compartiments, et qu'ils soient reconnus dangereux.

Art. 21.

Toutes les fosses des maisons existantes, qui seront reconstruites, le seront suivant le mode prescrit par la 1re section du présent règlement.

Néanmoins, le tuyau d'évent ne pourra être exigé que s'il y a lieu à reconstruire un des murs en élévation au-dessus de ceux de la fosse, ou si ce tuyau peut se placer intérieurement ou extérieurement, sans altérer la décoration des maisons.

SECTION III
Des réparations des fosses d'aisances.

Art. 22.

Dans toutes les fosses existantes, et lors de la première vidange, l'ouverture d'extraction sera agrandie, si elle n'a pas les dimensions prescrites par l'article 11 de la présente ordonnance.

Art. 23.

Dans toutes les fosses dont la voûte aura besoin de réparations, il sera établi un tampon mobile, à moins qu'elles ne se trouvent dans les cas d'exception prévus par l'article 13.

Art. 24.

Les piliers isolés, établis dans les fosses, seront supprimés à la première vidange, ou l'intervalle entre les piliers et les murs sera rempli en maçonnerie, toutes les fois que le passage entre ces piliers et les murs aura moins de soixante et dix centimètres de largeur.

Art. 25.

Les étranglements existant dans les fosses, et qui ne laisseraient pas un passage de soixante et dix centimètres au moins de largeur, seront élargis à la première vidange, autant qu'il sera possible.

Art. 26.

Lorsque le tuyau de chute ne communiquera avec la fosse que par un couloir ayant moins d'un mètre de largeur, le fond de ce couloir sera établi en glacis jusqu'au fond de la fosse, sous une inclinaison de quarante-cinq degrés au moins.

Art. 27.

Toute fosse qui laisserait filtrer ses eaux par les murs ou par le fond sera réparée.

Art. 28.

Les réparations consistant à faire des rejointoiements, à élargir l'ouverture d'extraction, placer un tampon mobile, rétablir des tuyaux de chute ou d'évent, reprendre la voûte et les murs, boucher ou élargir des étranglements, réparer le fond des fosses, supprimer des piliers, pourront être faites suivant les procédés employés à la construction première de la fosse.

Art. 29.

Les réparations consistant dans la reconstruction entière d'un mur de la voûte ou du massif du fond des fosses d'aisances, ne pourront être faites que suivant le mode indiqué ci-dessus pour les constructions neuves.

Art. 30.

Les propriétaires des maisons dont les fosses seront supprimées en vertu de la présente ordonnance seront tenus d'en faire construire de nouvelles, conformément aux dispositions prescrites par les articles de la première section.

Art. 31.

Ne seront pas astreints aux constructions ci-dessus déterminées, les propriétaires qui, en supprimant leurs anciennes fosses, y substitueront les appareils connus sous le nom de *fosses mobiles inodores*, ou tous autres appareils que l'administration publique aurait reconnus par la suite pouvoir être employés concurremment avec ceux-ci.

Art. 32.

En cas de contravention aux dispositions de la présente ordonnance, ou d'opposition de la part des propriétaires aux mesures prescrites par l'administration, il sera procédé, dans les formes voulues, devant le tribunal de police ou le tribunal civil, suivant la nature de l'affaire.

Art. 33.

Le décret du 10 mars 1809, concernant les fosses d'aisances dans Paris, est et demeure annulé.

Art. 34.

Notre Ministre Secrétaire d'État de l'Intérieur, et notre Garde des Sceaux, Ministre de la Justice, sont chargés de l'exécution de la présente ordonnance.

Donnée en notre château de Tuileries, le 24 septembre, l'an de grâce 1819, et de notre règne le 25me.

Signé : LOUIS.

6° — Arrêté préfectoral du 1er août 1862

relatif à l'emploi du béton et des ciments dans la construction des fosses d'aisances.

LE SÉNATEUR, PRÉFET DE LA SEINE, grand-croix de l'Ordre de la Légion d'honneur,

Vu : 1° l'ordonnance royale du 24 septembre 1819, réglant la construction des fosses d'aisances dans Paris, et portant, art. 4 : « Les murs, la voûte et le » fond des fosses seront entièrement construits en pierres meulières maçon- » nées avec du mortier de chaux maigre et du sable de rivière bien lavé. Les » parois des fosses seront enduites de pareil mortier lissé à la truelle » ;

2° Les ordonnances de police des 23 octobre 1849 et 23 octobre 1850 ;

3° Les rapports de l'Ingénieur en chef chargé du Service des Eaux et des Égouts, en date des 14 août 1860 et 14 octobre 1861 ;

4° Les conclusions de l'Inspecteur général Directeur des Travaux publics, en date du 24 février dernier ;

Vu la loi des 16-24 août 1790 et celle des 19-22 juillet 1791 ;

Vu le décret du 10 octobre 1859 (article 1er-3) ;

ARRÊTE :

ART. 1er.

A l'avenir les bétons de ciments romain, de Vassy ou de Portland, et le béton Coignet, seront admis dans la construction des fosses d'aisances conjointement avec la maçonnerie en meulières hourdées en mortier de chaux hydraulique.

Les fosses ainsi construites resteront soumises à la réception préalable par les agents de l'administration, en exécution des ordonnances de police susvisées.

ART. 2.

M. l'Inspecteur général des Ponts et Chaussées, Directeur du Service municipal, est chargé d'assurer l'exécution du présent arrêté qui sera inséré au *Recueil des Actes administratifs de la Préfecture.*

Fait à Paris, le 1er août 1862.

Signé : G.-E. HAUSSMANN.

XV

BOUCHERIES

1° Décret du 24 février 1858

sur l'exercice de la profession de boucher dans la ville de Paris.

NAPOLÉON, par la grâce de Dieu et la volonté nationale, Empereur des Français, à tous présents et à venir, salut.

Sur le rapport de notre Ministre Secrétaire d'État au département de l'Agriculture, du Commerce et des Travaux publics;

Vu les lois des 2-17 mars, 14-17 juin 1791, et 1er brumaire an VII;

Vu les lois des 14 décembre 1789 et 16-24 août 1790;

Vu le décret du 6 février 1811 et celui du 15 mai 1813;

Vu l'ordonnance du 18 octobre 1829;

Vu les délibérations du conseil municipal de Paris, en date des 19 octobre 1855 et 4 décembre 1857;

Notre Conseil d'État entendu,

AVONS DÉCRÉTÉ ET DÉCRÉTONS CE QUI SUIT :

ARTICLE PREMIER

L'ordonnance du 18 octobre 1829, relative à l'exercice de la profession de boucher dans Paris, est abrogée.

ART. 2.

Tout individu qui veut exercer à Paris la profession de boucher doit préalablement faire à la préfecture de police une déclaration, où il fait connaître la rue ou la place et le numéro de la maison ou des maisons où la boucherie et ses dépendances doivent être établies.

Cette déclaration doit être renouvelée chaque fois que la boucherie change de propriétaire ou de locaux.

Art. 3.

La viande est inspectée à l'abattoir et à l'entrée dans Paris, conformément aux règlements de police, sans préjudice de tous autres droits appartenant à l'administration pour assurer la fidélité du débit et la salubrité des viandes vendues dans les étaux ou sur les marchés.

Art. 4.

Le colportage en quête d'acheteurs des viandes de boucherie est interdit dans Paris.

Art. 5

Il sera institué, sur les marchés à bestiaux autorisés pour l'approvisionnement de Paris, des facteurs dont la gestion sera garantie par un cautionnement, et dont les fonctions consisteront à recevoir en consignation les animaux sur pied et à les vendre, soit à l'amiable, soit à la criée, et aux conditions indiquées par le propriétaire,

L'emploi de ces facteurs sera facultatif.

Art. 6

Tout propriétaire d'animaux jouit, comme les bouchers, du droit de faire abattre son bétail dans les abattoirs généraux, d'y faire vendre à l'amiable la viande provenant de ces animaux, de la faire enlever pour l'extérieur en franchise du droit d'octroi, ou de l'envoyer sur les marchés intérieurs de la ville affectés à la criée des viandes abattues.

Art. 7.

Les bouchers forains sont admis, concurremment avec les bouchers établis à Paris, à vendre ou faire vendre en détail, sur les marchés publics, en se conformant aux règlements de police.

Art. 8.

La caisse de Poissy est supprimée.

Les cautionnements des bouchers, actuellement versés dans la caisse de Poissy, leur seront restitués dans le délai de deux mois, à partir du jour où cette caisse aura cessé de fonctionner

Art. 9.

Les dépenses relatives à l'inspection de la boucherie et au service des abattoirs généraux seront supportées par la ville de Paris.

Art. 10.

Les dispositions des décrets, ordonnances et règlements sur la boucherie de Paris, non contraires au présent décret, continueront à recevoir leur exécution.

Art. 11.

Le présent décret sera exécutoire à dater du 31 mars prochain.

Art. 12.

Notre Ministre Secrétaire d'État au département de l'Agriculture, du Commerce et des Travaux publics est chargé de l'exécution du présent décret, qui sera inséré au *Bulletin des Lois*.

Fait au palais des Tuileries, le 24 février 1858.

Signé : NAPOLÉON.

2° — Arrêté préfectoral du 20 avril 1887.

réglementant la tenue des étaux de boucherie

LE PRÉFET DE LA SEINE,

Vu le décret du 24 février 1858 sur l'exercice de la profession de boucher dans la ville de Paris;

Vu l'ordonnance de police du 16 mars 1858, réglementant la tenue des étaux de boucherie dans la ville de Paris(1);

---

1) Voici le texte de l'ordonnance de police du 16 mars 1858, remplacée par l'arrêté préfectoral du 20 avril 1887.

Paris, le 16 mars 1858.

Nous, Sénateur, Préfet de Police,

Vu le décret impérial, en date du 24 février dernier :

Ordonnons ce qui suit :

Article premier. — Tout individu qui voudra exercer à Paris la profession de boucher, devra en faire préalablement la déclaration à la Préfecture de police, conformément à l'article 2 du décret ci-dessus visé, et indiquer le lieu où il se propose d'établir son étal.

A défaut d'opposition formée par la Préfecture de police, dans un délai de quinze jours, l'étal pourra être ouvert.

L'opposition ne pourra être basée que sur l'inexécution des conditions déterminées par l'article 2 ci-après.

Dans le cas d'opposition, le requérant devra, s'il persiste, faire subir au local les appropriations nécessaires; lorsqu'elles auront été exécutées, il en donnera avis à la Préfecture de

Vu le décret du 10 octobre 1859 ;

Vu l'avis émis par le Conseil municipal de la ville de Paris, dans sa séance du 23 mars 1887 ;

Sur la proposition de M. l'Inspecteur général des ponts et chaussées, directeur des travaux de Paris,

ARRÊTE :

ARTICLE PREMIER

Toute personne qui voudra exercer le commerce de la boucherie dans la ville de Paris devra en faire préalablement la déclaration à la préfecture de la Seine et indiquer les locaux dans lesquels elle se propose d'établir l'étal de boucherie.

Cette déclaration devra être renouvelée à chaque changement de titulaire.

ART. 2.

L'autorisation d'exercer le commerce de la boucherie ne sera accordée qu'après qu'il aura été constaté que les locaux dans lesquels on se propose d'exercer ce commerce remplissent les conditions suivantes :

---

police, et si, dans le délai de quinze jours à dater du dépôt de cet avis, la Préfecture de police ne notifie pas de nouvelle opposition, le requérant pourra ouvrir son étal.

ART. 2. — L'ouverture d'un étal sera subordonnée aux conditions suivantes :

Le local aura au moins deux mètres cinquante centimètres (2m,50) d'élévation, trois mètres cinquante centimètres (3m,50) de largeur et quatre mètres (4m,00) de profondeur. Il sera fermé dans toute sa hauteur par une grille en fer.

La ventilation devra y être établie au moyen d'un courant d'air transversal.

Le sol sera entièrement dallé, avec pente en rigole et en surélévation de la voie publique.

Les murs seront revêtus d'enduits ou de matériaux imperméables.

Il ne pourra y avoir dans l'étal ni âtre, ni cheminée, ni fourneaux.

Toute chambre à coucher en devra être éloignée ou séparée par des murs sans communication directe.

A défaut de puits ou d'une concession d'eau pour le service de l'étal, il y sera suppléé par un réservoir de la contenance d'un demi-mètre cube, qui devra être rempli tous les jours.

ART. 3. — Notre ordonnance en date du 1er octobre 1855, concernant la taxe de la viande, est rapportée.

En conséquence, le prix de la marchandise sera librement débattu entre le boucher et le consommateur.

ART. 4. — La présente ordonnance recevra son exécution à partir du 31 mars courant.

Elle sera publiée et affichée à la suite du décret impérial du 24 février dernier.

ART. 5. — Les commissaires de police de la ville de Paris, le directeur de l'approvisionnement, les inspecteurs de la boucherie et les autres préposés à la Préfecture de police, sont chargés, chacun en ce qui le concerne, d'en assurer l'exécution.

Le Sénateur, Préfet de police,
Signé : PIETRI.

1° L'étal aura au minimum 3m50 de longueur, 4 mètres de profondeur et 2m80 de hauteur. Toutefois, dans les constructions élevées antérieurement au décret du 23 juillet 1884, l'étal pourra n'avoir qu'une hauteur de 2m60;

2° L'étal sera fermé dans toute sa hauteur par une grille en fer;

3° L'étal ne pourra contenir de soupente, ni servir de chambre à coucher, et il ne devra renfermer ni âtre, ni cheminée, ni fourneau, ni pierres d'extraction de fosses d'aisances, ni tuyaux aboutissant à ces fosses;

4° Le sol de l'étal sera établi en surélévation de la voie publique, avec revêtement imperméable et pente en rigole, dirigée vers un orifice muni d'un siphon obturateur, conduisant les eaux par une canalisation souterraine à l'égout public. Cet orifice sera en outre muni d'un grillage pour arrêter la projection des corps solides;

5° Les murs ou cloisons des étaux seront en maçonnerie pleine et revêtus, dans toute leur hauteur, de matériaux imperméables et à surface lisse;

6° L'étal sera ventilé, soit au moyen d'une prise d'air sur la cour de la maison, soit au moyen d'un tuyau posé dans la courette; ledit tuyau présentant une section *minima* de 4 décimètres carrés et s'élevant jusqu'à la hauteur du faîtage de la maison ou des maisons contiguës, si elles sont plus élevées.

L'étal ne pourra prendre jour sur la courette qu'au moyen de châssis à verre dormant;

7° Aucune communication ne pourra exister entre les chambres à coucher, les étaux et les locaux dans lesquels sont déposés les déchets de la boucherie;

8° L'alimentation en eau de l'étal devra être assurée au moyen d'un abonnement aux eaux de la Ville d'au moins 500 litres par jour.

Les puits et les réservoirs ne seront tolérés qu'à titre exceptionnel. Dans ce cas, les réservoirs devront avoir une contenance d'un demi-mètre cube au minimum et seront remplis tous les jours.

Art. 3.

Les dispositions des paragraphes 4, 5 et 6 de l'article 2 sont applicables aux locaux dans lesquels sont déposés les déchets de la boucherie.

Art. 4.

Les débris de viande ou autres déchets de la boucherie ne devront pas séjourner dans l'établissement. Ils seront enlevés tous les jours.

Art. 5.

L'ordonnance de police du 16 mars 1858 est rapportée en ce qu'elle a de contraire au présent arrêté.

Art. 6.

Le présent arrêté sera publié et affiché dans la ville de Paris. Il sera, en outre, inséré au *Recueil des actes administratifs de la Préfecture de la Seine.*

Paris, le 20 avril 1887.

Signé : **E. POUBELLE.**

XVI

CHARCUTERIES

Arrêté préfectoral du 20 avril 1887.

réglementant la tenue des établissements de charcuterie.

LE PRÉFET DE LA SEINE,

Vu l'ordonnance de police, en date du 19 décembre 1835, concernant la tenue des établissements de charcuterie dans la ville de Paris (1);

Vu le décret du 10 octobre 1859;

Vu l'avis de M. le Préfet de police;

Vu l'avis émis par le Conseil municipal de la ville de Paris, dans sa séance du 23 mars 1887 :

(1 Voici le texte de l'ordonnance de police du 19 décembre 1835, remplacée par l'arrêté préfectoral du 20 avril 1887.

Paris, le 19 décembre 1835.

NOUS, CONSEILLER D'ÉTAT, PRÉFET DE POLICE,

Considérant que, pour prévenir l'altération des viandes employées et préparées par les charcutiers, il est indispensable que les lieux affectés à l'exercice de cette profession soient suffisamment étendus, ventilés et entretenus dans un état constant de propreté :

Considérant que les feuilles de plomb dont sont revêtus les saloirs, pressoirs et autres ustensiles à l'usage des charcutiers, peuvent imprégner les viandes qui se trouvent en contact avec elles, de sels métalliques dont l'action délétère n'est pas contestée, et que les vases de cuivre employés presque généralement par les charcutiers pour la préparation des viandes présentent des dangers plus graves encore :

Vu l'avis du Conseil de salubrité :

Vu les lois des 16-24 août 1790 et 2-17 mars 1791 : ensemble l'arrêté du Gouvernement du 12 messidor an VIII (1er juillet 1800);

ORDONNONS CE QUI SUIT :

ARTICLE PREMIER. — A compter de la publication de la présente ordonnance, aucun établissement de charcutier ne sera autorisé dans la ville de Paris, qu'après qu'il aura été constaté par les personnes que nous commettrons à cet effet, que les diverses localités où l'on se propose de le former réunissent toutes les conditions de sûreté publique et de salubrité prescrites dans l'instruction ci-après annexée.

Sur la proposition de M. l'Inspecteur général des ponts et chaussées, directeur des travaux de Paris,

ARRÊTE :

ARTICLE PREMIER.

Toute personne qui voudra exercer le commerce de la charcuterie dans la ville de Paris devra en faire préalablement la déclaration à la Préfecture de la Seine, et indiquer les locaux dans lesquels elle se propose d'installer son établissement.

Cette déclaration devra être renouvelée à chaque changement de titulaire.

ART. 2.

L'autorisation d'exercer le commerce de la charcuterie ne sera accordée qu'après qu'il aura été constaté que les locaux dans lesquels on se propose d'exercer ce commerce remplissent les conditions suivantes :

ART. 2. — Il est défendu de faire usage, dans les établissements de charcutiers, de saloirs, pressoirs et autres ustensiles qui seraient revêtus de feuilles de plomb ou de tout autre métal. Les saloirs et pressoirs seront construits en pierre, en bois ou en grès.

ART. 3. — L'usage des vases et ustensiles de cuivre, même étamé, est expressément défendu dans tous les établissements de charcutiers. Ces vases et ustensiles seront remplacés par des vases en fonte ou en fer battu.

ART. 4. — Il est défendu aux charcutiers de se servir de vases en poterie vernissée. Ces vases seront remplacés par des vases en grès ou par toute autre poterie dont la couverte ne contient pas de substances métalliques.

ART. 5. — Il est défendu aux charcutiers d'employer dans leurs salaisons et préparation de viandes, des sels de morue, de varech et de salpêtriers.

ART. 6. — Les charcutiers ne pourront laisser séjourner les eaux de lavage dans les cuvettes destinées à les recevoir. Ces cuvettes devront être vidées et lavées tous les jours.

ART. 7. — Il est défendu aux charcutiers de verser, avec leurs eaux de lavage, qu'ils devront diriger sur l'égout le plus voisin, des débris de viande ou de toute autre nature. Ces débris seront réunis et jetés chaque jour dans les tombereaux du nettoiement, au moment de leur passage.

ART. 8. — Les dispositions de l'article 1er ne seront applicables aux établissements dûment autorisés qui existent actuellement, que lorsqu'ils seront transférés dans d'autres lieux ou lorsqu'ils changeront de titulaires.

Les dispositions des articles 2, 3 et 4 ne seront obligatoires, pour ces mêmes établissements, que six mois après la publication de la présente ordonnance.

ART. 9. — Les contraventions aux dispositions de la présente ordonnance seront constatées par des procès-verbaux ou rapports qui nous seront adressés pour être transmis au tribunal compétent.

ART. 10. — La présente ordonnance sera imprimée et affichée.

Le chef de la police municipale, l'architecte-commissaire de la petite voirie, les commissaires de police, l'inspecteur général des halles et marchés et les préposés de la Préfecture de police, sont chargés, chacun en ce qui le concerne, d'en surveiller l'exécution.

Le Conseiller d'État, préfet de police,
Signé : GISQUET.

1° *Les laboratoires et les cuisines* affectés à la préparation des viandes de charcuterie ne pourront être installés que dans des voies pourvues d'égout et d'une canalisation d'eau de source, et il devra être justifié d'un abonnement d'eau de source d'au moins 500 litres par jour pour le service de l'établissement :

2° *Les laboratoires et les cuisines* devront avoir au moins 2m,80 de hauteur et des dimensions suffisantes pour que les diverses préparations de la charcuterie y puissent être faites avec propreté.

Ces locaux ne pourront contenir de soupentes ni servir de chambres à coucher, et ils ne devront pas renfermer de pierres d'extraction de fosses d'aisances ni de tuyaux aboutissant à ces fosses.

Le sol de ces locaux sera établi en surélévation de la voie publique, avec revêtement imperméable et pente en rigole dirigée vers un orifice muni d'un siphon obturateur conduisant les eaux par une canalisation souterraine à l'égout public. Cet orifice sera en outre muni d'un grillage pour arrêter la projection des corps solides.

INSTRUCTION

Des boutiques.

Les boutiques affectées à la vente des marchandises fraîches ou préparées devront être appropriées convenablement à cette destination.

L'intervalle entre le sol et le plancher sera au moins de trois mètres.

Le sol sera entièrement revêtu de dalles ou de carreaux ; le plancher sera plafonné.

Pour renouveler l'air dans la boutique pendant la nuit, il sera pratiqué immédiatement sous le plafond, du côté de la rue, une ouverture de deux décimètres en carré (environ six pouces carrés) ; une autre ouverture de même dimension sera pratiquée au bas de la porte d'entrée ou du mur de face ; ces deux ouvertures seront grillées.

Des cuisines et laboratoires.

Les cuisines et les laboratoires devront être de dimensions telles que les diverses préparations de charcuterie y puissent y être faites avec propreté et salubrité.

Les cuisines et les laboratoires auront au moins trois mètres d'élévation ; ils seront plafonnés. Le sol et les parois, jusqu'à la hauteur d'un mètre cinquante centimètres, seront convenablement revêtus de matériaux imperméables, pour faciliter les lavages et prévenir toute adhérence ou infiltration de matières animales.

Les pentes du sol seront réglées de manière que les eaux de lavage puissent s'écouler rapidement jusqu'à l'égout le plus voisin.

Un courant d'air sera établi dans les cuisines et les laboratoires ; les uns et les autres devront être suffisamment éclairés par la lumière du jour.

Des fourneaux et chaudières.

Les fourneaux et chaudières devront toujours être disposés de telle sorte qu'aucune émanation ne puisse se répandre dans l'établissement ou au dehors.

Les chaudières destinées à la cuisson des grosses pièces de charcuterie et à la fonte des graisses devront être engagées dans des fourneaux en maçonnerie.

Les murs ou cloisons de ces locaux seront en maçonnerie pleine et revêtus dans toute leur hauteur de matériaux imperméables et à surface lisse;

3° *Les laboratoires et les cuisines* devront être ventilés au moyen d'un tuyau d'une section minima de 4 décimètres carrés prolongé jusqu'à la hauteur du faîtage de la maison ou des maisons contiguës si elles sont plus élevées.

Ces locaux seront suffisamment éclairés par la lumière du jour;

4° Les fourneaux et les chaudières devront être pourvus d'une hotte de dégagement conduisant à la cheminée les buées et les émanations, de manière qu'aucune odeur ne puisse se répandre ni dans l'établissement de charcuterie, ni dans la maison;

5° Les fumoirs des viandes seront construits en matériaux incombustibles avec portes en fer et seront placés sous la hotte de dégagement dans les conditions déterminées pour les fourneaux et les chaudières;

6° Les chaudières destinées à la cuisson des grosses pièces de charcuterie et à la fonte des graisses seront engagées dans des fourneaux en maçonnerie;

Réservoirs à défaut de puits ou de concession d'eau.

A défaut de puits ou d'une concession d'eau pour le service de l'établissement, il y sera suppléé par un réservoir de la contenance d'un demi-mètre cube, qui devra être rempli tous les jours.

Il ne pourra être établi de soupentes dans les boutiques, les cuisines et les laboratoires qui, sous aucun prétexte, ne pourront servir de chambres à coucher.

Des caves et autres lieux destinés aux salaisons.

Les caves destinées aux salaisons devront être d'une dimension proportionnée aux besoins de l'établissement; elles devront être saines et bien aérées, ne point renfermer de pierres d'extraction pour la vidange des fosses d'aisances, ni être traversées par des tuyaux aboutissant à ces mêmes fosses.

Les caves devront avoir au moins deux mètres soixante-sept centimètres d'élévation sous clef; il y sera pratiqué, s'il n'en existe pas, des ouvertures de capacité suffisante pour y entretenir une ventilation continuelle.

Le sol des caves sera convenablement revêtu, pour faciliter les lavages et prévenir toute adhérence ou infiltration de matières animales.

Les pentes du sol des caves seront disposées de manière à faciliter l'écoulement des eaux de lavage dans les cuvettes destinées à les recevoir.

Si, à défaut de caves, le local destiné aux salaisons est situé au rez-de-chaussée, le sol sera disposé de manière à ce que les eaux de lavage puissent être dirigées sur l'égout le plus voisin.

Le Conseiller d'État, préfet de police,
Signé : GISQUET.

7° *Les boutiques* exclusivement affectées à la vente des produits de la charcuterie seront établies dans les conditions indiquées an § 2.

Elles devront être ventilées au moyen de deux ouvertures grillées d'au moins 2 décimètres carrés chacune, dont l'une sera pratiquée sous le plafond du côté de la voie publique et l'autre au bas de la porte d'entrée du mur de face :

8° Les caves et autres locaux destinés aux salaisons devront avoir au moins 2m,60 de hauteur et des dimensions suffisantes pour permettre d'y circuler facilement.

Ils devront être convenablement aérés et ventilés.

Le sol des caves et autres locaux destinés aux salaisons devra être établi dans les mêmes conditions que le sol des laboratoires et des cuisines, et de manière à conduire les eaux de lavage par une canalisation souterraine à l'égout public. — Dans le cas où, par suite de la disposition des lieux, les eaux de lavage ne pourraient pas être envoyées directement à l'égout public, l'administration pourra tolérer que ces eaux de lavage soient reçues provisoirement dans des cuvettes qui devront être vidées dans l'égout et lavées tous les jours.

ART. 3.

Il est interdit de faire usage dans les établissements de charcuterie :

1° De saloirs, pressoirs et autres ustensiles qui seraient revêtus de feuilles de plomb ou de tout autre métal. — Les saloirs et pressoirs seront construits en pierre, en bois ou en grès ;

2° De vases et ustensiles de cuivre même étamé. — Ces vases et ustensiles seront en fonte ou en fer battu ;

3° De vases en poterie vernissée. — Ces vases seront en grès ou en poterie dont la couverte ne contient pas de substances métalliques.

ART. 4.

Il est interdit aux charcutiers d'employer dans leurs salaisons et préparations de viandes des sels de morue, de varech et de salpêtriers.

ART. 5.

Les débris de viande ou autres déchets de la charcuterie ne devront pas séjourner dans l'établissement. — Ils seront enlevés tous les jours avant huit heures du matin.

Art. 6.

L'ordonnance de police du 19 décembre 1835 est rapportée.

Art. 7.

Le présent arrêté sera publié et affiché dans la ville de Paris. Il sera en outre inséré au *Recueil des Actes administratifs de la Préfecture de la Seine.*

Paris, le 20 avril 1887.

Signé : **E. POUBELLE.**

TABLE DES MATIÈRES

XI. — Servitudes relatives aux constructions à élever.

§ 1er. — *Aux abords des cimetières.*

§ 2. — *En bordure des chemins de fer.*

§ 3. — *En bordure de la rivière de Bièvre.*

XII. — Règlements particuliers relatifs aux constructions en bordure de certaines voies publiques.

I. — RUE DE L'AQUEDUC.

II. — ROND-POINT DES CHAMPS-ÉLYSÉES.

III. — PLACE DE LA CONCORDE ET RUE ROYALE.

IV. — RUE DE L'ÉLYSÉE.

V. — PLACE DE L'ÉTOILE ET AVENUE DU BOIS-DE-BOULOGNE.

VI. — PLACE DE L'EUROPE.

VII. — AVENUE GABRIEL.

VIII. — PLACE DU LOUVRE.

IX. — PARC MONCEAU (AVENUES VAN-DYCK, RUYSDAEL ET VÉLASQUEZ — RUE REMBRANDT.)

XIII. — Logements insalubres.

XIV. — Cabinets et fosses d'aisances.

XV. — Boucheries.

XVI. — Charcuteries.

IMPRIMERIE CENTRALE DES CHEMINS DE FER. — IMPRIMERIE CHAIX — RUE BERGÈRE, 20, PARIS. — 27051-8.

www.ingramcontent.com/pod-product-compliance
Lightning Source LLC
Chambersburg PA
CBHW051822020726
47502CB00005B/1587